臺灣文學讀本

田啟文　曾進豐　歐純純　蘇敏逸　◎編著

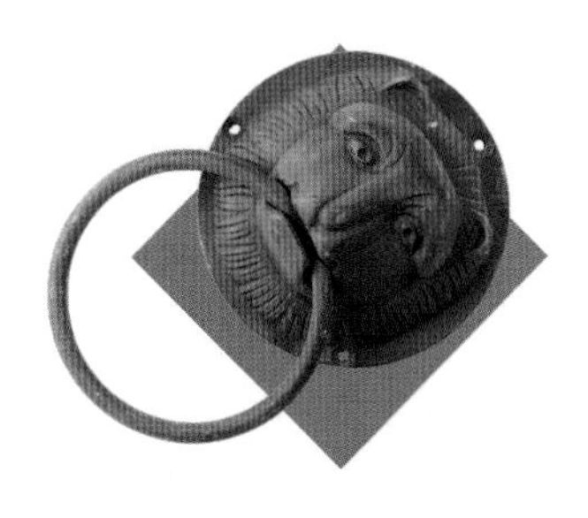

五南圖書出版公司 印行

圖 1　「國家台灣文學館」，座落於臺南市，是目前臺灣文學典藏、推廣與研究的重鎮（田啓文攝影）。

圖 2　詩人周夢蝶，本書收錄其〈詠野薑花　九行二章——持謝薛幼春〉一詩（相片曾進豐提供）。

圖 3　詩人利玉芳，本書收錄其客語詩〈濛紗煙〉之作（相片曾進豐提供）。

圖 4　日月潭的浮嶼－光華島（珠嶼），藍鼎元〈紀水沙連〉一文談到昔日的邵族人，即居住在此島之上（田啓文攝影）。

圖 5　早期邵族人在日月潭活動所用的獨木舟（陳清正先生提供）。其體型較大，形式也較複雜，功能在於載客；另有形式較小、較簡單者，則爲捕魚之用。藍鼎元〈紀水沙連〉一文稱此類獨木舟爲「蟒甲」（田啓文攝影）。

圖 6　南投草屯鎮「登瀛書院」的額匾，晚清文人洪棄生曾於此書院擔任山長，目前是國家三級古蹟（田啓文攝影）。

圖 7　登瀛書院的正殿（田啓文攝影）。

圖 8　臺南縣溫泉勝地關仔嶺的勝景之一——「水火同源」，其特色乃火在水上，同出一穴是也。洪棄生〈遊關嶺記〉一文描述此一景觀說：「水出如沸……火在上，錟䤷長芒，照一山，黑夜通紅。」（相片簡菱恬提供）

圖 9　早期臺灣糖廠的小火車，它的鐵軌比臺鐵火車軌道小很多，俗稱五分仔車。洪棄生〈遊關嶺記〉中談到「值雨潦，輕軌道壞。」所謂輕軌道（一般稱「輕便鐵道」），即是指這種五分仔車的窄小鐵軌（田啓文攝影）。

圖 10　臺灣文獻初祖沈光文的神像，目前安置於臺南縣善化鎮慶安宮，封「開臺先師」，與文昌帝君一起供奉，主學子之功名（田啓文攝影）。

圖 11 臺南市一級古蹟赤崁樓。從孫元衡〈居赤崁一載矣，計日有感〉一詩可以得知，赤崁樓一帶是當時清朝官員主要的居住地，也是治臺的中心（田啓文攝影）。

圖 12 赤崁樓側面的石碑，共有九座，各碑皆由石龜馱負著，主要是記載清代平定民亂的事蹟（田啓文攝影）。

圖 13 「櫟社二十年題名碑」。臺中櫟社是日據時期反日色彩極爲濃厚的詩社，由林癡仙等人所創立。此碑背面有林幼春所撰的碑記，陳述櫟社的緣起與發展（田啓文攝影）。

圖 14 霧峰林家花園的著名園景－萊園入口，由其建築之精美及偉岸氣勢，可以想見當時林家的地位與名望（田啓文攝影）。

圖 15　臺南市一級古蹟五妃廟。許南英〈祝英臺近　謁五妃廟〉一詞，即以此爲書寫題材（田啓文攝影）。

圖 16　日人喜多孝治爲五妃廟所立的碑文，文中對五妃的堅貞志節多所褒揚（田啓文攝影）。

圖 17　嘉義蘭潭的題字，「蘭潭泛月」是舊日諸羅八景之一。張李德和〈江南好　蘭潭訪秋〉一詞，即以蘭潭爲書寫素材（洪鎰昌攝影）。

圖 18　蘭潭景觀之一，古色古香的亭閣佇立在水邊，四周林木蒽翠，宛如人間仙境（洪鎰昌攝影）。

圖 19　「2004 屏東客家藝術節」所展示的巨型稻草人，模樣活潑逗趣。本書收錄了巫永福〈稻草人的口哨〉一詩，若以圖片與詩歌相互映照，則興味益發昂揚（田啓文攝影）。

圖 20　高雄港貨輪進出的景致。此景正如余光中〈高雄港的汽笛〉一詩所說的：「在起伏的水面頻震，就知道重噸的貨櫃輪，又一艘吃水深深，在進港或是出港了。」（記者陳大和攝影）

凡例

一、本書用字力求統一，例如「臺」字，一律採用繁寫的字形，但有時亦出現「台」字，主要原因有兩點：第一，所選文章本來就使用「台」字；第二，人名、書名、篇名、刊物名等專有名稱以及引述性文字等，其原先便使用「台」字。遇到以上兩種狀況時，為表達對原出處的尊重，故仍使用「台」字。其他用字如亦有字形不統一時，原因同此。

二、本書所標示的書籍出版地，有同一出版社卻標註不同地區的，如「臺北：龍文」、「臺北縣：龍文」，這是因為龍文出版社曾變更地址的緣故。其他出版社的標示若有相同情況，原因同此。

三、本書甲編古典文學的部分，每篇均列有「註釋」以方便閱讀；至於乙編現代文學的部分，則視情況之需要進行註釋。

四、現代文學〈遙遠的聲音〉與〈侏儒族〉二文，作者已自行做了小註，本書將這些註文視為課文的一部分，依其原貌置於課文之後，不另作「註釋」之處理。

編著說明

一、緣起

近年來，隨著臺灣意識的高漲，本土政權的鞏固，臺灣文學的研究日益勃興，不僅在各公私立大學中廣設臺灣文學系所，即使在一般大專院校的通識中心，亦多見臺灣文學的相關課程，在如此的時代潮流下，臺灣文學的相關教材必須儘速編訂，以供治習之需。本書的編寫，即緣此而生。

二、編寫宗旨

臺灣從明末沈光文來臺播撒文學種子之後，至今已歷四百年的歲月。在這段漫漫的歷史長河裡，臺灣文學呈現著繽紛綺麗的面貌，充滿強韌而令人讚嘆的生命力。在這些豐富多彩的作品中，就語言文字的使用上，大抵有傳統漢文（文言文）、臺灣話文、中國白話文、日文等等；就文類來說，有駢文、制藝、聯語、詞、散文、詩、小說、戲劇……等等，甚至還包括為數可觀的口傳文學。面對臺灣如此豐富的文學資產，我們有必要，也有這個責任將它介紹給社會大眾，尤其是透過教育的管道傳達給廣大的學子知道。要達到這樣的目的，最直接的作法就是編寫臺灣文學教材，以方便教師講授相關的文學課程。

觀諸目前選輯臺灣文學作品的讀本而言，雖然數量不多，但品質具有一定之水準，此亦是臺灣文學發展的一項重要基石。然而比較令人擔心的是，這些選本在選材上似乎不夠全面，而且多數以現代文學為主，古典文學的選本則數量甚為稀少，至於將古典文學與現代文學二者熔鑄一爐的讀本，至今仍未得見。在這樣的情況下，我們不免擔心，擔心廣大的讀者不易窺見臺灣文學的全貌，會錯認臺灣只有日據時期以來的日文文學或是白話文學，而不知臺灣文學也有豐富的古典作品。今日臺灣的學校教育或各類考試，國文可說是必考科目，其中古典文言的作品一直是考試重點，而這一個部分，幾乎是以中國清代以前各朝文學為考試方向。在這樣的潮流下，我們的學生以及教育人員不免會產生一種錯覺，以為精鍊典雅的古典文學只有中國才有。為了彌補這種缺憾，本書的編寫特將臺灣古典文學與現代文學兼容並採，希望讓研習臺灣文學的讀者了解臺灣文學的周密性，不論是幽深雅致的文言作品，或是清新平易的白話作品，在臺灣文學的領域中都可以找到，都是不假外求的。我們期待未來的莘莘學子以及教育者，能透過本書明白臺灣文學的豐富內涵，明白它具有自給自足的功能，足以培養我們深厚的本國語文能力。

三、選文考量

要編寫一本教材，需要考量的地方很多，最重要的就是作品的選取。究竟要挑選哪些作品，才能成為一本優質的讀本？這實在是一個令人困擾的問題。在編寫的期間，我們獲得很多學術先進的寶貴意見，讓本書的思考視野更為寬廣。本書的選文，大致而言斟酌了如下幾個部分：第一，作家的性別考量。儘量在每一類作品中同時收錄男、女作家的作品，讓讀者可以了解性別觀點所造成的文風異同。第二，族群文學的兼顧。臺灣目前有四大族群，原住民、閩南、客家、外省。這四大族群各有其文學上的自我特色，有時表現在語言文字的使用上，有時表現在題材內容的選擇上，有時表現在人生觀點的取捨上。針對這些特色，本書在選文時也列入考量，希望讓四大族群的文學風貌都能有所呈現。第三，作品的教育功能。由於本書定位在教科書的層次上，所以儘量挑選具有教化意義的作品，小至個人修身，大至社稷民生的關懷，都是以陶冶讀者性靈為宗旨的。即使有些篇章教化的意味較為淡薄，但其形式的美感必定相當出色，足以帶給讀者強烈的藝術感染力。第四，作家年代的均勻分布。一般而言，世代較早的作家由於資歷較深，作品已廣受肯定，具有一定的代表性，被選入的機會較大；不過資歷稍淺或年紀較輕的作家，事實上也常有優秀的作品出現，並且展現出不同年齡層的生命情調，足以擴展讀者的生命體悟，所以本書在選文時也相當注重不同世代的作家作品。

總的而言，本書在選文時儘量兼顧各個層面的需求，希望能達到最理想的狀態。但是無論怎樣用心，總是有不完美的地方，這是我們必須承認與檢討之處。尤其讓我們最掛念的，就是臺灣四百年來優秀的作家、作品實在太多了，然而囿於教材的篇幅限制，我們只能挑選約五十篇左右的文章，這時候必須割捨掉無數的優質作品，心中的痛實在難以言喻！因此，許多非常具有代表性的作家和作品未能選入讀本之中，只能在此表達我們萬分的歉意，這不是作品優劣的問題，也不是代表性足不足的問題，而是受限於篇幅的關係啊！針對此點，還請臺灣文學界的前輩先進，能多所包涵與原諒！

四、編寫體例

作品挑選出來之後，接著要考量的就是編寫體例的問題。本書在體例上大致包含了七大項，依序是本文、作者、註釋、作品賞析、延伸閱讀、參考資料、問題討論等，希望從各個角度來詮釋與剖析作品，以呈現作品的藝術精華。這樣的體例，非常適合作為大專院校的文學欣賞或文學選讀之課程教材。

五、本書特色

本書由選文、撰寫到完稿，歷經了漫長的時間，雖然未臻完善，但也有一些地方值得提出說明：

(一)文類的多元性

本書所選輯的作品，在年代上由明、清至現代，不論是古典文學或現代文學，都加以蒐羅。就古典文學的部分而言，計有散文、詩、詞三類，共二十三篇文章；現代文學的部分，則有散文、詩、小說三類，共二十九篇文章，是目前同一性質的讀本中，作品體類最為多元化者。

(二)體例的精密性

前文談過本書的體例，包含了本文、作者……等等共七大項，這其中必須特別加以介紹的，是「延伸閱讀」與「參考資料」二項。觀諸其他同性質的讀本，多列有「延伸閱讀」一項，而其內容大抵是臚列該篇作品的相關性學術研究論著。本書的作法與此不同，在相關性的學術論著方面，本書是置於「參考資料」中；至於「延伸閱讀」，則是羅列與該篇作品性質相關的其他文學創作，俾令讀者能真正從選文出發，進而延伸至其他相關文學作品的閱讀。由此可知，本書在體例上力求嚴密與完善，希望提供給讀者最精準與詳贍的內涵。

(三)選文的包容性

臺灣文學在過去的歲月中，遭受過嚴重的打壓，也曾經是禁忌的名詞。作為一個臺灣人，能大方地研究或創作中國式文學、西洋式文學，卻難於鑽研臺灣自身的文學，這也使得臺灣文學在某種層面上，表現出一種反壓迫與自我捍衛的本質。這種本質相當程度地體現在三〇年代黃石輝到七〇年代葉石濤等人所提倡的鄉土文學上，他們高舉著臺灣主體性的創作大旗，無疑地，這種主體性可視為臺灣文學的核心命脈。所謂鄉土文學，並非某些人所刻意扭曲的鄉村文學、農村文學；事實上，「鄉土」的正確詮釋當是指本土、國土之意，它是以表現臺灣意識為主要目標的文學。所以葉石濤教授在〈臺灣鄉土文學史導論〉一文中主張，臺灣鄉土文學就是「不受膚色和語言的束縛」，極力創作「具有根深蒂固的臺灣意識」的作品。我想葉老的定義，充分掌握了臺灣鄉土文學的本根，也點亮了臺灣文學的靈魂。因此，本書的選文在語言文字上不做限制，但在內容上則是以具有鮮明「臺灣意識」的作品為「主」，這部分選取的數量最多，希望藉此以突顯臺灣文學的主體性。至於有一部分作品，在臺灣意識的表達上不是那麼明顯，然而只要作者居住於（過）臺灣，在臺灣進行創作者，我們也將其中的優秀作品選入，以展現臺灣文學的多面性與開闊性；不過這部分作品較少，只居於「從」屬的地位。如此地進行「主」、「從」之分，主要是想由「主」的部分確立臺灣文學的主體性，再由「從」的部分展現臺灣文學的包容性。我們塑造臺灣文學的包容性，一方面是希望化解某些文學的藩籬；一方面也希望臺灣文學是開大門、走大路的國家文學，展現出海納百川的氣勢，俾令其可長可久，從而促進臺灣文學的深遠傳播。

六、感謝與期待

這本書的完成，除了感謝編著同仁的努力與用心之外，也要感謝很多先進好友的關心與協助。首先要感謝的是提供作品予本書的文人作家，您的作品是本書的骨幹與靈魂，沒有您的幫忙，這本書是無法完成的。尤其在洽談授權書的時候，許多素未謀面的作家，一下子都成為好朋友、好長輩，這真是我們一生中最珍貴的資產。其次，本書編寫期間獲得許多學術先進如吳達芸師、朱文光兄、方耀乾兄、徐肇誠兄等人的寶貴意見，提供了相當多的資料與訊息，都是本書能夠順利完成的重要推手。另外龍文出版社發行人周崑陽先生，慷慨提供該社《臺灣先賢詩文集彙刊》中的作者生平資料給本書徵引，隆情厚誼，永銘在心。又本書為了達到圖文並茂的效果，特地到各地拍攝與選文具相關性的照片，以提供讀者欣賞，這個部分我們要感謝許多協助拍攝的朋友，如記者陳大和先生、日月潭遊艇公司負責人陳清正先生、簡菱恬同學，以及好友洪鎰昌、藍百川等等，他們或者提供拍攝物件，或者實際幫忙攝影，都讓工作進行得更為順暢與圓滿。最後，要感謝幫忙打字的潘富聖與葉子飴，還有協助出版的五南公司總編王秀珍、助理林彩雲以及責任編輯王兆仙、唐坤慧等業界好友，妳們的辛苦催生了這本書，在此謹表達無限的敬意。我相信，除了上述之外，一定還有許多臺灣文學同好對本書付出關心，在此也致上最高之謝忱。

雖然我們自己付出了許多努力，也得到了許多關懷與協助，但我們相信，這本書一定還有許多值得改進與充實的地方，我們深切地期待，諸方君子能廣賜雅言，不吝針砭，讓本書能更臻完善，謝謝！

田啟文 謹誌

中華民國九十四年九月

目次

卷中：詩

乙编 現代文學

卷上：散文

卷中：詩

甲編 古典文學

卷上・散文

紀水沙連[1]（節錄）

藍鼎元

自斗六門[2]沿山入，過牛相觸[3]，溯[4]濁水溪[5]之源，翼日[6]可至水沙連內山。山有蠻蠻、猫丹[7]等十社，控弦千計[8]，皆鷙悍[9]，未甚馴良[10]，王化所敷[11]，羈縻勿絕[12]而已。

水沙連嶼[13]在深潭之中，小山如贅疣[14]，浮游水面。其水，四周大山，山外溪流包絡[15]，自山口入匯為潭。潭廣[16]八、九里，環可[17]二、三十里，中間突起一嶼，山青水綠，四顧蒼茫，竹、樹參差[18]，雲飛鳥語，古稱蓬、瀛[19]不是過也。

番[20]繞嶼為屋以居，極稠密，獨虛[21]其中為山頭，如人露頂[22]然。頂寬平，甚可愛。詢其虛中之故，老番言：「自昔禁忌相傳，山頂為屋，則社有火災，是以不敢。」嶼無田，岸多蔓草，番取竹木，結為桴[23]，架水上，藉草承土以耕，遂種禾稻[24]，謂之浮田。水深魚肥，且繁多，番不用罾罟[25]，駕蟒甲[26]，挾弓矢[27]射之，須臾[28]盈筐[29]。發家[30]藏美酒，夫妻子女大嚼高歌，洵[31]不知帝力[32]於何有矣！蟒甲，番舟名，刳[33]獨木為之，划雙槳以濟[34]。大者可容十餘人，小者三、五人，環嶼皆水，無陸路，出入胥㉟用蟒甲。外人欲詣㊱其社，必舉草火，以煙起為號，則番刺㊲蟒甲以迎，不然不能至也。

嗟乎㊳！萬山之內有如此水，大水之中有此勝地，浮田自食，蟒甲往來，仇池公㊴安足道哉！武陵人悮入桃源㊵，余曩者㊶嘗疑其誕㊷，以水沙連觀之，信㊸彭澤㊹之非欺我也。但番人服教㊺未深，必時挾㊻軍士以來遊，於情弗暢，且恐山靈㊼笑我。所望當局諸君子㊽，修德化以淪浹其肌膚㊾，使人人皆得宴遊㊿焉，則不獨余之幸也已。

作者

藍鼎元（一六八〇～一七三三），字玉霖，中國福建省漳浦人。生於清康熙十九年，卒於清雍正十一年，得年五十四。

康熙六十年，臺灣發生朱一貴之亂，鼎元隨其兄廷珍征討，不久亂事即告平定。其後又隨廷珍招降人，殄遺孽，撫流民，綏番社。並著治臺之策以及臺灣道條十九事，曰「信賞罰、懲訟師、除草竊、治客民、禁惡俗、儆吏胥、革規例、崇節儉、正婚嫁、興學校、修武備、嚴守禦、教樹畜、寬租賦、行墾田、復官莊、恤澎民、撫土番、招生番。」其後治理臺灣者多行其法，鼎元對於治臺的用心，可見一斑。

鼎元為學，講求經世致用，著有《鹿洲初集》、《東征集》、《平臺紀略》、《棉陽學準》、《鹿洲公案》等書。其中《東征集》與《平臺紀略》，所記多臺灣之事。

註釋

❶水沙連：此指今南投縣魚池鄉的日月潭，此潭約在海拔七百六十公尺處，水域面積約九平方公里，是國家著名風景區。

❷斗六門：亦稱斗六柴裡、柴裡斗六、斗六門柴裡，為雲林縣斗六市的舊名。

❸牛相觸：地名，在南投縣埔里鎮南村里東部，位於南港溪南岸坪仔頂臺地上方，隔南港溪與烏牛欄臺地相望，二地狀似兩牛相觸，故以名之。

❹溯：探尋。

❺濁水溪：臺灣最長的溪流，長一百八十六公里，由於其上游坡陡流急，沿岸土質脆弱，沙石經常崩塌入河，造成溪水混濁，故名濁水溪。其主源霧社溪發自中央山脈合歡山南麓，源地在海拔二千八百八十公尺處。主要支流有六，由上而下依序為萬大溪、卡社溪、丹大溪、郡大溪、陳有蘭溪、清水溪。其自二水鄉以南，離山而進入平原，出海之水道有二：一向西北方經北斗到鹿港以南入海，此名北斗溪；一經西方過西螺入海，原稱西螺溪，如今為濁水溪之主流。

❻翼日：亦作翌日，第二天。

❼蠻蠻、貓丹：皆原住民之舊部落。

❽控弦千計：駐守著上千名兵卒。此處所言兵卒，是指戍守在隘寮的丁勇。所謂隘寮，乃明、清時代為了阻止生番（尚未漢化之原住民）侵擾的防禦性建築，其駐紮之丁勇，經常是從熟番（已接受漢化之原住民）部落中挑選出來的壯丁。控弦，指士兵。漢代賈誼《新書・匈奴》：「竊料匈奴控弦大率六萬騎。」

❾鷙悍：凶猛蠻橫。鷙，音ㄓˋ。

❿馴良：個性柔和順從。

⓫王化所敷：君王德化的傳布。敷，傳布、散布。

⓬羈縻勿絕：約束控制不使其完全失去善根。羈縻，

本指繫牛馬的繩，引申為控制、約束之意。羈，音ㄐㄧ。

⑬水沙連嶼：即日月潭中的光華島，九二一大地震後，南投縣政府為了表達對邵族人的尊重，改稱拉魯島。清康熙年間，邵族人曾至此島居住，在道光之前又遷出，是邵族人重要的舊聚落。它的舊名很多，清朝時期有名為珠（仔）嶼、珠山者；日治時期則稱為玉島、水中島。

⑭贅疣：皮膚上的肉疙瘩。

⑮包絡：包圍環繞。

⑯廣：東西寬曰廣。張衡〈西京賦〉：「於是量徑輪，考廣袤。」註：「說文曰：南北曰袤，東西曰廣。」

⑰可：大約。

⑱參差：不整齊的樣子。

⑲蓬、瀛：即蓬萊與瀛洲，皆山名，相傳為神仙居所。

⑳番：指日月潭一帶的原住民，多數為邵族。

㉑虛：空出。

㉒露頂：露出頭頂。

㉓桴：竹筏。

㉔禾稻：即稻子。

㉕罾罟：音ㄗㄥ ㄍㄨˇ，魚網。

㉖蟒甲：原住民的獨木舟。

㉗弓矢：弓箭。

㉘須臾：片刻、一會兒。

㉙筐：竹子所編的盛物器。

㉚發家：此指家業發達者。

㉛洵：實在。

㉜帝力：帝王的作用、力量。

㉝刳：音ㄎㄨ，用刀子將裡面挖空。

㉞濟：渡水。

㉟胥：全、都。

㊱詣：前往、到。

㊲刺：划船、撐船。黃宗羲〈劉瑞當先生墓志銘〉：「瑞當挾其季子，一平頭奴，刺小航浮江而上。」

㊳嗟乎：感嘆詞。

㊴仇池公：指晉朝時期氐人楊初家族之封為仇池公者。當初楊氏率領子民在仇池山居住，並自立為仇

池公（事見《魏書・氏傳》）。仇池山在中國甘肅省成縣西方，此山盤迴曲折，層巒疊翠，又有水泉瀦蓄其中，風光極其秀麗，居住在此，宛如人間仙境。蘇東坡〈和桃花源詩序〉中引王欽臣的話說，此地「可以避世如桃源也」。

❹⓿武陵人悞入桃源：指陶淵明〈桃花源記〉所言武陵漁夫捕魚時偶然進入桃花源的事情。悞，與誤通。

❹❶曩者：從前。

❹❷誕：荒唐怪異。

❹❸信：果真、確實。

❹❹彭澤：指陶淵明，以其曾任彭澤令也。

❹❺服教：接受教化。

❹❻挾：帶著。

❹❼山靈：山神。

❹❽當局諸君子：掌政的官員們。

❹❾淪浹其肌膚：感化他們的心性。淪浹，浸潤、滲透。浹，音ㄐㄧㄚˊ。

❺⓿宴遊：遊樂。

作品賞析

本文選自《東征集》，屬於雜記類古文。文章的主旨，在描述日月潭的賞遊經驗以及潭水的優美景色。

本文以描述日月潭風光為主體，說它「山青水綠，四顧蒼茫，竹樹參差，雲飛鳥語。」真是一幅人間仙境的圖畫。日月潭的美，只有真正遊歷過才能有澈心的體會，這深山中的一畝清潭，在群山環繞下瀦水為池，水中有山，山中見水，與外界的相隔更平添幾許神祕與幽邃。自有清以來，無數的文人雅士常遊屐於此，並留下可歌可詠的美麗詩章，這也是作者作為斯文的主要原因。從描寫日月潭的山光水色為主體，再旁及日月潭原住民的介紹，談他們的生活文化與習性，在肯定之餘，仍然帶著對於原住民剽悍性格的畏懼。這反映了古代漢人與原住民相處的普遍現象，也可作為今日探討族群文化的歷史資料。

本文的寫作技巧，在寫景的部分主要是寫形手法的運用。古代文章的寫景方式，大抵有寫形、寫神的分別，前者主要是摹繪景物的外在形態，後者則是偏重精神氣韻的描寫。對此，本文是以寫形為主要的表現模式。所以它描寫日月潭的本體以及周圍景致，完全是形態畫面的勾繪。除了寫景之外，本文還以景、事交融的方式來增加作品的活潑性與故事性。我們都知道，人們最關心、最感興趣的還是人類自身的事，這就是文學作品為何特別注重人物塑造的原因。有了人物的故事，內容就會變得有活潑性、趣味性及發展性，所以作者在寫景之餘，不忘介紹原住民的生活，述說他們和日月潭相處的點點滴滴，於是在寫景的柔美氣氛外，又強化了文章多元的生命力，這是景、事交融的和諧運用。文章的最後以期望語氣作結，希望執政當局能盡力做好原住民的教化工作，讓外界人士可以盡情享受這片世外桃源的風光。這種收筆的方式，每每在前面的主題之外岔開另一條支線，增加讀者的思考空間，使結尾變得更有味道。

延伸閱讀

一、吳德功〈日月潭記〉，見氏著《吳德功先生全集》，南投：臺灣省文獻委員會，一九九二年。

二、洪棄生〈遊珠潭記〉，見氏著《洪棄生先生全集》，南投：臺灣省文獻委員會，一九九三年。

參考資料

一、趙爾巽〈藍鼎元傳〉，見氏著《清史稿》，北京：中華，一九九八年。

二、陳奇祿《臺灣土著文化研究》，臺北：聯經，一九九九年。

三、林翠鳳〈藍鼎元《東征集》的文學表現〉，《東海大學文學院學報》第四十四卷，二〇〇三年七月。

問題討論

一、除了水沙連之外，日月潭從明、清以來還有哪些別名？如何查索？

二、文中所說的「番」，乃指今邵族的原住民，他們的文化有何特色？

——田啟文

慎齋記

鄭用鑑

凡人，豪傑❶破崖岸❷，固❸弗思乎慎。疏放❹弛邊幅❺，亦何思乎慎哉？狷狂❻以肆欲❼，妄誕❽以縱情❾，其為人又何暇❿思乎慎也？

〈抑〉⓫之詩曰：「抑抑⓬威儀⓭，維⓮德之隅⓯。」君子抑抑，審密⓰其威儀，乃其德之廉隅⓱也。審密而廉隅，視⓲破崖岸、弛邊幅者何如？苟非慎，能然⓳耶？故其詩曰：「慎爾出話⓴。」又曰：「淑慎爾止㉑。」話與容止㉒二者，威儀之大端，話言之出，苟不慎焉，能無玷㉓而生尤㉔耶？

話言出而既慎矣，于其容止，又加慎焉，是其中心㉕之審密，德之見於形表，而無所不用其慎也。容止可觀，有何愆㉖之可悔耶？

作者

鄭用鑑（一七八九～一八六七），字明卿，號藻亭，又號人光，新竹市人。生於清乾隆五十四年，卒於清同治六年，享年七十九。

用鑑為開臺第一進士鄭用錫之從弟，二人皆為臺人之俊彥。用鑑二十二歲時，取進為彰化縣學附生。道光五年，考中拔貢，成為臺灣北部首位拔元。隔年禮部覆試，經取錄為二等第七名，以教職選用。但為了奉養雙親，不願離鄉任職，而成為名副其實的徵士。同治元年，詔舉為孝廉方正。

用鑑主講新竹明志書院三十年，特重德行之教導，為國家培育許多賢才。對於地方事務也極力投入，其中設義塚、義倉，修文廟、文昌宮、明倫堂等，多為用鑑所提倡。清光緒二年，福建巡撫丁日昌奏准朝廷入祀鄉賢祠。

在學術著作的部分，撰有《易經易讀》三卷，闡明道器體用之理，今已散佚。其詩文合刊為《靜遠堂詩文鈔》，王國璠評此集曰：「力趨性靈，和平中正，毫無噍殺之音。」

註釋

❶豪傑：意氣豪邁的人。
❷破崖岸：打破規矩、突破分際。
❸固：本來。
❹疏放：不拘細節的人。
❺弛邊幅：忽略儀容舉止的修飾。
❻猖狂：狂妄放肆的人。
❼肆欲：放縱慾望。
❽妄誕：無知荒唐。
❾縱情：放縱情性。
❿暇：空閒。
⓫〈抑〉：《詩經・大雅》中的篇章，主旨在強調謹言慎行、端正儀態的重要。
⓬抑抑：謹慎嚴密的樣子。
⓭威儀：莊重而令人尊敬的儀態。
⓮維：乃、是。韓愈〈唐故國子司業竇公墓志銘〉：「公一舉成名，而東遇其黨，必曰：非我之才，維吾舅之私。」
⓯隅：方正。

⑯審密：精細嚴密。
⑰廉隅：品行端正。
⑱視：比起。
⑲然：如此、這樣。
⑳慎爾出話：你說話要謹慎。爾，你也。
㉑淑慎爾止：你的行為舉止要和善謹慎。
㉒容止：儀容舉止。
㉓玷：音ㄉㄧㄢˋ，缺失。
㉔尤：怨恨。
㉕中心：內心。
㉖愆：音ㄑㄧㄢ，過失。

作品賞析

本文選自《靜遠堂文鈔》，屬於雜記類古文，主要是申明謹慎行事的道理，這包含談吐和儀態舉止的修持。

作者在文中表示，人如果不能夠謹慎小心，做事不拘細節，或逾越分際，或狂妄放肆，都會讓自己的行為產生缺失，而招來禍害。事實上，這樣的情況在我們日常生活中經常發生。例如考試答題，如果不能謹慎專注，經常會因粗心而犯錯，如果面對的是重要考試，就可能影響一生的際遇。又如求職找工作，如果不注重談吐和儀態，隨意為之，給人輕佻浮華之感，那也不易成功。總之，在任何時候扮演任何角色，做任何事情，都應該謹慎思考、仔細因應，以沉穩莊重的心情來面對，才能把握每一處細節，避免缺失的產生。

本文的寫作手法，採用議論式文章的正、反面論述法，企圖讓事物的良莠利弊有不同角度的呈現，以提供讀者進行思考。文章一開始，作者採用反面的論述，在排比句法的堆疊下，先列舉幾種做事狂肆孟浪的負面型人物，讓讀者明白細心謹慎的重要與可貴。在這一段裡，除了文意上點出忽視謹慎所可能帶來的人格缺失外，也因為排比句法的使用，讓文章的氣勢在起筆處就湧現出來。接著在第二段裡，作者引用《詩經‧

抑》這首詩的句子，從正面角度告訴我們謹慎行事的必要性。這首詩是大雅的篇章，當初是衛武公用來警誡自己的詩，希望能持養君王謹慎莊重的美德。當然，雖然是規誡君王的詩歌，但其闡揚謹慎之德的旨趣，仍然適用於一般人，我們必須用心體會與思量。作者引用此詩進行說明，具有相當程度的加分效果，因為《詩經》是儒家的重要經典，其論點自有一定的說服力。總的而言，這篇文章雖然篇幅甚短，但一字一句都有耿直不可輕慢的道理，值得作為我們立身處世的準則。

延伸閱讀

一、曾國藩〈居敬箴〉、〈謹言箴〉，見氏著《曾文正公家書》，臺北：文化，一九五九年，再版。

二、韓愈〈擇言解〉，見氏著《韓愈全集》，臺北：華正，一九八二年。

參考資料

一、黃旺成、郭輝合撰〈鄭用鑑傳〉，見氏著《台灣省新竹縣志》，新竹：新竹縣政府，一九七六年。

二、黃美娥〈明志書院的教育家──鄭用鑑〉，《竹塹文獻》第五期，一九九七年十月。

三、田靜逸〈清代竹塹開啟民智的教育家──鄭氏一門三傑〉，《實中學刊》第十二期，一九九八年八月。

問題討論

一、這篇文章的主旨，要人們做事務求謹慎，才能免於犯錯。請問如果謹慎過度，會不會變成優柔寡斷，或是缺乏冒險犯難的精神？這其中該如何拿捏？

二、鄭用鑑還有哪些養德修身的文章？請試著找出來並加以分析。

——田啟文

袪弊[1]之難

吳子光

古今無不敝之物，即重如河山，時有崩竭；堅如金石，時聞毀裂。獨有聖賢道理與作家文字二者，愈領略則愈有味，惟其如此，故議論日益多，而弊竇[2]更日益滋[3]。今作家自史、漢[4]以下，註家自杜預[5]、顏籀[6]以下，經後人所云刊誤糾謬[7]者，不一而足[8]。然作者之精神，長照耀於天地間，無人不低首，奉之為蓍龜[9]者，此其故可深長思矣。

余以遼東白豕[10]，馳騁論議[11]，此中弊竇，不言可知。然文章，天下之公器[12]，直道[13]存焉，無事標榜為也[14]。而今而後，糾吾文者，即吾師友；讀[15]吾文者，即吾子孫[16]，山人[17]斷[18]不敢予智自雄[19]，以為天下莫己若也。故為此傾筐發篋[20]之說明，示此中空洞無一物[21]焉。

作者

吳子光（一八一九～一八八三），字士興，號芸閣，別署雲壑，晚年自號鐵梅老人、鐵梅道人。原籍中國廣東省嘉應州，後移居銅鑼灣樟樹林莊（今苗栗縣銅鑼鄉樟樹村）。生於清嘉慶二十四年，卒於清光緒九年，享年六十五。

子光幼時，讀書於家塾「啟英書室」。弱冠時渡臺，於苗栗雙峰山下置「雙峰草堂」，遂定居於此。清同治四年，中式舉人，與搢紳以詩文相遊，並應淡水同知陳培桂之聘，參加廳志的修撰。清光緒二年，講學於苗栗文英書院，培養了許多優秀的文人，如丘逢甲、謝道隆、呂汝玉、呂汝修……等人，都是他的門生。子光與神岡三角仔富豪呂世芳交好，當時世芳子呂炳南篤好詩文，除了開辦文英書院外，又興建筱雲山莊，並典藏經、史、子、集四部圖書二萬一千餘卷，子光常寓居呂家，除了教導學生外，也藉呂家藏書以自我潛修，生活相當寫意。

子光個性狷介，不喜從俗，遇不平事則牢騷滿腹，其文集以是而名為《一肚皮集》。除此書外，又著有《小草拾遺》、《三長贅筆》、《經餘雜錄》、《芸閣山人集》等，後經臺灣史蹟中心合刊為《吳子光全書》行世。

註釋

❶祛弊：清除弊病。

❷弊竇：弊病。

❸滋：多也。

❹史、漢：指西漢司馬遷的《史記》與東漢班固的《漢書》。

❺杜預：字元凱，晉朝杜陵人，著有《春秋左傳集解》。

❻顏籀：即唐代顏師古，籀乃其字，精通訓詁學，曾受詔校定五經，又為《漢書》作注，是唐代著名學者。

❼刊誤糾謬：指正錯誤缺失。

❽不一而足：不止一樣、很多。

⑨蓍龜：本指占卜之物，此處引申為典範。

⑩遼東白豕：指見識淺薄的人。根據《後漢書・朱浮傳》的記載：「往時遼東有豕，生子白頭，異而獻之。行至河東，見群豕皆白，懷慚而還。」此後凡見識淺陋者，則以遼東白豕或遼東豕稱之。

⑪馳騁論議：抒發議論。

⑫公器：公共的器物、資產。

⑬直道：正直無私的公理。

⑭無事標榜為也：不要只做誇讚稱揚的事。

⑮讀：此處指學習吸收，而非一般性的流覽閱讀。

⑯子孫：泛指晚輩，而非單指具有血緣關係的後代子孫。

⑰山人：古代學者士人的雅號，此處乃作者自稱。

⑱斷：絕對、一定。

⑲予智自雄：以自我才智為高。

⑳傾筐發篋：本指把所有東西拿出來，此處引申為清清楚楚、徹徹底底的意思。篋，音ㄑㄧㄝˋ，收藏東西的小箱子。

㉑此中空洞無一物：我的內心謙虛沒有任何偏執。中，內心。

作品賞析

本文選自《一肚皮集》，屬於論辨類古文，旨在矯正文人相輕的陋習，也從而建立人們接納批評、改正缺失的氣度。

這篇文章對於讀書人而言，是很有意思也很具實用性的作品。魏曹丕《典論・論文》曾說，文人「各以所長，相輕所短。」道出了文人相輕的普遍現象。認為自己的文章很好，而輕視別人的作品，這其實是井蛙之見，以管窺天的陋習。然而千古以來，這個現象始終沒有消除，時至今日，我們仍能見到許多學者文人，各是己是而輕言人非。面對這種現象，作者在這篇文章中提出批判，他認為古今天下找不到沒有缺點的事物，山河如此，金石如此，文章也是如此。他甚至舉司馬遷、班固、杜預、顏師古等文豪為例，表示這些人的文章缺點也不少，但無損其作品之價值，仍為千古所傳頌。所以作者要我們放開心胸、放大格局，誠心接受別人對我們的批評。他甚至舉自己為例，認為如果有人糾正他的文章缺失，就是他的良師益友，這種胸襟氣度，值得我們尊重與效法。如果每個人都能夠接受作者的建言，並且加以貫徹實行，相信學術界能一團和氣，大家彼此互相肯定，進而攜手合作，共創學術的廣闊天地。當然，作者的論點也可以由文章延伸到行為修養的上頭，如果別人對我們的行為舉止有所批評，那我們也該虛心領教、用心體會，將對的意見吸收實行，以提升自我。

這篇文章有一個地方需要做出解釋，以免引起疑惑。那就是第二段「讀吾文者，即吾子孫」這句話。這句話裡的子孫，泛指晚輩，並非單指具有血緣關係的後代子孫。所以整句話的意思是「如果有人能學習吸收我的文章，那就是我優秀賢良的後生晚輩。」作者這樣的說法，以現代人的觀點可能無法理解，為什麼學習吸收他的作品，就算是他的後生晚輩？其實如果我們把時空背景調回清代的時候，那是一個文人相輕、各立山頭的舊時代，一般而言，長輩或平輩間的文人，很少會虛心來學習我們的文章，能做到這方面的，大抵是後輩的文人，所以子光才說願意虛心學習其文章者，都可視為他的晚輩。與這種情況類似的，還有唐韓愈〈師說〉一文所說的：「士大夫之族，曰師、曰弟子云者，則群聚而笑之。問之，則曰：『彼與彼年相若也，道相似也。位卑則足羞，官盛則近諛。』嗚呼！師道之不復可知矣。」這段話指出當時讀書人，不願意向年齡相近者學習的不良現象。試想，連向平輩學習都覺得不堪了，更遑論是向晚輩學習，那更是天方夜譚了。所以舊時的文人，一般說來，只有晚輩會虔心學習我們的文章，因此作者才有「讀吾文者，即吾子孫」的說法。這是因當時的時空背景而說的，了解這一點，就不會對作者的說法產生疑惑了。

延伸閱讀

一、曹丕〈論文〉，見氏著《典論》，臺北：世界，一九六二年。

二、韓愈〈師說〉，見氏著《韓愈全集》，臺北：華正，一九八二年。

參考資料

一、林敏勝〈吳子光與《一肚皮集》〉，《中興史學》第三期，一九九七年五月。

二、陳運棟〈山城文獻初祖——芸閣山人吳子光舉人〉，《苗栗文獻》第十五期，二〇〇一年三月。

三、田啟文〈吳子光古文理論介析〉，《臺灣文學評論》第四卷第一期，二〇〇四年一月。

問題討論

一、您認為文人相輕的利弊得失是什麼？

二、吳子光的文章喜歡運用典故，請談談典故運用對文章所造成的影響。

——田啟文

桃李冬實[1]

吳德功

天下事，少所見者，多所怪，自古已然。歷觀《漢書・五行志》，凡一草一木之異，皆支離附會[2]，以為此也禎祥[3]，彼也妖孽。如李、梅，古亦有實於冬者，僖公之十三年[4]十二月，李、梅實。劉向以為周之十二月，即今之十月也，李、梅當剝落，今反華[5]實，近草妖也。又漢惠帝五年十月，桃、李華，棗實[6]，亦指為草妖。而不知皆由地氣寒暖，氣候遷變之所致也。

本島壬子歲[7]，夏、秋之交，狂風驟雨，奔騰洶湃，樹木花菓苗葉，飄蕩殆盡[8]，枝幹亦多摧折攲斜[9]，天地變色，禽鳥無聲，實為百年來未曾有之變。兼以時值[10]金風蕭瑟[11]，樹木必易枯槁，非復[12]苗條之可愛也。詎[13]料臺地氣候常暖，不特鱗塍繡壤[14]，草木依舊青蔥[15]，即樹木枯枝，亦皆有萌蘗[16]之生，仰觀桃、李之花，紅白爭妍，其實纍纍[17]，即葡萄亦多結子，島人咸[18]駭然[19]異之。予曰：「此乃物理之常[20]，夫何怪之有？蓋花木之能結實者，皆由新枝茁長，今回[21]花木枝葉，多為風雨所害，而本[22]實未撥[23]，新枝又生，循序而開花結菓矣。雖然此番洩氣[24]，來年菓實必少，業[25]此為生產者，必仰屋而嘆[26]。惟有當此陽春初交[27]，多壅[28]肥料，草木之精英，庶幾[29]可挽回焉。況本島地氣與別處不同，四季如春，霜雪稀少，張鷺洲《瀛壖百咏》[30]，不嘗云[31]蓮開夏月，菊迎年乎？可知草木之榮枯，胥[32]由氣候遷變，詎有關於災祥耶？」

作者

吳德功（一八五〇～一九二四），字汝能，號立軒，臺灣彰化縣人。生於清道光三十年，卒於民國十三年，享年七十五。

德功乃彰化之望族。先世誠厚公，於清乾隆年間自閩之同安來臺，定居於彰化。至其祖，移居於城內總爺街，世世代代以節孝傳家，素積福德。德功幼治舉業，潛心經傳，於清同治十三年補博士弟子員，名標上舍。清光緒二十一年，得膺歲貢。

德功本性淳厚，望重一方，且任俠好義，曾協助地方籌建及修葺節孝祠、育嬰堂、忠烈祠、元清觀、定軍寨等，極獲地方之稱揚。德功博學淵通，見識卓著，不論經、史、詩、文，均極嫻熟。著有《瑞桃齋文稿》、《瑞桃齋詩稿》、《瑞桃齋詩話》、《戴案紀略》、《施案紀略》、《讓臺記》、《觀光日記》、《彰化節孝冊》等書，臺灣省文獻會彙編為《吳德功先生全集》行世。

註釋

❶實：結果實。

❷支離附會：將不相干的瑣碎事物強加拼湊，使其產生關聯性。

❸禎祥：好兆頭。

❹僖公之十三年：此乃作者筆誤，正確應為僖公三十三年，詳見《漢書・五行志》第七中之下。

❺華：與花通，開花。

❻又漢惠帝五年十月，桃、李華，棗實：此事詳見《漢書・惠帝紀》第二。

❼壬子歲：此處指西元一九一二年，即中華民國元年時。

❽殆盡：將近全部。

❾攲斜：歪斜。攲，音ㄧ，不正、傾斜。

❿值：遇也。

⓫金風蕭瑟：秋風蕭條冷清。金風，即西風、秋風。

⓬非復：不再。

⓭詎：豈也。

⓮鱗塍繡壤：形容田地極多。鱗塍，指田間小路如鱗片般重重排列。塍，音ㄔㄥˊ，分隔稻田的小路。繡壤，田間的土梗和溝渠交錯，有如刺繡之文彩。

⓯青蔥：翠綠茂盛。

⓰萌蘖：發芽。蘖，音ㄋㄧㄝˋ，草木長出的新芽。

⓱纍纍：連成一串，形容數量極多。

⓲咸：皆、都、全。

⓳駭然：驚惶貌。

⓴物理之常：事物的常理。

㉑今回：這次。

㉒本：根部。

㉓撥：除去。

㉔洩氣：此指耗掉土地的生產力。

㉕業：從事某種職業。

㉖仰屋而嘆：抬頭看著房屋嘆息，表示無奈而感嘆。

㉗陽春初交：和暖的春天剛來時。

㉘壅：在植物根部培土或施肥。

㉙庶幾：差不多。
㉚張鷺洲《瀛壖百咏》：指張湄所作《瀛壖百詠》，咏應作詠。張湄，中國浙江省錢塘人，清雍正年間進士，曾以御史身分巡視臺灣，著有《珊枝集》、《瀛壖百詠》等與臺灣相關之作品。
㉛不嘗云：不是曾經說。
㉜胥：皆、都、全。

作品賞析

本文選自《瑞桃齋文稿》，屬於論辨類古文，旨在闡明天地運行之常理，破除穿鑿附會的靈異災祥之說。中國自陰陽五行學說盛行以來，靈異災祥的玄怪說法到處充斥，臺灣在明清之後大量吸收中國文化，自然免不了受到這方面的影響。這套學說認為天地間事物的屬性，都可以用陰、陽、金、木、水、火、土來加以類分，而不論是陰陽或者五行，彼此間會相剋相生，於是具有不同屬性的事物，彼此間也會相剋相生。因此，當某一類事物出現時，往往代表另一事物的命運會跟著改變，例如屬金的事物出現，就會對屬木的事物不利，因為金剋木；然而對同屬金或屬水的事物卻有好處，因為同屬金能增強氣勢，屬水則能因金生水而得利。在這裡我們就舉個實例來說說，例如夏禹被歸類為五行中的「木」性，所以在夏禹的時代，出現草木秋冬不枯的現象，陰陽家就說這是吉祥的徵兆，因為草木秋冬不枯，代表木氣強盛，這與夏禹的木性正相合應。如此說法當然缺乏根據，但是中國長期以來流傳這樣的學說，也廣為人們所相信，臺灣受其影響，對民智的啟迪造成重大阻礙。也因為如此，作者才會寫作此文，以矯正臺灣百姓的錯誤觀念。文中談到，臺灣在民國元年時，曾發生草木在秋天蕭瑟之季反而暢旺茂盛的反常現象，於是百姓驚慌，認為是靈異的徵兆。這種現象在作者看來，只是「物理之常」，是天地運行的常態現象，因為「本島地氣與別處不同，四季如春，霜雪稀少」，所以草木在秋季發芽成長，甚至開花結果，也沒有什麼好奇怪的，這是因為氣候過於和暖所致。作者以這樣的觀點，希望教育百姓，不要落入迷信痴愚的牢籠中，其識見不可謂不通達，用心不可謂不深長啊！

本文的寫作，由於是論述性文章，所以首重議論的技巧。朱豔英談到這些技巧時，認為論據要確實、要典型、要新穎、要充實，才是一篇好的議論文。其中論據要典型一項，在本文之中，就有很好的表現。所謂典型的論據，朱氏說：「看一個材料是否具有典型性，關鍵看其是否充分地反映了事物的本質。」依照此一原則審視，臺灣百姓以吉凶之兆看待草木生長的異象，其本質就是一種「迷信無知」的陋習。為了批判這種陋習，作者便舉了一些古代的例子作為論據，來說明這種行為的不當，而這些例子都非常具有典型性，也就是它們能充分反映這種「迷信無知」的現象。例如文中提到僖公三十三年十二月，李、梅實，劉向以為近草妖也；又漢惠帝五年十月，桃、李華，棗實，亦被人們指為草妖。這些例子都是以靈異災祥之說，來附會草木的生長現象，充分反映了迷信無知的本質。用這些典型性例子作為說明，很容易就讓讀者知所警惕，遇到類似情況時千萬不要像古人一樣，以迷信的角度進行詮釋，否則將成為泥古不化的人。因此本文所提臺灣在壬子年所發生的草木異象，其實並非吉凶的徵兆，只是單純氣候失調所致，我們一定要秉持理性的態度加以看待。

延伸閱讀

一、姚瑩〈噶瑪蘭颱異記〉，見氏著《中復堂全集》，臺北縣：文海，一九七四年。

二、白居易〈議祥瑞辨妖災〉，見氏著《白居易集》，臺北縣：漢京，二〇〇四年。

參考資料

一、楊緒賢〈吳德功與磺溪吳氏家譜〉，《臺灣文獻》第二十八卷三期，一九七七年九月。

二、施懿琳〈由反抗到傾斜——日治時期彰化文人吳德功身份認同之分析〉，《中國學術年刊》，第十八期，一九九七年三月。

三、李知灝《吳德功瑞桃齋詩話研究》，中正大學中文所碩士論文，二〇〇三年。

問題討論

一、中國陰陽五行的學說充滿光怪陸離的色彩，對此您的看法如何？

二、全球溫室效應已造成氣候重大變遷，您知道此一變遷會引起環境生態什麼樣的變化嗎？臺灣這幾年有無草木違反常態而生長的現象？和此一變遷有無直接性的關係？

——田啟文

遊關嶺[1]記

洪繻

珠潭[2]在萬山中，自彰化邑治南下，百二三十里；自諸羅[3]北上，亦近百里。彰化至南投，向東行；諸羅至斗六，亦向東行，二涂[4]寸步[5]皆山也。山之勝處處，峰巒起足下，奔流淜湃[6]，雲物、林壑[7]、泉石，瑰詭[8]萬狀。百十年前，途皆番窟，山皆榛莽[9]，遊者必挾隊[10]，刊山[11]芟薙[12]，而後可行，以冀[13]一覩山靈[14]之面。其難如此，故山境至佳，入者絕少，閟[15]為仙源，而企望之者，遂若在惝怳縹緲[16]之間。余前歲遊焉，值雨潦[17]，輕軌道[18]壞，乘轎踰嶺，反得盡嘗山水佳處。其山至深，欲再遊而未果，始思探關嶺之勝。

關嶺自諸羅後壁寮[19]轉東山[20]，路三十里而近[21]。前時徑涂未闢，重岡深壑，鳥飛始過。入之者循山迂谷[22]，披荊[23]覓徑，處處山谿間之[24]，雖三十里，不啻[25]百里。即有遊者，往往在前山雲泉寺[26]，一探火穴[27]而止，實非關嶺之勝也。年來鑿山跨谷，始得至溫泉、火穴之源。未至靈源[28]，三、四里有長岡橫亙[29]，開隧道十尋[30]餘。又有二溪，深可眩目，竹橋凌[31]其上，搖搖不定。過此，鏟山腰一線為行徑，迤邐[32]旋[33]岡巒而入。近靈源，拓山麓一方為平地，周可[34]一里，架木樓為客館[35]。一溪橫之，深不及前溪，而奔流益駛[36]，石益多，且巨立者如削壁，偃[37]如覆舟。跨以木橋，泉源則甃[38]以方石，水出如沸，有冷泉一股，瀵[39]其傍穴。火在上，棪舑[40]長芒，照一山，黑夜通紅。泉之後，砌[41]石磴[42]三百級，登臨一望，萬象皆卑[43]，山坳[44]樓閣如覆盂[45]，叢林如苔點，前山疊疊[46]如几案[47]。東望連峰矗天，白雲無際。玉山皓潔[48]，如在天外。西可望海，重重迴溪[49]，界如白虹[50]，細紋如縆[51]。嶺上宏坦，有公園，有蠶室，有蜂舍，稍遠有人家，水田有桄榔[52]果蓏[53]之圃。嶺多竹，有紙碓[54]高巒，有獵戶。屋皆竹蓋，園中駢植[55]桃、李、桑、榆、雜樹。巨石如峰，如阜[56]，如甕，如巨鐘，在池左右，池不常有水。凡遊者多至嶺下浴溫泉，登樓一望而止，鮮遊斯嶺，不能悉[57]關嶺之勝也。

出嶺門，一路重山複水[58]，老鴉如兒啼，鶯、燕、畫眉、鷓鴣如嬌語。迴視峰巒，遠在空半，近赴行人[59]。左右山谿急流，如高瓴瀉水[60]，疊浪翻波，去不可止。蓋山水奇偉，有若九嶷[61]、五嶺[62]、熊耳[63]、仇池[64]，則珠潭為勝；關嶺窈窕[65]一方，特武夷一曲之秀[66]，然而火穴靈源，溫泉滾滾，夾以佳山水於其間，則亦可傲視其他名山也。

作者

洪攀桂（一八六七～一九二九），學名一枝，字月樵。臺灣淪陷後，改名繻，字棄生。原籍中國福建省南安縣，後遷居彰化縣鹿港鎮。生於清同治六年，卒於民國十八年，享年六十三。

棄生幼攻舉業，資質過人，試輒冠群。清光緒十七年，以案首入泮。臺灣割讓日本後，閉門潛修，致力於詩文的創作以鼓舞民氣，其中尤以《臺灣戰紀》（原名《瀛海偕亡紀》），多記敵人之虐政，充滿反抗精神，最能彰顯民族氣節。

棄生學識淵通，文筆卓絕，不論詩、詩論、古文、駢文、歷史等，都有極高的成就，是一全才型的文人。所作有《寄鶴齋詩集》、《寄鶴齋古文集》、《寄鶴齋駢文集》、《寄鶴齋詩話》、《八州遊記》、《八州詩草》、《臺灣戰紀》、《中東戰紀》、《中西戰紀》等，臺灣省文獻委員會輯諸書為《洪棄生先生全集》。

註釋

❶關嶺：即關仔嶺，位於臺南縣白河鎮，為著名風景區，以溫泉為主要觀光產業。

❷珠潭：即日月潭，在南投縣魚池鄉境內，為著名風景勝地。

❸諸羅：嘉義舊名。

❹涂：與途通。

❺寸步：原指極小的步子，此處引申為到處、遍地之意。

❻淜湃：波浪相互衝擊。淜，音ㄆㄥ，水聲。

❼林壑：山林澗谷。壑，山谷、坑地。

❽瑰詭：奇異。

❾榛莽：雜生的草木。榛，音ㄓㄣ，木叢聚而生。

❿挾隊：結隊。

⓫刊山：開闢山林。

⓬芟苐：除草。芟，音ㄕㄢ，割除。苐，音ㄈㄨˊ，草繁盛。

⓭冀：希望。

⓮山靈：山神。

⓯閟：音，ㄅㄧˋ，幽深而神祕。

⓰惝恍縹緲：模糊不清。

⓱雨潦：雨大貌。

⓲輕軌道：指糖廠小火車（五分仔車）的鐵軌，由於軌道間距只有七百六十二公釐，比臺鐵軌距（一千零六十七公釐）小，故稱「輕軌道」或「輕便鐵道」。

⓳後壁寮：即今臺南縣後壁鄉，為臺南縣最北端的鄉鎮，西北方和嘉義縣水上鄉、鹿草鄉為鄰，往東與臺南縣白河鎮交接。

⓴東山：今臺南縣東山鄉。

㉑路三十里而近：路途接近三十里。

㉒循山迂谷：循著山路，繞過山谷。

㉓披荊：闢除山林荊棘，以開通道路，後引申為克服險阻。

㉔山谿間之：被山間小溪隔開。谿，山間小水。間，隔開。

㉕不啻：無異於、就好像。

㉖雲泉寺：疑指碧雲寺，原名火山廟，奉祀觀世音菩薩，創建於清嘉慶元年。此寺宏偉肅穆，建築講究，是關仔嶺著名景點。

㉗火穴：指「水火同源」一景，又稱水火洞。此洞於清康熙四十年被發現，洞中岩壁因天然氣不斷噴出，常年有火燄燃燒，岩壁隙縫處，又有泉水流出，遂形成水火同源之景，蔚為奇觀。此洞距碧雲寺僅一公里路程，同為關仔嶺重要景點。

㉘靈源：指溫泉與火穴的源頭。加一靈字，表其神奇之意。

㉙橫亘：橫向連接。亘，音ㄍㄣˋ，與亙通，連接之意。

㉚尋：長度單位，八尺為一尋。

㉛凌：越過。
㉜迤邐：音ㄧˇ ㄌㄧˇ，曲折綿延。
㉝旋：迴繞。
㉞可：大約。
㉟客館：旅館。
㊱駛：急、快。
㊲偃：倒伏。
㊳甃：音ㄓㄡˋ，築井。
㊴濆：音ㄈㄣˋ，水自地下湧出。
㊵啖㗘：音ㄉㄢˋ ㄊㄢ，火舌。
㊶砌：堆疊。
㊷石磴：石階。
㊸卑：低下。
㊹山坳：山低凹之處。坳，音ㄠ，低凹地。
㊺覆盂：覆蓋的盂器。盂，盛湯或食物之器具。
㊻疊疊：重疊。
㊼几案：泛指桌子。几，小桌子。案，大桌子。
㊽皓潔：明亮潔白。
㊾重重迴溪：迂迴彎曲的溪流重重排列。

㊿界如白虹：好像一條條白虹所隔開的界線。白虹，日月周圍的白色光暈。
51絙：音ㄍㄥ，大繩。
52桄榔：木名，常綠樹，經濟價值高，可製糖及澱粉。
53果蓏：泛指植物的果實。《漢書・食貨志上》：「瓜果瓠蓏」注：「應劭曰：『木實曰果，草實曰蓏。』」
54紙碓：舂搗紙漿的器具。碓，音ㄉㄨㄟˋ，舂穀物的設備。
55駢植：並列栽種。
56阜：土山。
57悉：窮盡。
58重山複水：重複不斷的山水景觀。
59近赴行人：近的就好像在行人的面前。
60高瓴瀉水：水由高處向下傾瀉。瓴，音ㄌㄧㄥˊ，盛水的瓶子。
61九嶷：又名蒼梧山，在中國湖南省寧遠縣。
62五嶺：山名，據《小學紺珠・地理類》所載，五嶺即中國江西省大庾縣南之大庾嶺、湖南省郴縣南之騎田嶺、湖南省藍山縣南之都龐嶺、湖南省江華縣西南之萌渚嶺、廣西省興安縣北之越城嶺等五座山嶺。

63 熊耳：山名，在中國河南省，東西兩峰相對如熊耳，故名之。

64 仇池：山名，亦名百頃山，在中國甘肅省成縣西。

65 窈窕：深邃貌。

66 特武夷一曲之秀：只是像武夷山秀麗的形貌之一。特，只是。武夷，山名，位於中國福建省崇安縣西南。

作品賞析

本文選自《寄鶴齋古文集》，屬於雜記類古文，旨在描述關仔嶺的勝景，是一篇純粹的山水散文。

關仔嶺是臺南縣著名的山水景點，自清代以來一直是文人駐足觴詠的好地方。它的美，在於它翠綠的山色，還有大仙寺、碧雲寺帶來濃濃的宗教氣息，此外水火同源、溫泉、出米洞等等，也都是非常吸引人的觀光賣點。對於關仔嶺的歌詠，在古典詩歌中篇章極多，但古典散文的部分卻不多見，在這種情況下，本文更是彌足珍貴。尤其作者以清新俊麗之筆，歷數關仔嶺的地理位置、山勢環境以及古剎、溫泉、石階、公園……等等之諸多景致，描述相當的全面，是了解晚清與日治時期關仔嶺景觀的最佳素材。

本文的寫作手法，有多方面的精彩呈現，首先來看辭格的部分，明喻、對偶、排比、疊字等技巧，都有所運用。明喻者，如「石益多，且巨立者如削壁，偃如覆舟。」「玉山皓潔，如在天外。」……等等。對偶者，如「重岡深壑」、「疊浪翻波」……（以上句中對）；「途皆番山，山皆榛莽。」「遠在空半，近赴行人。」（以上單句對）。排比者，如「山坳樓閣如覆盂，叢林如苔點，前山疊疊如几案。」「嶺上宏坦，有公園，有蠶室，有蜂舍，稍遠有人家，水田有桄榔果蓏之圃。」這些修辭格的使用，豐富了作品的藝術能量。除了辭格之外，其駢散相間的句法也極具特色。所謂駢，是指駢文筆法，它著重儷偶，通常是四字句與六字句合成的句組，這種筆法會使文氣更為厚重密實；至於散，則是指散文筆法，乃散體單行的句式，它會讓文氣更為活潑輕靈。這兩種筆法兼融並蓄、交錯使用，常能為文章帶來奇妙的效果，以下我們且舉其中之一段文句作為說明。例如「雲物、林壑、泉水，瑰詭萬狀。百十年前，途皆番山，山皆榛莽，遊者必挾隊，刊山芟茀，而後可行，以冀一覩山靈之面。」以上文句乃駢中有散、散中帶駢，朗讀起來不但抑揚有致，而且文氣具有一鬆一緊之效，令人激賞。除了辭格與駢散相間之句法外，其空間敘寫的轉向設計也十分出色，包含遠觀近觀的交替、前瞻後顧的交替、仰視俯看的交替等等，只要我們用心觀察，處處都有令人驚奇之處。

——田啟文

延伸閱讀

一、藍鼎元〈紀火山〉，見氏著《東征集》，臺北縣：文海，一九七五年。

二、洪棄生〈遊關嶺記〉（駢文），見氏著《洪棄生先生全集》，南投：臺灣省文獻委員會，一九九三年。

參考資料

一、程秀凰《洪棄生及其作品考述》，臺北：國史館，一九九七年。

二、田啟文〈洪棄生山水散文的藝術表現〉，《新竹師院學報》第十七期，二〇〇三年十二月。

問題討論

一、看完本文後，您會想去關仔嶺一探究竟嗎？如果想前往一遊，您最想看的景點是哪裡，為什麼？

二、作者有另一篇山水散文——〈遊珠潭記〉，請比較二篇的風格異同。

鼠

駱香林

何仁卿擅秦越人之術❶，與其為道義交❷有年❸矣。嘗過❹某❺，座客方論鼠。仁卿曰：「無逾❻余所覩者。少時過吾友，夜坐，有聲唧唧❼出几案❽下。吾友曰：『必將偷油。』躡足❾曳❿余同窺探，果六、七鼠環行一小甕。甕有蓋，甚重，上下跳躍，顧莫如何⓫，已而⓬俱去。須臾⓭擁一大鼠到，尾一瘤甚大，腹垂地，不能自行走。坐甕前，面甕良久，亦唧唧有聲。於是群鼠爭穴甕下土⓮，不移時⓯，甕半傾，蓋亦墜地。吾友大驚，疾⓰趨⓱逐之，群鼠盡逸⓲，大者展轉⓳地上不能去，遂撲殺之。」

嘻⓴！坡翁所遇㉑，其黠㉒猶不及此，豈其智愈高，殺身之道亦愈烈歟？自無濟勝之具㉓，而猶為其黨㉔畫策㉕，禍患忽至，皆免身㉖而逃，誰顧㉗已不能行走乎？鼠之智，正鼠之過也，可以戒矣！

作者

駱香林（一八九五～一九七七），名榮基，香林為其字。原籍新竹，後遷居花蓮。新竹公學校畢業後，曾師事名儒趙一山，治學至為淵博謹嚴。後與李騰嶽、黃永沛等同門組織「星社」，為文學的傳播奉獻心力。壯年之後，還居花蓮，招生講學，以推動民族思想為職志。臺灣光復後，任「花蓮縣文獻委員會」主任委員，致力於文獻的採集與志書之編纂。閒暇之餘，喜歡攝影，蒐集奇石，悠遊於山水之間。

香林著述甚多，曾編修《花蓮文獻》、《花蓮縣志》、《臺灣省名勝古蹟集》。文學作品則有《俚歌百首》初二輯、《聯語》、《題詠花蓮風物》等，這些生前已結集付印；此外又有文集、畫集、奇石譜等未加刊行。過世後，其詩友王彥輯其俚歌二百二十八首、詩七百七十六首、詞七闋、聯二百零一對、文一百三十七篇，分為六卷，編成《駱香林全集》行世。

香林雖習儒家之術，但學兼佛、老，是以詩文中常帶玄言禪理，極堪玩味，是當時臺灣之詩文大家。

註釋

❶秦越人之術：指醫術。秦越人，即扁鵲，戰國時名醫，姓秦，名越人。其事蹟詳見《史記》本傳。

❷道義交：以道德正義相交往的朋友。

❸有年：許多年。

❹過：拜訪、探訪。

❺某：我。

❻逾：超過、勝過。

❼唧唧：形容事物的聲響，此指老鼠的叫聲。

❽几案：泛指桌子。几，小桌子。案，大桌子。

❾躡足：用腳尖著地，輕身行走。躡，音ㄋㄧㄝˋ。

❿曳：拖、拉。

⓫顧莫如何：然而都無可奈何。顧，然而、但是。《新唐書・張巡傳》：「吾欲氣吞逆賊，顧力屈耳。」

⓬已而：過了一些時間。

⓭須臾：片刻、一會兒。

⓮穴甕下土：挖甕下的泥土。穴，做動詞用，挖也。

⓯不移時：沒多久時間。

⓰疾：快速、迅速。

⓱趨：向前行進。

⓲逸：逃走。

⓳展轉：周折費力的樣子。

⓴嘻：感嘆詞，此處表遺憾。

㉑坡翁所遇：指蘇東坡在〈黠鼠賦〉一文中所談的那隻老鼠。

㉒黠：音ㄒㄧㄚˊ，狡猾。

㉓濟勝之具：或稱濟勝具，本指能攀越山水勝景的好身體，亦可引申為能完成理想目標的好身體。

㉔黨：同伴。

㉕畫策：思考謀畫。

㉖免身：抽身離開。

㉗顧：注意、顧念。

作品賞析

本文選自《駱香林全集》，屬於雜記類古文，藉由記述一隻巨鼠偷油的故事，來闡述聰明反被聰明誤的道理。

文中談到一群老鼠打算偷油，然而油甕上有蓋子，群鼠莫可奈何。不久群鼠請來另一隻體型巨大的老鼠，這隻大鼠身上長了瘤，行動遲緩。大鼠一來，面對著甕沈思，然後發出聲響知會同伴，群鼠便開始挖掘甕下的泥土，油甕因此基礎不穩而傾倒，油也就流溢出來。此時驚動屋主前來驅趕，群鼠迅速逃走，只剩這隻行動不便的巨鼠被撲殺。這樣的結局，讓作者領悟出一個道理，他說：「鼠之智，正鼠之過也。」直接地說，就是聰明反被聰明誤。筆者以為，這則故事在趣味中蘊含著人生的道理，是一篇值得再三吟詠的好文章。尤其巨鼠因其聰明而受到群鼠的尊重，但也因其聰明而惹來殺身之禍，這當中對於「聰明」所抱持的看法，是很耐人尋味的。一般說來，大家都喜歡聰明的特質，但偏偏又有人說聰明反被聰明誤，這其中該如何理出一個頭緒，才不至於相互矛盾？筆者以為，聰明本質上是好的，但要做個真聰明的人，而不是半調子的聰明。文中這隻巨鼠基本上就是半調子的聰明，所以牠想得到如何偷油，卻看不到甕倒下後可能招致的禍害。如果是真聰明者，整個事情的發展脈絡與前後的因果關係，都能一清二楚，於是問題難不倒他，災害也傷不了他，那就沒有所謂聰明反被聰明誤的情況了。所以我們可以這麼說，會造成聰明反被聰明誤者，基本上是一種半調子的聰明，真正具有大智慧、大聰明的人，是不會因聰明而誤己傷人的。

宋代蘇東坡曾寫過〈點鼠賦〉，說到他被一隻用計裝死的老鼠所欺騙，從而讓他悟出做事務求謹慎專一，才不至於犯錯的道理。這篇文章與本文同中有異、異中有同，可以相互參照，必定能產生另一番的人生體會。

延伸閱讀

一、蘇東坡〈點鼠賦〉，見氏著《蘇東坡全集》，臺北：新興，一九五五年。

二、柳宗元〈永某氏之鼠〉，見氏著《柳河東集》，臺北：河洛，一九七四年。

參考資料

一、高志彬〈駱香林傳略〉，收錄於《臺灣文獻書目解題・傳記類二》，臺北：國立中央圖書館臺灣分館，一九九一年。

二、黃憲作〈後山桃花源——論駱香林「桃花源」世界的追尋與「後山」的地方認同〉，《大漢學報》第十八期，二〇〇三年十一月。

問題討論

一、本文所描述的大鼠，腦筋聰明，是群鼠的決策者，但最後也因其聰明而死，這若是反映到人生現象上，代表著什麼含意？歷史上或您所認識的人，有人是這種現象的寫照嗎？

二、請比較本文與蘇東坡〈黠鼠賦〉，在寫作形式與內容上有何異同之處？其各自之特色又是什麼？

——田啟文

卷中：詩

懷鄉

沈光文

萬里程何遠，縈迴❶思不窮。安平❷江上水，洶湧海潮通。

作者

沈光文（一六一三～一六八八），字文開，號斯菴，中國浙江省鄞縣人。生於明萬曆四十一年，卒於清康熙二十七年，享年七十六。

光文以明經貢太學，歷仕明唐王、魯王、桂王，累官至太僕寺少卿。清入關後，隱居不仕。後移家泉州，海上遇颶風，飄至臺灣。沈光文在鄭成功治臺之時，甚獲鄭成功之禮遇。後鄭經繼位，施政未能紹述父志，光文作賦諷之，幾至不測。後變服為僧，逃至羅漢門山（今高雄縣岡山鎮），隨後移居目加溜灣社（今臺南縣善化鎮），並於該地教授生徒，濟施醫藥。晚年與季麒光、韓文琦……等人組織東吟社。不久過世，葬於善化里東堡（今善化鎮坐駕里）。

光文對於臺灣文化的啟蒙，居功厥偉，後人譽之為臺灣文學（獻）初祖。季麒光〈題沈斯庵記詩〉云：「從來臺灣無人也，斯庵來始有人矣。臺灣無文也，斯庵來始有文矣。」《臺南縣誌稿》本傳云：「渠（沈光文）不僅開本縣文學之端，亦即肇啟本省文學之第一人。」由是可知，光文在臺灣文學史上，有其無可取代之地位。

光文一生著述宏豐，據全祖望《鮚埼亭集》所載，計有《花木雜記》、《臺灣賦》、《東海賦》、《樣賦》、《芳草賦》、《古今體詩》。《續修臺灣府志•雜著錄》所載，計有《臺灣輿圖考》一卷、《文開文集》一卷、《臺灣賦》一卷、《文開詩集》二卷、《草木雜記》一卷、《流寓考》一卷。可惜作品多散佚不存，龔顯宗教授輯有《沈光文全集及其研究資料彙編》，極具研究價值。

註釋

❶縈絗：迴旋盤繞。絗，音ㄏㄨˊ。

❷安平：即明鄭時期的安平鎮，為當時臺灣對外的交通要地。此地原為荷蘭人所建之熱蘭遮城，鄭成功將其改為安平鎮，其位置在今臺南市安平古堡一帶。

作品賞析

本文選自《沈光文斯菴先生專集》，此詩是詩人懷念故鄉的作品，全詩以思念為主軸，借景將綿綿不絕的情感呈現出來。

沈光文本明末浙江人，在清兵入關後，隱而不仕，後來在海上遇到颶風，飄流至臺灣。寓居臺灣三十多年間，教化黎民，聚徒授課，有時還以醫藥救人，臺灣雖然不是他的原鄉，但他對於臺灣的文學、禮教有很大的貢獻，後人尊稱他為臺灣文學（獻）初祖。因他特殊的背景，所以定居臺灣後，寫下許多思鄉的作品，除了本詩之外，〈思歸〉六首也是此一性質的佳構。本詩一開頭言道：「萬里程何遠」，這不是故鄉真正的距離，而是魂縈夢牽的心靈距離，是思而不可得，夢而無可至的距離。但詩人一轉言：「安平江上水，洶湧海潮通。」自身所佇立的江邊，與故鄉的潮水本是相連的，詩歌至此將思念的距離改變，這種萬里難至的距離拉近了，無邊無際的思念也忽然間有了寄託的憑藉，所有的懷念，也隨著江流、潮水，綿延不絕地傳送至故鄉。

全詩讀來情韻動人，將眼前之景——滾滾江流與濤濤海潮，化作思念的憑藉，也化成思鄉的情意，這正是借景寫情的創作手法。另一方面，這也是詩人運用其想像力，將思念的空間變小、距離變短，正是一種以情感改造空間的創作方式。我們都知道，空間的距離是無法改變的，但思緒的距離是可以隨意變化的，《文心雕龍‧神思》篇說：「古人云：『形在江海之上，心存魏闕之下。』神思之謂也。文之思也，其神遠矣。故寂然凝慮，思接千載；悄焉動容，視通萬里。」此處談到思緒的游移，可以跨越時空的藩籬，到達任何一個地方。所以詩人對於萬里故鄉的眷戀，雖然無法克服空間上實質的距離間隔，但他運用想像，寄託於潮水，藉著潮水通往故鄉，便也好似解決了暫時的思鄉之苦。這就是以內心情感改造空間距離的寫作方式，是詩歌中常見的手法。

延伸閱讀

一、顏其碩〈懷鄉〉，見氏著《陋巷吟草》，臺北縣：龍文，二〇〇一年。

二、呂嶽〈辛卯詩人節懷沈斯菴〉，見氏著《醉雪軒吟草》，臺北縣：龍文，二〇〇一年。

參考資料

一、龔顯宗《沈光文全集及其研究資料彙編》，臺南縣：臺南縣立文化中心，一九九八年。

二、余昭玟〈沈光文與臺灣的懷鄉文學〉，《中國文化月刊》第二百四十三期，二〇〇〇年六月。

問題討論

一、請說明沈光文在臺事蹟，以及在臺灣文學史上的地位。

二、沈光文懷鄉一類的詩作，對於臺灣後代同題材的詩歌具有深遠的影響，試就所知作一陳述。

——歐純純

居赤嵌一載矣，計日有感

孫元衡

心跡❶經年❷兩自嗤❸，一官寒瘦❹一編詩。躊躇生理❺流光速，展轉歸期去日遲。瘴氣❻潛聞❼花放後，潮聲盈聽❽月明時。杜康❾功用真微妙，天地蜉蝣❿總不知。

作者

孫元衡（生卒年不詳），字湘南，中國安徽省桐城人。清康熙四十二年時擔任臺灣府海防同知，戮力從公，體恤百姓，極獲人民愛戴。

元衡在臺三年多，作有詩歌三百餘首，各體作品皆有，名為《赤嵌集》。此集對於臺灣風土民情有極多的描繪，透過其作品，可以了解許多當時臺灣的社會景象與自然環境，所以張實居於〈序〉文中說讀此書可以「廣天下後世之聞見，使之多識鳥、獸、草、木之名也。」

註釋

❶心跡：指思想與行為。

❷經年：滿一年。

❸自嗤：自己譏笑自己，此處謙稱自己無所作為。

❹一官寒瘦：指官位低，不居要職。

❺生理：身體機能狀況。
❻瘴氣：山林間溫熱蒸發致人疾病之氣。
❼潛聞：暗暗嗅聞到。
❽盈聽：充滿耳朵。
❾杜康：傳說最早製酒的人，此借代為酒。
❿蜉蝣：蟲名，壽命短者數小時，長者六、七日。此處暗指人們生命短暫。

作品賞析

此詩選自《赤嵌集》，描寫詩人來臺灣當官，滿一年後之感發。對於自身年華老去，感到歲月如梭；但對於任滿歸鄉，卻有著遙遙無期、度日如年的憂慮，將內心時間感的矛盾突顯出來，最後詩人藉酒消愁，期望忘掉內心憂愁，也忘卻人生天地間，渺小且短暫的生命歷程。

詩人在清康熙年間擔任臺灣府海防同知，前後任期三年多，此詩是到臺一年後之作品。就整個大清王朝而言，臺灣只是海上孤嶼，對於應棄應留，廷議不決，後經施琅上〈臺灣棄留疏〉，建議保留臺灣以屏蔽閩疆，臺灣才確定成為大清王朝的一部分。也因如此，臺灣雖具有戰略地位，但終究被認為是化外之地，到臺任官對文人而言，不但必須離鄉背井，而且職位不高，所以文人常有志未得伸的感慨，孫元衡到臺灣當官，自然也有類似的感受。其詩言「心跡經年兩自嗤」，談到自己在臺灣任官滿一年後，對於本身的內在思想與行為事蹟而言，都毫無建樹，只能自我譏笑了。但這自嘲的背後，卻有著詩人深切的矛盾，其言：「躊躇生理流光速，展轉歸期去日遲。」一方面覺得時間過得很快，歲月已在身上留下痕跡；另一方面，卻覺得時間過得很慢，因回歸中原之日遙遙無期。在二者強烈的對比下，充分表達出詩人內心對於時間感的矛盾。然而矛盾歸矛盾，自己仍然必須面對現實，做好眼前為官的事務，至於內心的憂慮，就交給酒來消愁了。

此詩讀來憂鬱、低沉，語言風格偏於沉鬱。就寫作技巧而言，運用了對偶、對比、借代、譬喻等修辭格，表現手法相當豐富。其中對比手法的運用，是以時間感的快與慢來展現，不但令人印象深刻，情感的表達也非常真切。其他如以「杜康」借代為「酒」；以「蜉蝣」譬喻「生命短暫、渺小」，都可看出詩人用心經營的成果。全詩讀來沉鬱迭宕，含蓄優美，是此詩極為引人入勝的地方。

延伸閱讀

一、施士洁〈登赤嵌樓望安平口〉，見氏著《後蘇龕合集》，南投：臺灣省文獻委員會，一九九四年。

二、顏其碩〈赤嵌夕照〉，見氏著《陋巷吟草》，臺北縣：龍文，二〇〇一年。

參考資料

一、江寶釵《臺灣古典詩面面觀》，臺北：巨流，二〇〇二年。

二、吳毓琪〈論孫元衡《赤嵌集》之海洋意象〉，《文學臺灣》第四十三期，二〇〇二年七月。

問題討論

一、赤崁城（樓）在古典詩中有哪些意象？

二、清代宦遊詩人對於故鄉的懷念，有哪些不同的心境表現？

——歐純純

望玉山歌

章甫

天蒼蒼，海茫茫。武巒❶後，沙連❷旁。半空浮白，萬島開張。非冰非水，非雪非霜。老翁認得真面目，云是玉山發異光。山上寶光山下照，萬丈清高萬丈長。晴雲展拓三峰立，一峰獨聳鎮中央。須臾❸變幻千萬狀，晶瑩摩盪❹異尋常。四時多隱三冬❺見，如練❻如瀑如截肪❼。駭目驚人不一足，莫辨璧圓❽與圭方❾。我聞輝山知韞玉❿，又聞採玉出崑岡⓫。可求猶是人間寶，爭似⓬此山空瞻望。當時有客癡山鑿，自恃雄心豪力強。豈知愈入愈深處，歸於無何有之鄉⓭。嗟乎⓮！玉山願望幾曾見，我今何幸願為償。償來願望亦造化⓯，多謝山靈⓰不可忘。山靈歸去將誰說，依舊囊紗⓱而篆香⓲。大璞⓳自然天地秘，未知韞匵⓴何處藏？且將一片餘光好，袖來寶貴入詩囊。

作者

章甫（一七五五～？），字申友，別號半崧，臺南人。嘉慶四年貢生。章甫一生淡泊名利，也無意於場屋，只是於家鄉招生授課，培育人才。

章甫才氣甚高，詩文俱佳，其中詩又勝於文。其詩歌各體皆有，包含古詩、絕句與律詩；文則為散文及駢文。其作詩講究情韻，曾於詩集之序言說：「詩，緣情起也。余少耽詩歌，長多題詠，老不廢吟；六十年來，不知何以一往情深也。」其門人陳青藜亦謂其詩「少每緣情，老多托興。」章甫著作名為《半崧集》，凡六卷，以詩為主，文為附。

註釋

❶武巒：即大武巒山，位於嘉義縣東北，其北方即是玉山。

❷沙連：即水沙連，此指今南投縣日月潭。

❸須臾：片刻、一會兒。

❹摩盪：氣勢雄偉。

❺三冬：指冬季而言。冬季共有三個月，所以稱三冬。

❻如練：如白絹。練，白色的熟絹。

❼截肪：切開的白潤脂肪。

❽璧圓：即璧，為平圓形、中間有孔的玉器。

❾圭方：即圭，乃上尖下方的玉器。

❿韞玉：藏有美玉。韞，音ㄩㄣˋ，藏也。

⓫崑岡：即崑崙山。據聞此山產美玉，有崑玉之稱。

⓬爭似：怎似、那像。

⓭無何有之鄉：茫茫無涯的空寂世界。

⓮嗟乎：感嘆詞。

⓯造化：運氣、福氣。

⓰山靈：山神。

⓱囊紗：此用以形容玉山籠罩著輕細柔美的雲霧。紗，絹之輕細者。

⓲篆香：本指香的煙縷，此用以形容玉山雲霧繚繞的樣子。

⓳大璞：未雕琢的寶玉。

⓴韞匵：置放在小箱子裡。匵，音ㄉㄨˊ，與櫝通，置物的小匣子。

作品賞析

此詩選自《半崧集》，是一首詠景詩，主旨在歌詠玉山之美。

本篇題名為「歌」，屬於樂府詩體。一般而言，詩題名為歌、行、吟、弄、篇、章、調、曲、操、引等等，具有合樂或樂曲痕跡者，大抵為樂府詩，因為樂府詩的本質乃合樂而歌之詩。樂府詩的字句，具有伸縮的彈性，不似近體詩般的固定，因此本詩一開始四句為三言，接著四句為四言，以下則七言為主，但雜有一句嘆詞，可見其文字句式之多變，使本詩的節奏明快、輕靈。

章甫這首歌行體的〈望玉山歌〉，可與陳夢林的古文〈望玉山記〉一同欣賞，從中我們可以發現，〈望玉山歌〉受到〈望玉山記〉許多的影響。另一方面，兩篇作品均將玉山形態、氣勢、韻味、神祕等特色呈現出來，但詩歌的表現方式與古文的展現技巧不同，二者的語言風格有很大的差異：〈望玉山歌〉風格率真，節奏明快；〈望玉山記〉則風格莊雅，節奏舒緩，讓我們體會出相異文體的不同面貌。

玉山是臺灣第一高峰，主峰高度有三千九百五十二公尺。冬季降雪皚皚，晶瑩如玉，所以有玉山之名。也因為是這樣的山貌，所以詩人筆下對於「玉山發異光」多有闡述，並以「輝山知韞玉」、「採玉出崑岡」做出形容。另一方面，詩人也將玉山的遠近形貌以及瞬息萬變的氣象描繪出來，讓人感受到自然造化的無盡無窮，這也突顯出玉山的神祕面貌。所以從詩人的歌詠中，我們看到了玉山的美，玉山的獨特，玉山的不凡，彷彿悠遊於玉山群峰，彷彿縱橫於玉山左右，玉山如在目前。

此詩對於玉山的歌詠，善用長短不同的句子，使節奏起伏，忽快忽慢，造成愉快輕揚的氣氛。造成此一明快節奏的，還包含複疊法的使用，複疊包含複字、複句、疊字、疊句，本詩運用了複字與疊字兩種修辭法。所謂複字，就是同一句子中，同一個字分開重複使用，如「非冰非水，非雪非霜。」中「非」字的分開重複使用；又如「山上寶光山下照」中「山」字的重複使用。所謂疊字，就是同一個字重疊使用，如「天蒼蒼，海茫茫」中「蒼蒼」、「茫茫」即是。不管是複字或疊字的使用，都能強化節奏感。這樣的風格，使得靜態的詩歌有了動態的展現，似乎玉山的山川景致，正以一幕幕動態的畫面呈現在眼前，令人目不暇給。

延伸閱讀

一、陳夢林〈望玉山記〉，收錄於周鍾瑄、陳夢林合著《諸羅縣志》，臺北：大通，一九八七年。

二、林玉書〈玉山春望〉，見氏著《臥雲吟草》，臺北：龍文，一九九二年。

參考資料

一、陳昭瑛《台灣詩選注》，臺北：正中，一九九六年。

二、袁金塔〈從玉山圖像看臺灣人文精神的建立〉，《藝術家》第五百三十五期，二〇〇一年十一月。

問題討論

一、您知道玉山在臺灣山嶽中的地位嗎？您知道它的地理位置、形貌、景觀、特色為何嗎？

二、這首詩您最欣賞的地方在哪裡？理由何在？

——歐純純

撫琴

林占梅

夜靜碧天淨，萬籟❶響沉沉❷。捲簾佇❸明月，焚香調素琴❹。泠泠❺七絃❻趣，山水始同心。聲希而味淡，俗耳無知音。顧❼我獨樂此，摩挲❽情更深。一彈滌塵慮❾，再鼓發清吟❿。朝遊共一輿⓫，夜眠共一衾⓬。晨夕永不離，生死盟誠忱⓭。興至作「三弄」⓮，趺石⓯坐松林。遠招雲間鶴，飄然落前岑⓰。攜琴騎鶴去⓱，天風盪虛襟⓲。汗漫⓳九垓⓴上，高蹤誰能尋。

作者

林占梅（一八二一～一八六八），字雪邨，號鶴山，新竹人。占梅生性豪爽，鴉片戰爭時曾捐銀萬兩協助國防。清同治元年戴潮春作亂，占梅又集合地方人士，籌辦團練以抵抗亂匪。由上可知，占梅是一位關懷社稷的文人。連橫《臺灣通史》曾為之立傳，揚之曰：「林占梅為一時之傑，傾家紓難，保障北臺。」

占梅除了好俠任義外，其文學造詣亦高，詩歌尤負盛名。當時他蓋了一座潛園，經常邀請才彥之士吟詠其間，是新竹文壇的一大盛事。咸豐年間，他創立「梅社」，與鄭用錫的「竹社」相並立，後來兩社在一八八六年時併為竹梅吟社。同治年間，他又與林豪創立「潛園吟社」，從習者亦夥。在文學之外，他也精通書畫與琴樂，故詩集題為《潛園琴餘草》（臺北：龍文）。其詩受到時人及後世很多的讚揚，例如黃紹芳在〈序〉中說：「鶴山精於琴，詩學香山、劍南，得其神似；五言、古近體，尤善摹難狀之景，達難顯之情。」王松《臺陽詩話》亦云：「所著《潛園琴餘草》，各體俱佳。」

註釋

❶萬籟：指自然界的一切聲響。
❷響沉沉：聲音幽渺。
❸佇：盼望。
❹素琴：不加裝飾的古琴。《晉書‧陶淵明》傳：「性不解音，而畜素琴一張。」
❺泠泠：指古琴的聲音。
❻七絃：指古琴。古琴有七絃，所以以七絃來借代古琴。
❼顧：但是。
❽摩挲：指撫琴、彈琴。
❾滌塵慮：去除凡塵俗世的煩惱。
❿發清吟：發出清亮的吟唱。
⓫輿：車也。
⓬衾：棉被。
⓭誠忱：真誠之意。
⓮三弄：古樂曲名，即「梅花三弄」。元李好古《張生煮海》第一折：「今宵燈下彈三弄，可使游魚出聽無？」
⓯趺石：雙足交疊地坐在石頭上。趺，音ㄈㄨ，足背。
⓰岑：小而高的山。
⓱騎鶴去：指成仙之意。
⓲虛襟：了無牽掛的胸懷。
⓳汗漫：渺茫無邊際的樣子。
⓴九垓：天空極高遠處，猶言九重天。

作品賞析

本詩選自《潛園琴餘草》，描寫詩人彈琴、與琴為友的內容，從中可看出詩人的生命情調，不但與琴音相互應合，也與天地萬物相融，讓讀者感受到古琴實為詩人之知己。

此詩屬於五言古詩，全詩以五言為主，共有二十四句。所謂古體詩，它與近體詩主要的區分約有四點：㈠近體詩限句數（排律例外），古體詩不限；㈡近體詩不論五言、七言，都不可以插進其他字數的句子，古體詩可以；㈢近體詩嚴格地講究平仄與對仗，古體詩不必；㈣近體詩不能轉韻，古體詩可以。就以上幾點特徵來審視，可知這是一首五言古詩。

古琴是中國起源極早的絃樂器，文人彈琴以修養心性、施諸教化或者寄託心志，所以《禮記》說：「士無故不徹琴瑟。」在本詩之中，詩人於夜深人靜時彈琴，雖有聲稀味淡、覓無知音的感慨，但在自身心靈上卻得到無限的滿足，進而達到心凝形釋，與萬化冥合的境界。所以古琴的彈奏對於詩人而言，是一種性靈的提升，也是人格的昇華，其生命基調從中展現出來。

本詩所呈現的語言風格，是雅正而莊重的，在此一基調下展現出輕靈、自得的人生態度。就修辭手法而言，詩人運用了對偶，如「一彈滌塵慮，再鼓發清吟。」以「一彈」對「再鼓」，「滌塵慮」對「發清吟」；又如「朝遊共一輿，夜眠共一衾。」以「朝遊」對「夜眠」，「共一輿」對「共一衾」，此一對偶修辭的運用，增加了詩歌外在形式的變化，也增添形式上整齊之美，讓整首詩的藝術效果增色不少。

延伸閱讀

一、林爾嘉〈古琴〉，見氏著《林菽莊先生詩稿》，臺北：龍文，一九九二年。

二、林資銓〈無弦琴〉，見氏著《仲衡詩集》，臺北：龍文，一九九二年。

參考資料

一、林文龍〈淡水廳林占梅被控傳說與新史料〉，《臺北文獻》第一百零五期，一九九三年九月。
二、歐純純《唐代琴詩之風貌》，臺北：文津，二〇〇〇年。
三、李美燕〈林占梅琴詩中的遊藝生活及美感意境〉，《中國學術年刊》第二十四期，二〇〇三年六月。

問題討論

一、請問詩歌中哪些詞可借代為古琴？
二、試就所知列舉古琴的典故。
三、古琴所包含的精神特質有哪些？

——歐純純

山居漫興（八首選一）

陳肇興

一身如逐客❶，數日寄巖阿❷。世亂乾坤窄❸，山深雲雨多。生涯依木石，時事閱兵戈❹。不見天邊鳥，高飛避網羅。

作者

陳肇興（生卒年不詳），字伯康，號陶村，清彰化縣治（今彰化市）人。自幼即聰穎，且事親至孝。道光末年進入白沙書院，咸豐八年（一作九年）舉於鄉。其居所名為「古香樓」，乃肇興藏書詠歌之處。同治元年戴潮春作亂，肇興攜家人避亂於武西堡（今集集）之牛牯嶺，並訓練鄉勇以援助官軍。亂事平定後，回鄉里教學，作育英才甚多。

陶村平生所作詩，有《陶村詩稿》八卷，於光緒四年由門人林宗衡等四人校刊；戴潮春作亂期間所作者名為《咄咄吟》。之後詩集刻版因戰亂毀損，後得同里楊珠浦以其詩稿抄本重新整理，並於昭和十二年為之付印行世。起自咸豐二年壬子，終於同治二年癸亥，釐為八卷，其七、八兩卷，即《咄咄吟》稿；後附「地名略註」。

陶村詩風樸實，語意深摯，能結合時代之脈動。陳懋烈題其詩稿云：「數載書生戎馬間，杜陵史筆紀瀛寰。」可見其詩風與杜甫一樣，能反映當時社會狀況。

註釋

❶逐客：本指被朝廷貶謫之人，此用以表達生活乖舛，飄搖不定。

❷巖阿：山窟邊側的地方，此指深山林野。

❸乾坤窄：天地狹小。

❹閱兵戈：所見均為戰亂的景象。

作品賞析

本詩選自《陶村詩稿》，旨在描寫戴潮春之亂時，彰化一帶淪陷，詩人攜家屬避難至集集山林的無奈心情。

戴潮春之亂，發生於清同治元年，至同治三年元月才平定。當時彰化城陷，危及大甲、嘉義等地，戴潮春自稱大元帥，令部屬蓄髮遵明制，分封大將軍、國師、丞相等官。詩人本身是彰化人，身處戰亂之區，為了安全舉家避亂進入武西堡（今集集）之牛牯嶺，本詩即以此為寫作背景。詩首聯云：「一身如逐客，數日寄巖阿。」即道出為了遠禍而避難山林之事。其次「世亂乾坤窄，山深雲雨多。」二句，乃採用借景抒情之法，所謂「乾坤窄」、「雲雨多」正是詩人內心煩亂，如雲如雨，糾結不開的愁悶心結。接著下文說道：「生涯依木石，時事閱兵戈。」此是詩人因目睹戰亂後所生之感慨。詩之末聯，採取與首聯呼應的方式，道出為避禍而隱居山林的心情。

此詩題為〈山居漫興〉，看似閒靜，然而實際上蘊藏著詩人深沉的憂患意識，憂時憂民的情懷深寓其中，可從中感受到詩人對於社稷的關心。此詩雖然是詩人抒懷之作，但卻深具寫實意義與史料價值，不但可以與歷史相互印證，也讓讀者了解當時的社會狀況。

此詩利用借景抒情的方法，喻情於景中，使整首詩讀來意蘊深遠、耐人尋味。誠如黃永武所言：「如將情感引導入景物，由於借景喻情，情景相生，景因情而氣韻生動，情因景而曼衍悠揚，則每每在筆墨之外縈繞著許多意趣。」所以當詩人將自己紛亂、憂心的心情，借景表達出來，而有「天地窄」、「雲雨多」的詞句時，正是借景抒情法所表現出來的深遠意蘊啊！

延伸閱讀

一、林資銓〈山居即景〉，見氏著《仲衡詩集》，臺北：龍文，一九九二年。

二、陳逢源〈山居漫興〉，見氏著《溪山煙雨樓詩存》，臺北：龍文，一九九二年。

參考資料

一、施懿琳《從沈光文到賴和——台灣古典文學的發展與特色》，高雄：春暉，二〇〇〇年。

二、林翠鳳〈陳肇興《陶村詩稿》的文學表現與詩史價值〉，《東海大學文學院學報》第四十一期，二〇〇〇年七月。

三、連雅堂《臺灣通史・陳肇興傳》，臺北：黎明，二〇〇一年。

問題討論

一、本詩採取「借景寫情」、「借物寫情」的手法，請試著說明此類手法所能營造的藝術效果。

二、陳肇興的詩歌具有強烈的社會寫實性，請試著舉出幾首例詩，說明此一部分的特色。

——歐純純

離臺詩（六首選一）

丘逢甲

宰相❶有權能割地❷，孤臣無力可回天。扁舟❸去作鴟夷子❹，回首河山意黯然❺。

作者

丘逢甲（一八六四～一九一二），字仙根，號蟄仙、蟄庵。清宣統三年後改名倉海，號仲閼，別號倉海君、海東遺民、南武山人。清同治三年生於淡水廳銅鑼灣（今苗栗銅鑼鄉），民國元年病逝，得年四十九。

逢甲父祖皆以詩起家，自幼受家學薰染，八歲能詩。十四歲應童子試，福建巡撫丁日昌奇其才，特贈「東寧才子」印。逢甲曾師事名儒吳子光，後入海東書院研修，師事進士施瓊芳，學力益增。清光緒十四年中舉，隔年赴京應考，登進士第，欽點工部虞衡司主事。然而生性未諳官場文化，逢甲不久便辭官回臺，先後在臺南崇文書院、嘉義羅山書院、臺中宏文書院任教，講授傳統學術與西洋學術。

光緒二十年七月，爆發中日甲午戰爭，逢甲奉旨督辦團練，擔任義軍統領，與日軍鏖戰二十餘日，不幸敗北而逃往中國。停留大陸期間，逢甲創作了許多動人的詩篇，表達對於臺灣故土的思念。逢甲作詩甚勤，是一位多產作家，詩集題為《柏莊詩草》、《嶺雲海日樓詩鈔》，此外尚有對聯、像讚、散文等多篇，丘晨波、黃志平等人合編為《丘逢甲集》行世。

註釋

❶宰相：指李鴻章。

❷有權能割地：中日甲午戰爭，清朝戰敗，李鴻章代表清朝議和，簽定「馬關條約」，其中即包含割讓臺灣予日本。

❸扁舟：小船。

❹鴟夷子：指春秋越國范蠡。范蠡輔佐越王句踐滅吳，但因句踐為人不可以共享樂，於是變姓名，乘扁舟浮於江湖，自號鴟夷子皮。鴟，音ㄔ。

❺黯然：沮喪的樣子。

作品賞析

本詩選自《柏莊詩草》，旨在表達甲午戰爭失敗，臺灣割予日本，詩人憤而離臺的悲憤心情。

光緒二十年，中日甲午戰爭爆發，清朝戰敗而由宰相李鴻章代表議和，光緒二十一年簽定馬關條約，臺灣即在此條約中割讓日本。此時臺灣的知識份子、仕紳皆極力反對，但力爭不成，丘逢甲於是聯合官紳，改臺灣為臺灣民主國，建元永清，奉當時巡撫唐景崧為大總統。日軍登陸後，軍民抗戰，但因不敵日軍，北臺灣淪陷，唐景崧、丘逢甲等皆渡海至中國；僅剩劉永福在南臺灣力戰，最後劉永福知事不可為，亦前往中國，臺灣遂歸日人之手，臺灣民主國歷時四月餘而告結束。從這段歷史可以了解，丘逢甲在寫此〈離臺詩〉時的複雜心情，是悲憤「宰相有權能割地」，是自責「孤臣無力可回天」，是無奈「扁舟去作鴟夷子」，這是文人對於時勢的無力感，也是文人對於故土的牽絆，更是文人對於自己的苛責。此詩將詩人內心種種衝突與矛盾道出，讓人讀之心情隨之糾結，更能體會孤臣孽子之心境。

此詩一開始，首聯即用了工整的對偶，而此對偶更是以強烈對比的方式呈現，所以在對偶與對比雙重修辭之下，將詩人內心的衝突、矛盾與無奈迸裂出來，也讓讀者有著感同身受的體會。接著運用春秋越國范蠡的典故，表達無可著力而乘舟遠航的無奈，此不但與前一詩句互相呼應，也讓詩歌意蘊更加深沉。

延伸閱讀

一、李騰嶽〈臺灣民主抗日六十週年紀念〉，見氏著《李騰嶽鷺村翁詩存》，臺北：龍文，一九九二年。

二、施士洁〈別臺作〉，見氏著《後蘇龕合集》，南投：臺灣省文獻委員會，一九九四年。

參考資料

一、施懿琳〈從歷史人物再評價的觀點談丘逢甲在臺灣史上的功過〉，《逢甲中文學報》第一期，一九九一年十一月。

二、魏仲佑〈丘逢甲及其乙未臺灣割讓的悲歌〉，《臺灣文學中的歷史經驗》研討會論文，東海大學中文系，一九九四年五月。

三、丁旭輝〈由「滄海」及相關意象看丘逢甲內渡後的心境與夢想〉，《漢學研究》第二十一卷一期，二〇〇三年六月。

問題討論

一、試就所知說明丘逢甲在臺事蹟。對於丘逢甲棄臺灣避至大陸，您的看法如何？

二、本詩讀來氣勢萬千、激昂澎湃，請問此一氣勢是藉由何種寫作技巧而形成的？

——歐純純

遊臺北府前街訪所懷不遇

鄭家珍

金堂❶夜靜憶窺簾❷，雨小無猜不避嫌。我已青絲❸成鶴鬢❹，卿如紅拂別虬髯❺。桃花人面❻今何處，楊柳臺城恨更添。惆悵多情遠相訪，屋梁賸有月痕纖❼。

作者

鄭家珍（一八六六～一九二八），字伯璵，號雪汀，新竹人。幼入陳世昌私塾就讀。年二十七，由廩生中式清光緒甲午科舉人。隔年臺灣割讓日本，家珍攜眷避亂中國。光緒三十四年保送專科，取錄全省算術第一名，會考二等，籤分鹽大使，任豐州學堂正教習，兼勸學所長。民國八年，應臺灣詩社之聘來臺，寓居新竹有八年時間，於寓所教書，學生甚多。

家珍學問淵通，天文、地理、曆法、算術、星相、卜筮等無不專精。寓居福建時曾刊有《倚劍樓詩文存》；寓新竹時又有《雪蕉山館詩草》。死時遺稿未加保存，後經門人曾秋濤、許炯軒收拾殘編，並求序於李濟臣，惜曾、許先後謝世，仍未付梓。民國七十二年，門人鄭桼珠出示所藏稿，並得莊幼岳、周植夫、黃錠明之編訂，由門人林麗生出資，委由中華民國傳統詩學會為之排印行世，名曰《雪蕉山館詩集》，內多寓竹時所作。至於《倚劍樓詩文存》，未見傳本，殊為可惜。

註釋

❶金堂：華美之堂舍。

❷窺簾：指情投意合。《史記・司馬相如列傳》：「卓王孫有女文君新寡，好音，故相如繆與令相重，而以琴心挑之。相如之臨邛，從車騎雍容閒雅甚都，及飲卓氏，弄琴，文君竊從戶窺之，心悅而好之，恐不得當也。既罷，相如乃使人重賜文君侍者通殷勤，文君夜亡奔相如，相如乃與馳歸成都。」司馬相如先以琴心挑之（文君），而文君也從戶窺之（司馬相如），二人情投意合，終成眷屬。後遂以窺簾表示男女情意相合之意。

❸青絲：喻黑髮。

❹鶴鬢：喻白髮。

❺紅拂別虬髯：指二人離別，相見無期。杜光庭《虬髯客傳》中，紅拂女與虬髯客認為兄妹，後虬髯客離去，二人從此不再相見。

❻桃花人面：此指詩中所懷念的佳人。唐崔護〈遊城南詩〉：「去年今日此門中，人面桃花相映紅。人面祇今何處去？桃花依舊笑春風。」

❼月痕纖：月照殘痕。

作品賞析

本詩選自《雪蕉山館詩集》，旨在描寫拜訪舊情人不遇，心有所感之作。首聯描寫兩人兒時兩情相悅、兩小無猜的情誼；頷聯道出歲月飛逝、事過境遷；頸聯感嘆尋佳人不遇、觸景生悲；末聯以多情惆悵作結。

詩一開始透過兒時的天真，將兩人純真的情誼描寫出來，這樣的感情給人的期望是有情人終成眷屬，但以下的內容卻令人失望，不但沒有愛相隨還各分飛，這是第一層讓人錯愕之處；且當詩人回首尋佳人時，卻苦尋不得，這是第二層讓人失落的地方。一次次的結果都令人失望，惆悵憂鬱之情，也在這一層一層的敘述中自然展出，讓讀者在不知不覺中為此段戀情感到惋惜，也被詩人的痴情所感動，隨之泛起陣陣愁思。

此詩意韻動人，情感起伏迭宕，表現出一種沉鬱的風格。本詩最大的特色，就在於多重典故的運用，首先，詩中使用了司馬相如與卓文君兩情相悦，「從戶窺之」之典，展現二人「憶窺簾」、「兩小無猜不避嫌」的純真情誼。其次也用了虬髯客與紅拂女的典故，將二人的際遇以「卿如紅拂別虬髯」作為形容。接著再以唐朝崔護〈遊城南詩〉：「去年今日此門中，人面桃花相映紅。人面祇今何處去？桃花依舊笑春風。」中「人面桃花」之典，表達尋佳人未得的淒然與無奈。所以就整首詩而言，使用了三處典故，不但使詩歌的內涵更加豐富、更具深度，也使詩歌的情韻內斂，含蓄委婉地將深情呈現出來。

延伸閱讀

一、林朝崧〈懊惱詞〉三首，見氏著《無悶草堂詩存》，臺北：龍文，一九九二年。

參考資料

一、李文祿、宋緒連等編著《古代愛情詩詞鑒賞辭典》，瀋陽：遼寧大學，一九九〇年。

二、呂美生編著《中國古代愛情詩歌鑒賞辭典》，合肥：黃山書社，一九九〇年。

問題討論

一、古來關於男女愛情的詩歌極多，一直受到讀者的喜愛，請問箇中原因何在？

二、這是一首尋訪昔日情人未果的詩，請問，您覺得情人在分手後還能當朋友嗎？彼此之間可不可能有純潔的友情存在？

——歐純純

三五七言

王松

春風輕，春雨晴。紅杏❶開還落，黃鶯打更鳴。朝朝江上穿雙眼，夜夜空房度五更。

作者

王松（一八六六～一九三〇），字友竹，號寄生，署滄海遺民，新竹市人。幼年起即研讀詩文，然無意科舉，只想成為一名詩人。臺灣割讓日本時移居大陸，局勢穩定後又回到新竹，居住於「如此江山樓」，以詩酒為伴。日人極為仰慕他，然屢次徵召，皆為其所拒。

友竹與王瑤京、王石鵬交情至篤，時有「新竹三王」之稱。其詩風早期為袁枚性靈一派，臺灣陷日後，風格轉趨沉鬱，憂時憤世，感人至深。其著作甚豐，有詩集《滄海遺民賸稿》、《友竹行窩遺稿》，今龍文出版社合刊為《友竹詩集》。

註釋

❶紅杏：杏花。杏花與梅花、李花同屬薔薇科李屬落葉喬木，仲春二月是其開花季節，約在梅花之後，李花之前。杏花含苞時，色純紅，隨著花苞漸開，紅暈逐漸褪去，至大開時為純白色。

作品賞析

本詩選自《滄海遺民賸稿》，乃藉由春天的感發，引起佳人獨守空閨，恨良人不回的閨怨之情。

我們知道古詩是相對於近體詩而言的，古體詩具有字數句數不限、可以轉韻、不嚴求平仄的特色，此詩題名為〈三五七言〉，它的組成正好是三言二句、五言二句、七言二句，這樣的句式，屬於古體詩中雜言詩的體製；但亦有人認為，此屬七言古詩的體製。這怎麼說呢？為何詩中有三言、五言與七言，卻歸為七言古詩？這是因為在古體詩的分類中，五言古詩乃通篇五言者；七言古詩則是詩中只要出現七字句，不管數量多寡，都可視為七言古詩；至於雜言詩，則是五古與七古之外者稱之（此詳見呂正惠《詩詞曲格律淺說》）。

春天本有許多不同的意象內涵，就如春天有著一年之始的意義；春天有著生氣勃勃的生命活力；春天有著傷春惜逝的歲月之感；春天有著春情盪漾的男女情思等等的內涵。本詩從春風、春雨寫起，其展現之意象正是春情盪漾的男女情思。在春風中，在春雨中，有著思念的情思，隨著紅杏開落、黃鶯鳴啼，時間不斷的進程，等待的結果卻是江上苦候、空房獨守，將閨怨的脈脈深情，寄託於春天的意象下展現出來。

本詩運用了對偶與疊字修辭法，是一種優美形式設計的修辭格，可使詩歌的外在形式產生變化以增加美感。例如疊字的運用，「朝朝江上穿雙眼，夜夜空房度五更。」其中「朝朝」、「夜夜」的疊字運用，不但使詩歌外在形式有了變化，也加強了詩歌的韻律感；至於對偶的運用，也使形式具備整齊之美。此外值得一提的是，本詩雖然僅有短短六句，但句與句間的安排，意義上扣得相當緊密，如其「紅杏開還落」表時間的進程，與「朝朝江上穿雙眼」表時間不斷流逝而空等待，是相互呼應的；又「黃鶯打更鳴」表每夜等待無眠，所以能細數每日黃鶯鳴叫的時間，與「夜夜空房度五更」表夜夜空房獨守，都是突顯一個人獨守空閨的情思。由此可知，此詩篇幅雖短，但內在意涵環環相扣，充滿感情的張力，令人玩味再三。

——歐純純

延伸閱讀

一、林資銓〈宮怨〉、〈閨怨〉，見氏著《仲衡詩集》，臺北：龍文，一九九二年。

二、施瓊芳〈春閨怨〉，見氏著《石蘭山館遺稿》，臺北：龍文，一九九二年。

參考資料

一、王一剛〈先族叔友竹公事蹟及詩〉，《臺北文物》第七卷二期，一九五八年七月。

二、方延豪〈滄海遺民王友竹〉，《藝文誌》第一百三十六期，一九七七年一月。

三、楊淑玲〈離亂全生只賞詩——論王松其人與詩〉，《文學台灣》第四十二期，二〇〇二年四月。

問題討論

一、在詩歌中常以春天代表男女情思，請問我們還可以找到哪些事物以表現男女之情？

二、春天在古典詩中有哪些意象內涵？

紅梅

施梅樵

也知本色擅風流❶，粧點春光淡轉羞❷。庾嶺❸昨宵飛絳雪❹，一時燦爛滿枝頭。艷冶❺何須羨牡丹，生成瘦骨耐霜寒。如何已嫁林和靖❻，也愛濃粧許世看。

作者

施梅樵（一八七〇～一九四九），字天鶴，早年自號雪哥，壯歲更號蜆奴，晚年改號可白，彰化鹿港人。梅樵天資甚高，年二十四以案首入泮。臺灣割讓日本後，前往大陸避亂，局勢穩定後再回到鹿港，從此以詩酒相伴。曾與洪月樵、許劍漁、蔡啟運倡設「鹿苑吟社」，以鼓吹詠詩風氣。中年之後，四處遷徙教學。晚年生活困頓，牢騷抑鬱。

梅樵詩、文、書法俱佳，其中又以詩最負盛名，章太炎評其下筆時神氣兼到，情景相生，返虛入渾，積健為雄。其文未曾結集，詩稿則有《捲濤閣詩草》、《鹿江吟集》及《玉井詩話》，皆中年以後所作。龍文出版社將《捲濤閣詩草》初集、《鹿江集》合印之，總名曰《梅樵詩集》。

註釋

❶風流：風韻、情致。

❷淡轉羞：指紅梅呈現粉紅色澤，就如害羞臉紅般的

顏色。梅花的顏色有白、粉紅、淡黃等色，白色為一般常見之江梅、野梅，粉紅色的稱為紅梅，淡黃是為湘梅，亦名黃香梅。

❸庾嶺：即大庾嶺，在中國江西省大庾縣南。唐代張九齡曾開闢山徑，並種植梅樹於嶺上，故又稱梅嶺。

❹飛絳雪：形容紅梅盛開，如下大雪一般。絳，深紅色，此指紅梅的顏色。

❺豔冶：豔麗。

❻林和靖：即林逋，字君復，北宋杭州錢塘人。林逋是北宋初年的隱逸詩人，因他不求名利、不求聞達的人格，深受世人敬重，在他死後，北宋仁宗賜諡和靖先生。他隱居之處遍植梅花，有梅妻鶴子之說，又喜歡歌詠梅花，其諸多詩句已成為後代詠梅詩的典故源頭。

作品賞析

本詩選自《捲濤閣詩草》，是一首歌詠紅梅的詠物詩。首聯強調出紅梅的顏色，是「淡轉羞」的粉紅，有別於一般的白色梅花；三四句將紅梅盛開，如大雪紛飛的情況做一描述；五六句將紅梅與牡丹做出對比，說明紅梅不但豔如牡丹，且具有耐霜寒的堅毅特質；末聯以詼諧的口吻，運用林和靖的典故，說明梅花本應該和林和靖一樣，遠離塵囂，歸隱山林，但紅梅卻非如此，反而濃粧豔抹，引起世人爭相觀賞，再次突顯紅梅令人驚豔的特質。

此詩除了從梅花外在形體上進行描繪外，也觸及梅花內在精神的追求，是寫形與寫神二者兼備的手法。就寫形而言，著重於梅花的顏色，如「淡轉羞」、「豔冶」、「愛濃粧」等，都是強調紅梅外在形貌的粉紅花色，使讀者讀之能真切體會，宛如紅梅出現眼前一般。就寫神而言，乃注重內在精神的勾勒，主要在「豔冶何須羨牡丹，生成瘦骨耐霜寒。」中表現出來，說明紅梅不只具有美豔的形貌，更具備耐霜寒的堅貞特質，以及骨瘦不屈的堅毅精神，是牡丹無法相比的，如此突顯出梅花有別於其他花卉，具有不凡的內在精神。

此詩在寫作手法上，運用了用典與對比兩種修辭方法。就用典而言，包含「庾嶺」、「林和靖」二處，這都是梅花的相關故實，後來成為歌詠梅花常用的典故。庾嶺又稱梅嶺，其上種植許多梅花而得名，運用於詩作中，即表示梅花數量的眾多。至於林和靖，他是北宋初年的隱逸詩人，於歸隱之孤山種梅、詠梅，創造了許多膾炙人口的詠梅詩。如其〈山園小梅〉詩：「疏影橫斜水清淺，暗香浮動月黃昏。」已成為歌詠梅花的名句，他將梅影、梅枝、梅香、水、月都描繪進來，使梅花的審美視角愈加豐富，梅花意象更加完整，所以後人對於林和靖的詠梅詩均有高度的評價。在他的開創下，梅花的意象與典故都得到更開闊的內涵，後代許多詩人因此經常化用或引用他的詩句入詩，更突顯他在詠梅詩史上的特殊地位。試看本詩對於「林和靖」典故的運用，展現了梅花遺世獨立的高潔內涵，這是林和靖的人格與梅花精神特質的高度融合。另外，此詩還運用了對比修辭法，將紅梅與牡丹做出對比，突顯紅梅不但艷麗，更具有牡丹不及的堅貞特質，在此一手法的運用下，更能清楚地、具體地展出紅梅的自我特色。

延伸閱讀

一、林爾嘉〈探梅〉，見氏著《林菽莊先生詩稿》，臺北：龍文，一九九二年。

二、林獻堂〈古梅〉，見氏著《灌園詩集》，臺北：龍文，一九九二年。

三、林培張〈冬夜懷施梅樵秀才〉，見氏著《寄廬遺稿》，臺北縣：龍文，二〇〇一年。

參考資料

一、施懿琳〈自甘冷落作頑民，誓死羞為兩截人——鹿港施梅樵及其詩〉，《鹿港風物》第四期，一九八六年。

二、歐純純〈林和靖及其詠梅詩對後世相關詩題創作的影響〉，《東海大學文學院學報》第四十四卷，二〇〇三年七月。

——歐純純

問題討論

一、您知道梅花在詩歌中代表著哪些君子特質嗎？

二、您知道梅花在詩歌中常見的意象內涵嗎？

示烏溪❶築陂者

林朝崧

久雨陂塘❷潰，田水絕涓滴。築隄焉可遲，插秧時候迫❸。
農家出丁壯，裹糧從茲役❹。朝伐象山竹（象山在烏溪北），暮負❺烏溪石。
舉鍤❻多如雲，揮汗不敢息。雖無官吏呵❼，里正相督責❽。
慎毋怨里正❾，里正謀汝食❿。努力莫告勞，報汝在秋穫。

作者

林朝崧（一八七五～一九一五），字俊堂，號癡仙，署無悶道人，臺中人。自幼習詩，年十九為邑諸生。日人治臺，遊歷於中國，數年後遵母命返臺。清光緒二十八年創立「櫟社」，與詩友相互酬唱。櫟社與後來南部的「南社」、北部的「瀛社」，成為日治時期臺灣三大詩社，對於古典詩歌的傳承，發揮了重大的影響力。

癡仙一生以詩名，然生前作品未刊行。後經「櫟社」社友傅錫祺、陳懷澄、陳貫等人輯其遺作，復由從弟林獻堂總其事，按年編次，自光緒二十一年乙未始，迄於民國四年乙卯，計分五卷，附〈詩餘〉一卷，題為《無悶草堂詩存》，民國二十二年排印行世。觀其集中篇什，頗多憂時傷世之作，讀之令人動容。

註釋

❶烏溪：發源自中央山脈合歡山西麓，標高約二千六百公尺，全長一百十九公里。其流域涵括南投縣、臺中縣、彰化縣，最後在臺中縣龍井鄉與彰化縣伸港鄉之間進入臺灣海峽，依流域面積看，是臺灣第四大河川。

❷陂塘：池塘。此處所言之池塘，在烏溪旁，具有蓄水以灌溉農田的功能。陂，音ㄆㄧˊ。

❸迫：接近。

❹裹糧從茲役：帶著糧食參加這場工事。

❺負：以背部擔荷物品。

❻鍤：音ㄔㄚˊ，挖掘泥土的器具。

❼呵：責備。

❽督責：督導要求。

❾慎毋怨里正：千萬不要埋怨里長。里正，舊時一里的首長。

❿謀汝食：為你們的糧食著想。

作品賞析

本詩選自《無悶草堂詩存》，是一首五言古詩，旨在勸導農民努力修復池塘堤岸，以重新儲水，恢復灌溉，讓穀物在秋天順利收成。

舊時的農業社會，靠河川的水源來灌溉農田，為了便於控制水量，經常修築陂塘儲水，以進行灌溉的工作。然而陂塘的堤岸，往往因雨水過大而沖毀，造成池水外洩，無法進行灌溉工作，此時就必須搶修陂塘堤岸，否則無水可用，穀物收成肯定不好。本詩就是在這樣的環境背景下進行創作的，詩人為了激勵民心，勸導農民盡力修復堤岸，所以寫下此詩，一方面告訴農民無水可用的禍患，一方面告訴農民不要怕築堤辛苦，也不要埋怨里正的督導要求，因為大家都有一個共同目標，那就是秋天穀物的豐收。從詩中的內容可以了解當時農業社會的生活景況，也可以明白農民為了三餐溫飽，大家胼手胝足，共同努力奮鬥的堅毅精神。

這首詩除了含有警示作用外，事實上具有濃厚的敘事意味。從詩中的陳述我們可以了解，堤岸被雨水沖潰，接著農民奮力搶修，又有里正前來關心督導以及知識份子寫詩表達關心。這是一連串的事件記載，具備著敘事詩的模式。其語言質樸、情感深摯，頗有中國古代敘事詩的風味，如〈上山採蘼蕪〉、〈陌上桑〉、〈孔雀東南飛〉等作品，流露的也都是這種風格。我們閱讀此類詩歌，重點在追求其自然純樸之美，至於文字技巧的雕琢，則反而是次要的成分了。

延伸閱讀

一、莊嵩〈烏溪待渡〉，見氏著《太岳詩草》，臺北：龍文，一九九二年。

參考資料

一、廖振富《櫟社三家詩研究——林癡仙、林幼春、林獻堂》，臺灣師範大學國文所博士論文，一九九六年。

二、洪銘水〈日據時代的隱逸詩人——林癡仙〉，《東海學報》（文學院）第三十七卷一期，一九九六年七月。

問題討論

一、林癡仙對臺灣文學的貢獻何在？試就所知敘述之。

二、此詩談及烏溪在日治時期的灌溉作用，請試著找出烏溪的背景資料，以了解並討論它在臺灣河川中的特殊性。

三、請比較古體詩、樂府詩、近體詩三者之異同。

——歐純純

獄中十律‧面會

林幼春

此會非常會，端如❶隔鬼門❷。一絲難割愛，半面❸又銷魂。志業❹誰能悔，寒心強自溫❺。移山愚計在❻，傳語望兒孫❼。

作者

林資修（一八八〇～一九三九），字南強，號幼春，晚號老秋，臺中縣霧峰人。資質絕佳，年少時即富有詩名，為櫟社成員之一，梁啟超以「海南才子」稱之，以為其「才氣猶堪絕大漠」。

幼春極富民族氣節，與林獻堂致力於抗日運動，曾擔任「臺灣文化協會」的協理，大力傳揚民族思想。為了推動臺灣議會的設置，一九二三年發生了「治警事件」，幼春被捕，判了三個月的徒刑，在獄中留下許多可歌可泣的作品。

幼春詩作名為《南強詩集》（臺北：龍文），其詩各體俱佳，其中又以歌行最為雅健。徐復觀曾為此書作序，認為其詩「雖於從容觴詠之中，亦無以抑其激烈悲歌之慨，中原之山川文物常縈迴盤鬱於其筆端，固結而不可解。故其詩意境深而宏，氣象光而大。」並認為其詩「實萬劫不磨之民族精魂之所寄。」因稱幼春為「一代民族詩人」。總的來說，幼春詩歌在秀麗中蘊含著宏闊的氣勢，是日據時期極具代表性的人物。

註釋

❶端如：正如。
❷隔鬼門：指坐牢就好比在地獄中，與人世間相隔。
❸半面：瞥見一次。
❹志業：指設立臺灣議會，以厚實民族精神，完成民族自決的理想。
❺寒心強自溫：言雖因入獄受挫而寒心，但還是不斷的自我鼓勵、自我振作。
❻移山愚計在：指自己對抗日本人，爭取民族自決的堅定想法仍在，就像愚公移山的精神一樣。
❼傳語望兒孫：將自身為臺灣奮鬥的志業告訴兒孫，並希望兒孫能傳承下去。

作品賞析

本詩選自《南強詩集》，乃林幼春因治警事件入獄後，在獄中所寫的詩作，旨在傳達為國家民族奮鬥不懈的精神。詩中充滿著家國的思想，表達出不因自己入獄的重大挫折而改變意念，堅持為臺灣民族自決而努力，甚至期許子孫能傳此志業，繼續奮鬥。

此詩的寫作背景是日治時期，當時臺灣受日本人的殖民統治，臺灣的知識份子為了民族自決、民主自由，於是有了臺灣議會設置的請願運動。這一運動自一九二一年開始，至一九三四年為止，歷時十餘年，共向日本國會提出十五次請願，在反日、抵日的運動上，扮演著功不可沒的角色。在臺灣議會設置的請願運動中，曾發生「治安警察法違反事件」，事件起因於議會設置運動的同志，認為要推動此一運動，必須組織一政治社團作為主體，所以在一九二二年籌備第三次請願運動時，進一步籌組政治結社「臺灣議會期成同盟會」。但在一九二二年十二月二十六日清晨，日本當局以「臺灣議會期成同盟會」違反治安警察法第八條第二項規定，開始在全臺各地拘捕會員及相關人士，於一九二三年一月二十日宣判蔣渭水、林幼春等十三人有罪，禁錮四個月以下者有七人，罰金者有六人，這就是所謂的「治安警察法違反事件」。在這次事件中，林幼春被判三個月的徒刑，可知「治安警察法違反事件」，實是臺灣知識份子追求民族自決的過程中所面臨的重大挫折。

林幼春入獄後，在獄中寫下這首作品。從詩中可以看出，詩人並沒有因為這項挫折而退縮，反而更加勇往精進，有著「志業誰能悔，寒心強自溫。」的堅持與自我激勵；更進一步表示「移山愚計在，傳語望兒孫。」說明志業未成，不但自己會如愚公移山一樣的堅決努力，且自己的兒孫也會持續為此理想奮鬥下去。全詩可看出詩人不畏強權、不懼威嚇的堅定意志，更可看出詩人愛臺灣、愛土地的堅貞懷抱，真不愧有著「一代民族詩人」的美稱。

就寫作技法來看，全詩分為前後兩部分，前半段描寫在獄中會面的酸楚；後半段轉酸澀成自勵，道出不會被現實擊倒的理念，這一前一後的心情對比，愈加襯托出詩人的堅定意志，也讓讀者有著更深切的體會，這正是透過對比與陪襯的手法，以烘托其堅貞不移的志節。

延伸閱讀

一、林幼春〈吾將行〉、〈獄中寄內〉，見氏著《南強詩集》，臺北：龍文，一九九二年。

二、李建興〈獄中寄內〉、〈獄中痛先君逝世〉，見氏著《紹唐詩集》，臺北：龍文，一九九二年。

三、陳逢源〈獄中寄內〉、〈贈同獄林南強〉，見氏著《溪山煙雨樓詩存》，臺北：龍文，一九九二年。

參考資料

一、毛一波〈林幼春之詩〉，《中縣文獻》第一期，一九五五年六月。
二、廖振富〈林幼春研究〉，《臺灣文學學報》第一期，二〇〇〇年六月。

問題討論

一、日治時期知識份子有哪些倡導民族精神的運動？
二、林幼春與陳逢源同時被捕入獄，也同樣有獄中的詩作，請試著比較兩人此類作品的異同點。

——歐純純

臺灣竹枝詞選

賴惠川

三牲❶酒醴❷十分豐，大道公❸生拜祝同❹。記取明朝❺三月半，須防媽祖請狂風。

註曰：「俗以三月半為大道公生日，媽祖必請狂風吹落其紗帽。」

作者

賴惠川（一八八七～一九六二），本名尚益，以字行，號頤園，別署「悶紅老人」，嘉義人。生於清光緒十三年，卒於民國五十一年，享年七十六。

惠川是日治時期及戰後臺灣的重要文人，由於地緣的關係，其往來的文友也多是嘉義當地的傳統詩人，如譚康英、林緝熙、黃文陶、張李德和……等等。惠川的文學成就主要在古典詩、詞、曲方面，其著作先後刊行的有《悶紅小草》（詩集）、《悶紅詞草》（詞集）、《悶紅墨屑》（竹枝詞集）、《悶紅墨瀋》（曲集）、《悶紅墨餘》（詩集）、《悶紅墨滴》（詩集）、《增註悶紅詠物詩》（詩集）、《續悶紅墨屑》（竹枝詞集）等八種，合稱《悶紅館全集》。以上八種著作中，以《悶紅墨屑》最膾炙人口，其所詠多為臺灣山川地理、風俗民情之事，可說是鄉土教育的最佳素材。

註釋

❶三牲：指祭祀的供品，一般為豬、雞、魚。
❷酒醴：即酒也。
❸大道公：即保生大帝，原名吳夲，宋朝人氏，福建省同安縣人。傳說他醫術高明，曾使去世的友人死而復生，還曾治好宋仁宗皇后的乳疾，死後被封為醫藥之神，在臺灣擁有眾多的信徒。
❹拜祝同：大家一同拜拜祝壽。
❺明朝：明天。

作品賞析

本詩選自《悶紅墨屑》，是一首竹枝詞，詩前本未題名，今且依其內涵題為「臺灣竹枝詞選」。其旨在歌詠大道公（保生大帝）之誕辰，並記述民間祝賀的情形。

竹枝詞起源於唐代劉禹錫之手，是一種以描寫地方風土民情為主的七言絕句，劉氏之後一直有文人持續進行創作。臺灣的竹枝詞源自清代宦遊文人郁永河〈臺灣竹枝詞〉十二首，以及〈土番竹枝詞〉二十四首，之後就一直深受臺灣文人的喜愛，對於了解臺灣的地理山川以及風俗文物，這些詩有很大的幫助。

賴惠川的竹枝詞是臺灣，甚至是中國文學史上數量最多者，光《悶紅墨屑》就收錄了八百四十二首的竹枝詞。其作品已受到學術界的重視，研究者日眾。其特點在於廣泛性地描述社會各個階層、各個角落的事物，並且大量運用方言、俗諺，展現了強烈的地方性色彩。就以本詩而言，鮮明地呈現了臺灣民間祝賀保生大帝的盛況，百姓們準備了三牲酒醴，準備大肆慶祝。詩末「須防媽祖請狂風」句，更道出臺灣民間的一項傳說，那就是媽祖與保生大帝因情愛糾葛，衍生成相互鬥法的神仙故事。相傳保生大帝因救渡眾生的機緣，對媽祖產生好感，進而表達愛意，然而遭媽祖拒絕，於是心生芥蒂，故意在三月二十三日媽祖誕辰慶典上，施法降雨，以卸去媽祖臉上的粉粧；媽祖也不甘示弱，在三月十五日保生大帝的誕辰時，也施法吹起狂風，將保生大帝的烏紗帽吹落。這是一則有趣的神仙鬥法故事，牽涉到臺灣民間信仰度甚高的兩尊神明，所以特別引人入勝。詩人以民間神祇慶典為題材創作竹枝詞，亦足以明白此類詩歌傳揚民間風土之精神所在。

延伸閱讀

一、賴惠川《悶紅墨屑》，嘉義：作者自刊本（黃哲永藏），一九五〇年。
二、賴惠川《續悶紅墨屑》，嘉義：作者自刊本（黃哲永藏），一九六一年。

參考資料

一、翁聖峰《清代臺灣竹枝詞之研究》，臺北：文津，一九九六年。
二、吳福助〈臺灣漢人民俗風情畫——賴惠川《悶紅墨屑》竹枝詞選析〉，收錄於《台灣歷史與文學研習專輯》，臺中：國立臺中圖書館，二〇〇一年十月。
三、王惠鈴《臺灣詩人賴惠川及其悶紅墨屑》，臺北：文津，二〇〇一年。

問題討論

一、對於媽祖與大道公之間的鬥法故事，您的看法如何？神明之間的意氣之爭，是否會減損其崇高形象？
二、請試著閱讀其他臺灣竹枝詞的作品，並談談對其俚俗風格的看法。
三、臺灣的竹枝詞與中國竹枝詞之異同何在？

——歐純純

鄭成功（延平祠內有古梅一株，傳為成功手植者）

林景仁

單軍❶東抗虎狼秦❷，高俎❸傷心棄老親。世許❹閩州❺多義士，天留窮島❻著完人❼。中原日月存孤淚，荒外衣冠❽創局身。千載延平祠下過，古梅猶吐漢家春❾。

作者

林景仁（一八九三～一九四〇），字健人，號小眉，別署蟫窟主人，臺北人。師事進士施士洁，精於古典學術，亦曾赴英國牛津大學就讀，通曉英、法、日、荷諸國語言，學問十分淵博。小眉極富詩名，平生所作結為三集：首集《摩達山漫草》，多為采風及懷舊之作；次為《天池草》，則多寫奇景；三為《東寧草》，專詠臺灣事物。民國六十三年，臺灣風物雜誌社曾彙諸集為一冊，名曰《林小眉三草》。

註釋

❶單軍：孤軍之意。

❷虎狼秦：指清朝。

❸高俎：放在高桌上的砧板，此指生命受到威脅。連橫《臺灣通史》：「於是置芝龍於高俎，成功不顧。」

❹許：稱揚、稱讚。

❺閩州：指中國福建省。
❻窮島：指臺灣。
❼完人：學識、道德、行為均無虧損之人。
❽衣冠：指文明的禮教。
❾漢家春：漢人的氣節精神。亦指鄭成功的事蹟與成就。

作品賞析

此詩選自《東寧草》，乃歌詠鄭成功的作品。鄭成功據臺抗清，其意志堅定、堅持理想，不但成就了個人的情操，也奠定了歷史的地位，這正是詩人歌詠他的原因。

此詩一開始即言「單軍東抗虎狼秦，高俎傷心棄老親。」道出了鄭成功處境之艱難與內心之煎熬。所謂「單軍東抗虎狼秦」，除了說明其孤軍對抗滿清之艱困外，也包含大軍渡臺時，有勳舊諸將憚於險遠，不遵命過臺者，如鄭泰、黃廷等；也有叛將投降滿清者，如黃梧、施琅等，可以說鄭成功渡臺時是面臨內憂外患的局面。另一方面，「高俎傷心棄老親」說明家人如俎上肉，受到滿清的威脅。據《臺灣史》記載：「永曆十一年（清順治十四年）正月，清廷以夷三族脅芝龍，芝龍再貽書成功勸降，成功不從，自是和局以絕。」又言：「（永曆）十五年十月初三，乃磔（分裂肢體的酷刑）芝龍於北平之柴市，弟世恩、世廕、世莫，並家屬十一人皆死焉。」可知清朝為了招降鄭成功，不斷以其家人來要脅，而鄭成功為了堅持反清復明的理想，被迫在忠與孝之間抉擇，最後不惜大義滅親，但他心中所承受的苦痛、煎熬，並非一般人所能體會與忍受。接著中間兩聯，道出鄭成功是中原的英雄豪傑，也是學識、道德、行為皆無虧損的完人，對臺灣的經營與開創，更有播揚文明禮教的功勞。也因為鄭成功具有這些令人敬佩的事蹟，最後詩人以「千載延平祠下過，古梅猶吐漢家春。」作結，道出人民對於鄭成功恆久的擁戴與敬仰，甚至他所手植的梅樹，也已成為鄭成功的化身，呈現出堅貞不屈、永世流芳的風骨與特質。

此詩讀來似沉鬱而實高亢，使人因沉鬱而動容，也因高亢而激昂，只為詩中流洩而出的堅貞風骨。此詩不但具有文藝的審美價值；更具有史料價值。就文藝的審美價值而言，包含兩方面：一是修辭手法的運用，二是意象內涵的展現。就前者而言，如譬喻的使用—以「虎狼秦」喻「滿清」，以「窮島」喻「未開化的臺灣」，增加了詩歌的含蓄美；就後者而言，在「古梅猶吐漢家春」中，取「梅花」與「漢家春」的意象，表鄭成功堅貞高潔與歷久彌新的精神特質，使詩歌意蘊更加深遠。另一方面，就歷史的價值而言，此詩記錄了明鄭時期的相關資料，可以與歷史文獻相補充，具有史料的價值。

延伸閱讀

一、林玉書〈謁延平郡王祠〉三首，見氏著《臥雲吟草》，臺北：龍文，一九九二年。

二、顏其碩〈鐵砧山弔鄭成功〉，見氏著《陋巷吟草》，臺北縣：龍文，二〇〇一年。

參考資料

一、毛一波〈林小眉的詠史詩〉，《臺灣風物》第二十二卷四期，一九七二年十二月。

二、汪榮祖〈鄭成功父子與臺海風雲〉，《歷史月刊》第一百七十三期，二〇〇二年六月。

問題討論

一、鄭成功堅持理想，導致其父親被殺，您的看法如何？

二、本詩從哪些層面形塑鄭成功的形象，是否足以突顯鄭氏的功業或品德？

——歐純純

卷下：詞

一翦梅

施士洁

倚醉眠香❶對瑣窗❷，花影惺忪❸，月影惺忪。一春無夢不成雙❹，花也憐儂❺，月也憐儂。月墜❻花梢小院東，燭底殘紅❼，衾❽底殘紅，驀然❾春盡五更鐘❿，一醉匆匆，一夢匆匆。（戊戌三月十有六日）

作者

施士洁（一八五五～一九二二），名應嘉，字澐舫，號芸況，又號喆園、楞香行者、鯤瀨棄甿，晚號耐公，或署定慧老人，臺南市人，居赤崁樓旁。生於清咸豐五年，卒於民國十一年，享年六十八。

士洁幼年便聰慧過人，二十三歲成二甲進士，點內閣中書。雖得功名，然生性不喜仕進，歸鄉教學，先後掌白沙書院（位於彰化）、崇文書院、海東書院（以上二者位於臺南），菁莪弘道，作育賢才。常與名士唱和，和唐景崧、丘逢甲、羅大佑過從甚密，四人唱和之作被輯為《四進士同詠集》。

臺灣割讓日本後，士洁恥為異族之民，攜眷歸泉州。民國六年，往福州，入「閩省修志局」，負責史料之撰修。不久寄居廈門鼓浪嶼，民國十一年病逝。

士洁節行巍峨，視富貴如浮雲，然拯邦濟世之心，卻異常強烈。在滿腹才學無處發揮下，他將所見所聞、所思所感，都化入字裡行間，是以作品中深切地反映當時的社會景象，頗具史料價值。其生平著述甚豐，較重要者計有《鄉談律聲啟蒙》、《日記》、《喆園吟草》、《後蘇龕詞草》、《後蘇龕詩鈔》、《後蘇龕草》、《後蘇龕稿》、《後蘇龕文稿》。其中，《後蘇龕文稿》、《後蘇龕詩鈔》、《後蘇龕詞草》，黃典權將之合編為《後蘇龕合集》；此外，黃氏又將其作品中有關臺灣史料者，彙為補編，以為研究臺灣文獻之資料。

註釋

❶倚醉眠香：藉著醉酒而睡眠香甜。
❷瑣窗：雕刻花紋的窗子。
❸惺忪：模糊不明的樣子。
❹無夢不成雙：不在夢中就無法成雙成對。
❺儂：我。
❻墜：落在。
❼殘紅：本指落花，此處暗指文中無人憐愛的思婦。
❽衾：音ㄑㄧㄣ，棉被。
❾驀然：忽然。
❿五更鐘：指五更時刻，從凌晨三點到五點。

作品賞析

這首詞收錄於《後蘇龕詞草》，旨在描寫閨中女子思念夫君的心情。它所呈現的，是典型婉約詞的風格，描寫思婦細膩柔婉的心情，加上閨中特有的物件，如瑣窗、火燭、衾被等，還有窗外姿態萬千的月影、花朵、園林等等，流露出女子婉約嬌媚的氣息，這是婉約詞慣用的手法。

這首詞從字面上解釋，談的是思婦等待夫君的痛苦心情，望眼欲穿的結果，只有以醉解愁，藉著醉酒才能做個好夢，在夢中和夫君相會，成雙成對。然而好夢由來最易醒，因為時光如白駒過隙，一下子就到五更天了，這場好夢終究是要清醒的，所以詞末才說「一醉匆匆，一夢匆匆」啊！

不過這首詞，也可能蘊含著更深層的意思，我們知道，從宋代之後，閨情一類的詞作，往往加入作者的身世之感；清代之後，更常見微言寄託藏諸作品之中。由此推敲，此詞表面寫思婦盼君，但其真正意涵，卻可能是思念故土家園，表現家國之痛。此詞作於清光緒二十四年（一八九八），正是臺灣割給日本的第三年，作者此時人在中國大陸，感嘆山河變色，遙望故鄉關口，不由得興起繫念之情，就像那閨婦念君而不可得的急切心思啊！此時閨婦正暗指作者，而夫君正暗指臺灣故土，這是本詞所可能蘊藏的深層意涵。

這首詞的寫作特色，是其節奏感特別強烈。所謂節奏感，是一種心靈的律動，透過音樂產生的心靈律動，就是音樂節奏；透過肢體動作產生者，就是舞蹈節奏；至於透過語言文字所產生者，就是文學節奏。文學的節奏，成因很多，其中極為常見者，乃語音的重複出現。所謂語音的重複出現，是指作品中相同或相似的語音，迴環往復地出現，如此容易形成規律性的運動，而形成節奏感，例如疊字、類字、押韻、頂真……等等，都有此種特質。試看本首詞作，有四組單句對—「花影惺忪，月影惺忪。」「花也憐儂，月也憐儂。」「燭底殘紅，衾底殘紅。」「一醉匆匆，一夢匆匆。」每一組單句對中都有重複字的出現，即「惺忪」、「也憐儂」、「底殘紅」、「匆匆」，這四組重複字造成了語音迴環往復的節奏，所以當我們朗讀時，會有特別強烈的節奏感，豐富了作品的音樂性。

延伸閱讀

一、李清照〈一剪梅　別愁〉，見氏著《漱玉詞》，臺北縣：藝文，一九六五年。

二、林緝熙〈一剪梅〉，見氏著《荻洲吟草》，臺北縣：龍文，二〇〇一年。

參考資料

一、余美玲〈海東進士施士洁的詩情與世情〉，《逢甲人文社會學報》第一期，二〇〇〇年十一月。

二、謝碧蓮〈府城臺南父子雙進士——施瓊芳、施士洁〉，《臺南文化》第五十三期，二〇〇二年十月。

問題討論

一、您知道文學節奏的形成要素有哪些？對於文學的美感有何幫助？

二、李清照有一首詞〈一剪梅　別愁〉，是寫她思念遠遊夫君的作品，詞中思念殷殷、離情依依，與本文亦有若干相應之處，請試著進行比較分析。

——歐純純

祝英臺近（謁五妃廟[1]）

許南英

杜鵑聲[2]，精衛恨[3]，國破[4]主恩斷。桂子空山[5]，宿草餘芳甸[6]。記曾璇室瑤房[7]，寵承魚貫[8]，從君死，一條組練[9]！

那曾見，荒塚[10]二月清明，村翁新麥飯[11]。撮土為香，一盞寒泉薦[12]。徘徊斷碣殘碑[13]，貞妃小傳[14]，也羞殺[15]，新朝[16]群彥！

作者

許南英（一八五五～一九一七），字子蘊，號蘊白（一作允白），署窺園主人、留髮頭陀、龍馬書生等，臺南人。清光緒十六年恩科進士，朝廷授以兵部車駕清吏司主事，推辭不就，回到臺灣。清光緒二十一年乙未之役，籌辦臺南團練局，擔任統領，準備對抗日軍。日軍進入臺南後，懸掛南英畫像，欲加以逮捕，於是渡海到中國。武昌革命時，被推為閩南革命政府民事局長。民國五年九月間，赴蘇門答臘棉蘭，為僑領張鴻南編輯事略，隔年年底病逝。

南英詩歌成就極高，詞亦是一勝。早年所詠，仍有濃厚士大夫之氣息，然臺灣割日後，詩格丕變，不僅反映作者內心情感，也融入了當時的社會景況。其作品生前未曾編訂，存稿在死後經其四子贊堃（許地山）

整理為《窺園留草》，計收詩一千零三十九首，附〈窺園詞〉一卷，前有南英〈自定年譜〉及贊堃所寫的〈詩傳〉，民國二十二年於北平印行了五百部。民國五十一年時，黃典權以原印本標點，予臺灣銀行經濟研究室重印，收入《臺灣文獻叢刊》。

註釋

❶五妃廟：位於臺南市五妃街的廟宇，奉祀為明朝寧靖王殉節的五位妃子。當初鄭克塽投降清朝，明寧靖王決定以身殉國，於是召來妾妃袁氏、王氏、秀姑、梅姐與荷姐，與之告別，並欲其改嫁或出家。不料五位妃子竟表示願與寧靖王一同殉國，於是穿戴冠服，自縊而亡。後來寧靖王將五妃埋葬於城南魁斗山，即今五妃廟處，後人稱為五妃墓或五烈墓，在清光緒年間立廟祭祀，稱五妃娘廟。如今的五妃廟，乃日治時期所重修，形態上與早期又有相異之處。此廟的特色，在於廟、墓合一，廟門開於拜亭前，廟的後方即是墓園，不過儘管廟中有墓，但全無陰森之氣，是臺南市著名的旅遊勝景。

❷杜鵑聲：杜鵑鳥的悲啼，形容哀痛至深。

❸精衛恨：被害身亡的仇恨。南朝梁任昉《述異記》卷上：「昔炎帝女溺死東海中，化為精衛。其名自呼，每銜西山木石填東海。」

❹國破：指明朝滅亡。

❺桂子空山：指埋葬五位妃子的桂子山，又稱魁斗山、鬼子山，乃一處沙丘，位於臺南市南區，昔日墳塋處處，日治時期開始整理，今已人煙稠密。

❻宿草餘芳甸：人已死亡多時，只剩下長滿芳草的原野。宿草，指人死去已久。清陸以湉《冷廬雜識・初三月》：「今二君已皆宿草，回溯前塵，恍如春夢。」甸，郊外之地。

❼璇室瑤房：華美精緻的房屋。

❽寵承魚貫：一個一個都受到寵愛。魚貫，依序連接。

❾組練：絲質繩帶。

⑩荒塚：無人整理的墳墓。

⑪麥飯：祭祀用的飯食。宋劉克莊〈寒食清明〉詩：「漢寢唐陵無麥飯，山蹊野徑有梨花。」

⑫一盞寒泉薦：獻上一杯清冽的井水以代酒。盞，小杯子。寒泉，清冽的泉水或井水。薦，進獻。

⑬斷碣殘碑：殘破的墓碑。碣，音ㄐㄧㄝˊ，刻有文字的圓形石碑。

⑭貞妃小傳：指五位殉節妃子的事蹟。

⑮羞殺：極端慚愧。

⑯新朝：指清朝。

作品賞析

這首詞收錄於《窺園詞》中，是作者謁訪五妃廟的心得之作，除簡述五妃守節殉死之事，也藉此譏諷投降清朝的變節逆臣。

此詞前片，一開始用「杜鵑聲」、「精衛恨」來表明五位妃子殉節的悲痛與壯烈；四、五句則感嘆人死之後，滄桑物換之感；六至九句，則回憶五位妃子生前的榮華，以及從容赴死的豪情。換頭之後，談到荒涼的五妃墳墓，沒有高官顯要的憑弔，只有平凡的村翁以粗茶淡飯祭拜，看起來似乎非常淒涼，但是作者話鋒一轉，說五位妃子的堅貞志節，會「羞殺新朝群彥」，這是對五位烈妃最大的肯定，也是對變節臣子最深的撻伐。

這首詞讀起來有雄壯豪邁之感，頗似宋代蘇、辛豪放之風，全無風花雪月的閨情之氣。會造成如此風格的原因大致有二：首先是五位妃子殉節之事，本就驚天地而泣鬼神，其慷慨悲昂的氣勢，不下於將軍戰死沙場；第二，其使用的詞句簡單俐落，毫不拖泥帶水，顯現十足的陽剛氣，如「從君死，一條組練。」「也羞殺，新朝群彥！」這是何等的俐落明快，與婉約詞的徐牽慢引、依紅偎翠，直有天壤之別。因此，當我們閱讀這首詞時，可以試著摹想五位妃子慷慨就義的情景，將心情引至高亢激動處，揣摩為忠臣、為烈女而拋頭巔、灑熱血的節操，有此等豪情，則領略本詞之意境，必得箇中之三昧矣。

延伸閱讀

一、陳肇興〈五妃祠〉，見氏著《陶村詩稿》，臺北：龍文，一九九二年。

二、林緝熙〈河滿子　過五妃墓〉，見氏著《荻洲吟草》，臺北縣：龍文，二〇〇一年。

參考資料

一、毛一波〈許南英的詩詞〉，《臺灣文獻》第十五卷一期，一九六四年三月。

二、陳漢光〈明寧靖王暨五妃文獻〉，《臺灣文獻》第二十三卷三期，一九六九年九月。

三、關綠茵〈許南英先生及其詩詞〉，《臺南文化》（新）第二期，一九七六年十二月。

問題討論

一、您覺得五妃為丈夫守節，選擇自縊是否恰當？在當時時空下，有無更好的作法？

二、臺灣古典文學中對於五妃廟歌詠最多的是詩歌？請試著找出幾首相關的詩作，並試著分析詩、詞在處理同一主題上有何異同之處？

——歐純純

雪花飛（感懷）

石中英

誰解光陰可惜？珍重錦綉年華❶。且喜青青兩鬢❷，只怕霜❸加。　世事秋雲薄❹，人情若兔罝❺。安得垂綸鼓棹❻，嘯傲天涯❼？

作者

石中英（一八八九～一九八〇），字儷玉，號如玉，臺南市人。中英自幼受家風薰陶，以德行自持。工於詩詞，曾設「芸香閣」書房教授生徒。又籌設「芸香吟社」，招集女子以切磋詩藝。中英後與呂伯雄結褵，接著隨呂氏從事抗日工作，常往來中國各地，有巾幗不讓鬚眉的豪氣。抗戰勝利後返臺，晚年與寓臺的文士酬唱不輟。

中英創作以詩詞為主，民國六十四年，其夫婿伯雄輯其歷年所撰之作品，計得詩千首、詞八十一闋，分為四卷：卷一為臺灣光復後詩草，卷二為旅次大陸時詩草，卷三為臺灣日據時詩草，卷四為《韞睿軒詞草》，文集題為《芸香閣儷玉吟草》。

丘念台作序譽其文風曰：「其詩幽雅安麗，其詞尤清整纖美，不獨無頹喪淪亡之音，而有懷古攘夷之意。」

註釋

❶錦綉年華：美好的青春歲月。
❷青青兩鬢：指黑色頭髮。鬢，臉頰上接近耳旁的頭髮。
❸霜：指白髮。
❹世事秋雲薄：指世人情感淡薄。
❺人情若兎罝：人與人相處充滿心機和陷阱。兎罝，原指捕兔之網，此處引申為機關陷阱。兎，兔的俗字。
❻垂綸鼓棹：划船釣魚。垂綸，垂釣。綸，音ㄌㄨㄣˊ，釣線。棹，音ㄓㄠˋ，船槳。
❼嘯傲天涯：逍遙於天地之間。嘯傲，自由自在，不受拘束。

作品賞析

這首詞收錄於《韞睿軒詞草》，旨在感嘆歲月的流逝，以及人際關係的詭譎與冷漠。

此詞的前片，主要是談青春的消逝，勸人要惜取光陰，不要讓烏黑的髮絲徒然地轉成白髮，而空自慨嘆。換頭之後，語意也跟著改變了，從珍惜光陰改成感嘆人情的淡薄與機巧。面對這樣充滿不安的社會環境，作者感慨人們將如何逍遙於天地間呢？

一首詞，從前片轉到後片，也就是換頭的地方，往往是最難寫的，因為後片的發展如果完全脫離前片的文意，那將太過突兀，但如果完全承接前意，則換片的意義又不大，最好是欲斷未斷，似連又未連，這種味道最耐咀嚼。這首詞的換頭處，從惜光陰轉為嘆人情，表面上並不連貫；但觀諸詞末，其文意乃是抒發人生難以逍遙的感慨，我們都知道，不論是光陰流逝或人情冷漠，都會讓人生難以逍遙，所以前片的惜光陰也好，後片的嘆人情也好，都是引出詞末感慨的前因，兩者間具有共通的特質，因此本詞前片換頭為後片處，看似不相連貫，其實是欲斷未斷、似連未連的妙境呢！

延伸閱讀

一、辛棄疾〈念奴嬌〉，見氏著《稼軒詞》，臺北：復興，一九六三年。
二、許南英〈瀟瀟雨　落葉〉，見氏著《窺園留草》，南投：臺灣省文獻委員會，一九九三年。

參考資料

一、龔顯宗《臺灣文學家列傳》，臺北：五南，二〇〇〇年。
二、施懿琳〈南都女詩人石中英《芸香閣儷玉吟草》作品初探〉，《臺灣史料研究》第十五期，二〇〇〇年六月。

問題討論

一、您覺得社會環境是否真的人情淡薄，充滿機關陷阱？請舉例說明。
二、對於年華的老去、歲月的流失，會讓您擔憂或心生感慨嗎？為什麼？

——歐純純

江南好（蘭潭❶訪秋）

張李德和

風光好，山水兩宜秋。漁婦網蝦添雅趣，牧歌長嘯景悠悠❷，萬慮杳心頭❸。

作者

張李德和（一八九三～一九七二），字連玉，號羅山女史、琳瑯山閣主人、題襟亭主人、逸園主人。為雲林縣清儒學訓導李昭元長女，出生書香世家。幼時即勤於習學，工詩文、音律，又精通刺繡。臺北第三高女畢業，曾任教職四載。婚後，持家教子，並熱心於藝文活動，曾組琳瑯山閣詩會、鴉社書畫會、題襟亭填詞會、連玉詩鐘會等。

德和之詩，記人、寫景、詠物、傷時……，或沈痛，或欣喜，或柔美，或秀逸，皆能出之以工巧，予人精妙之感。其詞平實中帶著清麗，深堪玩味。其平生之作彙為《琳瑯山閣吟草》，其中詩作，分別經賴惠川、李石鯨、林臥雲點評。

註釋

❶蘭潭：位於嘉義市鹿寮里，舊稱紅毛埤，光復後改名蘭潭。舊時為諸羅八景之一，人稱「蘭潭泛月」。此潭是嘉義市著名景點，潭水瀲瀲，佳木蔥蘢，後山更有絡繹不絕的登山人潮，具有山水交錯之美。

❷悠悠：安適自在的樣子。

❸杳心頭：在心中消失。杳，消失、不見蹤影。

作品賞析

這首詞收錄於《琳瑯山閣吟草》，是作者在秋季遊覽嘉義蘭潭後的作品。此篇只有短短五句，但卻意味深長，令人久縈於心。首兩句很概要性地說出蘭潭的美麗，說它有山有水，而且在秋色的襯托下，呈現一片好風光。這種描寫景色的方式，沒有細部的刻畫，只是大筆一揮，主幹立刻分明。至於風光好，好在哪裡？則由讀者自行推敲，別有一番想像存乎其中。

第三、四句由寫景轉為寫人，談到漁婦和牧童，前者正半遊玩地網著蝦，有無收穫並不掛意，所以舉手投足間平添「雅趣」；至於後者，則放聲歌吟，欣賞著美景，一副悠然自得的樣子。看到這樣的美景與安閒的人事，作者遂有「萬慮杳心頭」的結語，讓世間所有煩慮在這遊潭的當下，都消失得無影無蹤。這首詞，從寫景到描寫人物，再轉入內心感受的抒發，雖然只有短短五句，但涉及的範圍卻很廣，真可謂寓千里於尺幅之中，展現精鍊純熟的文筆。

延伸閱讀

一、張李德和〈遊蘭潭即景〉，見氏著《琳瑯山閣吟草》，臺北：龍文，一九九二年。

二、林緝熙〈烏夜啼　蘭潭泛月〉，見氏著《荻洲吟草》，臺北縣：龍文，二〇〇一年。

參考資料

一、江寶釵《嘉義地區古典文學發展史》，嘉義：嘉義市立文化中心，一九九八年。

二、龔顯宗《臺灣文學家列傳》，臺北：五南，二〇〇〇年。

問題討論

一、您去過蘭潭嗎？它的美和本文所描繪的有何差異？

二、本詞是一首寫景的詞作，請問這類作品的寫作特色何在？本詞是否符合這些特色？

——歐純純

乙編　現代文學

卷上：散文

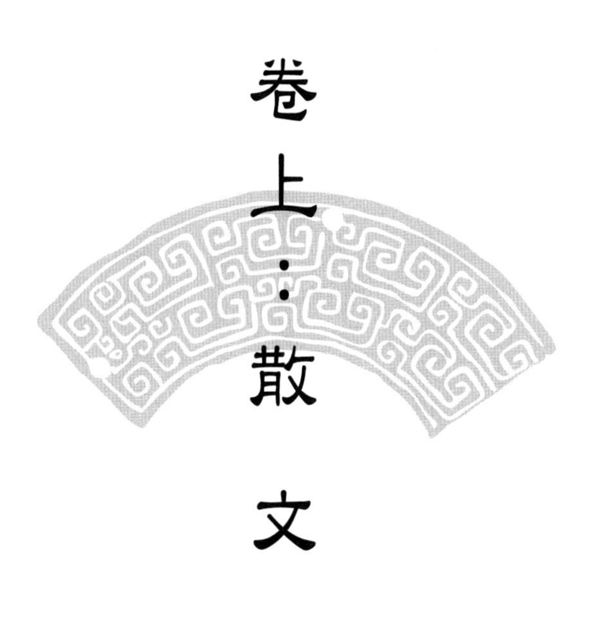

父與女

張秀亞

為翻尋一件秋衣，無意中又在箱底看到了那條圍巾，那是用黑色絨繩結成的，編織著寬寬的條紋，……在這素樸的毛織物裏，編織著我終生難忘的故事。

是十多年前了，一個風雪漫天的日子，父親自故鄉趕來校中看我。

他著了件灰綢的皮袍，衰老的目光，自玳瑁邊的鏡片後濾過，直似秋暮夕陽，那般溫愛、柔和，卻充滿了感傷意味……。他一手提了個衣包，另一隻手中呢，是一只白木製的點心盒，上面糊了土紅的貼紙，一望而知是家鄉的出品。

那寬敞的會客室裏，在這大雪的黃昏，是如此冷落，只有屋角的長椅上，並坐著家政系的儀和她的男友。他們在寫意的輕彈著吉他，低聲吟唱之餘，時而飄來好奇的目光，打量著我們父女。

父親微微佝僂著身子，頻頻拂拭著衣領、肩頭殘留的雪花說：

「自從古城淪陷，不知情形如何，我和你母親時刻記掛著你，只是火車一直不通……我真埋怨自己，當年只埋頭讀些老古書，自行車都不會騎，不然，阿筠，爸爸會騎自行車來看你的啊……。」

外面仍然飄著雪，將窗外松柏都漸漸砌成一座銀色的方尖塔，那細弱樹枝，似又不勝負荷，時有大團的積雪，飛落上空階。……隨了那蒼老的聲韻，我的眼前出現了一幅圖畫：——一個老人，佝僂著背脊，艱難而吃力的，在凝凍了的雪地上，一步一滑的踏著一輛殘舊的自行車……。六十二歲的父親，竟想踏自行車走六百里的路來看我……，我只呆呆的偏仰著臉，凝望著那玳瑁鏡架後夕陽般的溫愛、柔和、感傷的目光，勉強做出一絲微笑，但一滴淚，卻悄悄的自眼角滲了出來。

父親自衣包中取出我最愛讀的《飲冰室文集》，同母親為我手縫的花條絨襯衣，他轉身又解開那點心盒上的細繩，裏面，是故鄉的名產——蜂糕：「你母親說，這是你小時候最喜歡吃的東西……。」他拿起一塊，放在我的面前，又擺到我的手上。呵，那為煙蒂頭薰染得微黃的衰老的手指，此刻還似在我的眼前晃動……。

當時，也許是我的虛榮造成了我的靦腆吧？在那衣著入時、舉止瀟灑的兩個男女同學注視下，（那時而自長椅上飄來的目光，對我直似在監視了！）對著這故鄉土物，好像有什麼梗在喉頭，竟無法吞嚥，只窘迫的漲紅了臉。叮咚的吉他正奏出一支「南洋之夜」，婉美的曲子譜出的異國情調，又怎樣揶揄著那一盒鄉土味的蜂糕，又怎樣的揶揄著人間最樸質、真摯的父愛呵！

天色漸漸的昏暗了，我終於拾起那只「原封沒動的」點心盒，只和父親說了一句：

「我拿回宿舍慢慢的留著吃吧，天快黑了，我去拿書包，順便請個假到旅社去看母親！」

到了旅社，母親正在窗前等候著我們。我絮絮的向母親訴說著學校的生活，父親只在一旁翻看著我書包裏的書稿，好像希望憑藉了它們，來了解這逐漸變得古怪而陌生的女兒……。

半晌，父親放下了書，吸了一口煙，他囁嚅著似乎要說什麼話，卻又在遲疑著：

「阿筠，你在同學中間，也有什麼比較好的朋友嗎？……我是說……。」

「沒有，談這個做什麼，我要讀一輩子書！」沒等他說完，我便悻悻的打斷了他的話頭。

最慈和體貼的母親，向父親做了個警告的眼光，似乎說：

「你還不知道這孩子的執拗性情，少惹她氣惱吧！」一時三個人都沉默了下來，在那寂靜的雪夜，只聽到樓窗外斷續傳來的更柝聲。我自書包中取出了紙筆，又在開始寫我那歪詩了，稚氣的心靈，充滿了詩情、幻夢，又怎能體味出老父親的心情！

父親偶而伸過頸來望望我的滿紙畫蛇，充滿了愛意的嘆息著：

「你還是小時候的性情，小鼠似的繾繾綣綣，拿了枝筆，一天畫到晚。」

直到夜闌，我才完成了我那「畫夢」的工作，還自鳴得意的低吟著：「苓苓靜美如月明，苓苓的有翼幻夢，是飄飄的藍色雲，苓苓弦上的手指，是溫柔三月的風……。」自己還以為，過於「現實」的父母，是不能了解我的「詩句」的。終於，展著我那「苓苓」一般的「有翼幻夢」，偎在母親身邊沉酣的睡去。

翌日天色微明，我便匆忙的整理好書包，預備趕回學校去聽頭一堂的文學史，父親好似仍覺得我是個稚齡的學童，一手摸著花白的鬍鬚：

「阿筠，我送你去搭電車！」

北國的冬晨，天上猶浮著一層陰雲，雪花仍然在疏落的飄著……。路上，父親又似想起了什麼：

「阿筠，我和你母親自故鄉趕來看你，你也明白是什麼意思嗎？……如果同學中有什麼要好一點的朋友，你莫太孩子氣，也莫太固執，告訴你的母親同我，我們會給你一點意見，對你總是有益的呵，傻孩子……。」他見我不語，又嘆息著：

「你，你知道。我同你母親都是六十開外的人了……。」我只氣惱的歪過頭去：

「沒有就是沒有！」

一路電車終於叮咚的駛來，打破了這窘迫的場面，我方才預備跳上車去，父親忽的一把拉住了我：

「你不冷嗎？」說著，那麼匆遽的，自他的頸際一圈圈的解開那長長的黑色圍巾，儘管我在旁邊急迫的頓足：

「爸，車要開了。」他又顫抖著那雙老手，匆遽的把那圍巾一圈圈的，緊緊的，纏在我的頸際。

我記得那天我著了一件深棕色的呢大衣，鑲著柔黃的皮領，那皮毛顏色，直似三月的陽光，又美麗，又溫煖。但是，父親卻在那衣領外面，仍為我纏起那厚重的毛圍巾，直把我裝扮成南極探險的英雄了。我「暫時忍耐」著跳上了電車，趕緊找到一個座位就開始解去那沉甸甸的圍巾……，一抬頭，車窗外，仍然瑟瑟的站著那個頭髮斑白的老人，依舊在向我凝望，雪花片片的飛上了那光禿的頭頂，同那解去圍巾的頸際……。我的手指，感到一陣沁涼。——「我那」圍巾上，自父親頸際帶來的雪花，開始消溶……。我那隻手，立時麻痺般的不能動轉了，只任那鬆解了一半的圍巾，長長的拖在我的背上……。

我一直不曾回答父親的問題：「……你在同學中間，也有什麼比較好的朋友嗎？」只固執而盲目的，將自己投入那「不幸婚姻」的枷鎖，如今落得負荷了家庭重載，孤獨的顛簸於山石嶙峋的人生小徑，幸福婚姻的憧憬，如同一片雪花，只向我作了一次美麗的霎眼，便歸於消溶……。

那黑毛繩的圍巾，如今仍珍貴的存放在我的箱底，顏色依然那麼烏黑光澤，只是父親的墓地，卻已綠了幾回青草，飛了幾次雪花……。

撫摸著那柔軟的圍巾，我似乎聽到一聲衰老而悠長的嘆息！

作者

張秀亞（一九一九～二〇〇一），河北滄縣人，筆名陳藍、亞藍。北京輔仁大學西洋語文學系畢業，抗戰期間，曾任重慶《益世報》副刊主編。先後任教於北平輔大、臺中靜宜、臺北輔大，教授文學及翻譯課程，桃李滿天下。十四歲即開始寫作，詩歌、散文、小說之外，兼及文學論述與翻譯，出版作品逾八十二種。文字精緻而富有詩意，情感濃郁而蘊含深刻，下開「散文美文化」之風潮。讀者遍及海內外各華人地區，何欣曾經以「凡有井水處，皆有柳永詞」譬喻形容之。曾獲首屆中國文藝協會散文獎、中山文藝獎散文獎、亞洲華文作家協會文學貢獻獎、洛杉磯橙縣中華文化協會文學成就獎、中國文藝協會榮譽文藝獎章，美國於二〇〇一年將其生平事蹟列入國會紀錄，史丹佛大學和國會圖書館則收藏了她的全部作品。重要散文集有《三色菫》（重光，一九五二）、《牧羊女》（光啟，一九五四）、《北窗下》（光啟，一九六二）、《湖上》（光啟，一九六七）、《湖水・秋燈》（九歌，一九七九）、《白鴿・紫丁香》（九歌，一九八二）等。

作品賞析

本文選自《牧羊女》。此書為作者生活與心情的寫真，〈前記〉說：「不免為舊日的色碟所染」；自述悲喜哀樂，細細圖繪感觸情緒，文筆秀逸輕靈，韻致柔婉清麗，優美如詩。

本篇描寫親情倫理（父愛），傷逝憶往，抒情真誠。故事開始於雪花疏落的校園裡。背脊佝僂、溫藹柔和、蒼老而帶點感傷的父親聲影，以及一心乘著有翼幻夢、性情執拗的女兒，因著「圍巾」線索聯繫，引發出懸念與懺悔。女孩無論大事小事，都堅持自己處理，嫌父親囉嗦、累贅，總是扳起臉孔、冰霜凜寒以對。父親則始終把她最需要的、喜歡的放在心底最重要的位置，一再地追問她有沒有中意的男友，不斷地翻閱她的書稿，探頭觀望她所寫的文章，主動送她去搭電車——那顫抖的老手，匆遽地解開頸際早已沾滿雪花的毛圍巾，緊緊纏在她的脖子上，車窗外，頭髮斑白的老人，佇立風雪中，凝望著永遠的寶貝……。瞬間，窗內窗外的對望，可能是作者第一次「正視」父愛，也恰是情感潰決的一刻。文末以自責自愧作結。物在人杳，只隱約迴盪著衰老而悠長的嘆息，聲聲被淚水給浸透了的淒然。

感情一事是父女衝突的最高點。頭上的白紗，瞬間轉黑；變調的婚姻，走樣的日子，跌落泥塘，痛苦哀傷，當年歡快的孩子，早已被塑成了憂鬱的石像……，這一切，只因不曾聽從父親的「一點意見」。人生中最不可承受的重就是「情」，最大的悲劇莫過於婚姻的挫敗！不過張秀亞面對淒風苦雨，堅強地走過，在歷經沈澱、過濾後，一一提煉昇華為圓潤的明珠，藉著文學「走向海闊天空的精神世界」（鄭明娳語）。

本文至情至性，自然流露，如同朱自清〈背影〉一般膾炙人口，其藝術技巧亦稱高妙。首先，擅用對比與映襯：灰綢的皮袍／衣著入時，土紅的貼紙／寫意的吉他，故鄉的蜂糕／異國的情調，突顯傳統與現代的格格不入；並坐的情侶親密交流，低聲吟唱／父女毫無交集的言談、無形的陌生，父親的關懷／女兒的執拗，窗外承受風雪／窗內抗拒溫暖，在在烘托天地至愛的質樸與真實。其次，父女的「衝突對立」，以至於後來的化解冰釋，頗能激盪文意，感染人心；還有以黑色絨繩結成的圍巾「象徵」父愛，表面不夠亮麗，卻是溫馨厚實，最是貼切。此外，如「父親的眼神像秋暮夕陽」、「幸福婚姻的憧憬，如一片雪花」，以及用青草、風雪寫時間的飛逝，都是精當的譬喻。

延伸閱讀

一、朱自清〈背影〉，見氏著《背影》，臺北：臺灣開明書店，一九五六年。

二、琦君〈一雙金手鐲〉、〈髻〉，見氏著《桂花雨》，臺北：爾雅，一九七六年。

三、徐鍾珮〈父親〉，見氏著《徐鍾珮自選集》，臺北：黎明，一九八一年。

參考資料

一、羅傳輝〈我讀「牧羊女」〉，《文壇》一百六十五期，一九七四年三月。

二、封德屏〈東西交會，古今融合——張秀亞散文論〉，當代臺灣散文文學研討會，一九九七年三月三十日。

三、邱怡瑄〈「張秀亞教授追思紀念會」側記〉，見「張秀亞教授追思紀念會特輯」，《文訊雜誌》，二〇〇一年十二月。

問題討論

一、文中父親兩次詢問「有無較好的朋友？」作者的反應為何如此強烈？

二、文中有許多描寫父愛的情節，哪一部分最令你感動？

三、作者另有〈母與子〉、〈憶父〉、〈憶母〉諸篇，試比較其所描述之親情。

——曾進豐

網中

王鼎鈞

曬網的日子，一張又一張漁網在木架上掛好，這個漁村聯那個漁村。海水把粗實的網浸黑，醃重，厚沉沉垂下，挺直。這是青山的髮網，大海的座標，漁家的長城。這是透明的長城，有方格的長城，有帶鹽的海風，不見烽火。

他們的家在長城裡，太陽和風來自長城外。落日把晚霞燒紅，強風把掛著的網鼓起，好像網裹住了晚霞落日，裹住一團熾烈，好像那火球滿網掙扎，企圖將網繩燒斷。風將那一團熾烈吹旺，蒼茫大海澆不息那燃燒，燒得那一方格一方格更透明，網索更黑，不是魚死，就是網破。正是這樣，網去捆網中人的生之欲，去捆岩漿，去捆無定形的浪花。

那網再被擲回海裡，敲破水面，敲破有白紋的藍黑色大理石，當一方格一方格的青天壓下來，新肥的魚驚躍，水花鱗光，一時成鼎沸的銀爐。漁人的女兒是最精美的海產，她是豐滿的，裸露的，緊緊裹在海上的勁風裡，裹在高密度的水分子裡，裹在漁郎們交纏的目光裡。交纏的目光織成另一種網，她是另一種魚。

這是網的世界，成排的樹影縱橫如網，魚塘裡的竿交叉成網，漣漪蕩漾，礁石斑剝，都帶網的形狀。魚無所不在，網亦無所不在。亂髮遮面時，網罩在她的頭上，萬念交集時，網粘在她的心上。網啊網，魚無所不在，網亦無所不在。網啊網，她屬於你，你屬於一方格一方格的透明，每一方格屬於碧海青天，海天屬於不可知。

這天，曬網的日子，沙地上，隔網走來幾個打著花綢陽傘、把高跟鞋和尼龍襪提在手裡的女人，和幾個戴黑眼鏡戴鴨舌涼帽的男人。他們很喜歡這長城般的網陣，舉起照相機，不斷照那一系列，照那網眼後面龍鍾的老太太，照網後的大海，那青蒙蒙的海，那使人看到太廣太遠的地表面、看到地表面的搖動騷亂而覺得恐懼的大海。男女老幼從漁村裡跑出來看他們做什麼，他們把看熱鬧的人一併照進去，並且特別要求一群五歲到七歲大的孩童們站在網的陰影裡。不打漁的人也這樣喜歡漁網嗎？他們何不買一張大網帶回家呢……

竊竊私語未已，沒想到那個從遠方來的女人動手脫下本來就穿得很少的衣服，而且毫不遲疑的脫光，面對觀眾如面對空氣。除去一切遮蔽之後，她顯得很美麗。在鏡頭前，她背向海與天，雙手攀網，做出因為不能越網而過痛苦焦急的表情，好像後面有噬人的海怪。這動作重複了十幾次，直到她表演成生命意志受阻的象徵。稍稍休息，他們又把一絲不掛的人體放進一個兜形的吊網裡，視她為剛從海中捕到的魚，她在網中俯著，蜷著、蜷曲著，又像死掉一樣挺著，臂和腿把網撐出不規則的角來；最後她在網中像突圍的魚奮身躍起，讓相機捕捉她在網底騰躍的剎那，成為人類處於困境和對命運抗爭的象徵。經過反覆表演，她太累了，累得由同伴把她從網中抬出來，裹在浴巾裡，放在陽傘下的沙灘上，餵她喝帶來的可口可樂。這件事不能不轟動，漁人們為她放棄了所有的正經事。即使她已和同伴們回程，在網外消失，仍有遲到的觀眾聞風而至，看那空網，看他們丟在沙灘上的菸蒂，看他們離去的那條路。這事在漁村裡在漁船上被談論了好幾個月。漁女們變得很沉默，魚一樣沉默，曬網的日子，坐在網前出神，或者站在那兒抓著網索向外看。夜晚，在礁石後面，她們給情人日益冷淡的嘴唇。她們被啟蒙了，她們醒悟自己在網中，發覺網外的世界。網啊網，你是我的長城，也是我的監獄。網啊網，你裹住了滿網的火球。一方格一方格的透明太少。看哪，網外的世界何等廣大，何等充實，那飛機如鷹隼翱翔的世界，那火車渺渺如蚤的世界。

於是漁女相繼而去。精美的海產外流，當第三批探險者離鄉遠走時，先走的第一批已久無家信。都市是另一種恢恢之網，她們是另一種魚，魚未死，網亦不破。所有的魚定要投入一種網，尋求一種透明的長城。牢獄的窗櫺也是一些透明的方格。魚不為同類結網，只有人，才會做這繁雜的手工。不設防的魚，赤裸的魚，在網內翻滾，或攀黑沉沉的網索，從方格中露出雪白的肌膚。漁網一重，人網千重，越過一層，前面還有；穿透一層，前面還有。直到魚死，網終不破。

於是所有的漁郎都失戀了。網仍在他們手裡，但網不住柔情一般的水、水一般的柔情。網舉起，網眼千隻，清淚千行萬行。每個網眼都填滿波光雲影，得魚易，得人難。我愛你，我愛你，游魚出聽，行人無蹤。我愛你，我愛你，旭輝把礁石染成珊瑚。晚風停，夕照落盡，方格外一片黑而空虛，我愛你，我愛你，網內網外如隔世。

這就是那個發生在網中的故事。漁村父老都會告訴你，一個模特兒如何破壞了漁村的圓滿自足，如何使漁女帶回私生子，使漁郎帶回花柳病。都市如何把吸管插進來，將漁村吸瘦，儘管魚仍肥，網仍沉沉，網索仍粗，而且被海水浸得更黑，威嚴如古塞。夜空將星星鑲在網沿上方，但這一座透明的長城已擋不住什麼。

作者

王鼎鈞（一九二五～），筆名方以直，山東臨沂人，抗戰時棄學從軍，一九四九年來臺後，轉入新聞界，曾任職中廣公司、中國電視公司、《中國時報》主筆及「人間副刊」主編，一九八九年移民美國，專事寫作。曾獲行政院新聞局圖書著作金鼎獎、中山文藝創作獎、中國時報文學獎散文推薦獎、吳魯芹散文獎。寫作領域涵蓋詩、散文、小說、劇本、雜文，其散文兼具感性與知性，勵志且抒情。寓言體散文「人生三書」——《開放的人生》、《人生試金石》、《我們現代人》，思慮沈厚，如濃醇香醪，春風冬陽，親切有味。隱地說他：「善用活潑的形式、淺近的語文，表達深遠的寄託，字裡行間既富理想色彩，也密切注意現實。」散文集尚有《情人眼》（大林，一九七〇）、《碎琉璃》（作者自印，一九八八）、《左心房漩渦》（爾雅，一九八八）、《昨天的雲》（作者自印，一九九二年）、《隨緣破密》（爾雅，一九九七）、《活到老，真好》（爾雅，一九九九）、《滄海幾顆珠》（爾雅，二〇〇〇）等三十多冊；《開放的人生》一書，於一九九九年獲選為臺灣文學經典之一。

作品賞析

本篇選自《情人眼》。該書屬於早期「人生說理」之作，文字純淨、條理清晰。以有情之眼觀看世界，體味現實，記錄社會風貌，感觸諷託，引人省思。

本文以漁村為背景，漁村的女子作主角，寫她們看見電影公司海濱拍戲的場景，以及模特兒的時髦裝扮，激盪起對網外世界的無窮幻想，因而紛紛掙脫出走，一去不返，藉以反映臺灣六〇年代社會的轉型變遷。首先寫「網中」的定律，不是魚死，就是網破，賦予「網」高度的象徵意涵。次段將漁人的女兒喻為精美的魚，漁郎的目光則織成另一種網，魚無所不在，網亦無所不在。第三段寫城裡人侵入漁村取景拍片，平靜的生活頓時騷動不已，網裡網外，一樣好奇。此段為一轉筆，以下的鋪敘就順勢迤邐展開了。第四段寫女模特兒大膽奔放的表演，拚命地掙扎，奮身躍起像突圍的魚，吸引了漁郎的目光也勾動了漁女的心魂。漁郎們放棄正經事，追隨女郎而去；漁女們逃離單調蒼白，游向繽紛斑斕。五、六兩段說理，指出「魚不為同類結網，只有人，才會做這繁雜的手工。」單純不設防的漁女（精美的魚），墜入又厚又重的都市迷「網」，透明的方格成了牢獄的窗櫺；漁郎的網眼，波光雲影，虛幻得恍如隔世。文章收束處，發出議論：漁村被文明浸蝕、浮華滲透。衝破網羅是為尋求一種透明的長城，卻反被吸入物慾橫流的黑沉深淵中，原本的圓滿自足逐漸被改造，純樸慢慢被吞噬淹沒。

作者嫻熟地運用形象語言，計畫性地挑動讀者的心緒，一步步地引導讀者沉醉其中；字句長短變化，文氣抑揚頓挫，具見匠心巧手。絕佳的是一開始就妙用隱喻：「這是青山的髮網，大海的座標，漁家的長城。」以豐盈的意象，引人入勝。次採暗示手法，人、魚互相比擬，塵網、漁網交叉敘述，想像多元，妙筆生花。鄭明娳認為其作品：「大部分具有小說的敘述、散文的描寫、詩質的意象及歧義，……他能深入不可理解的心靈層面，不故弄玄虛而玄虛自在，外表看似寫實，而其實飽含象徵，在魔幻與寫實之間出入自得、從容自在。」本文精於意象，象徵迭現，幾等同於一篇散文詩。

延伸閱讀

一、陳千武〈網〉，《現代文學》第十六期，一九六三年三月十五日。

二、王鼎鈞〈邂逅〉、〈那樹〉，見氏著《情人眼》，臺北：大林，一九七〇年。

參考資料

一、沈謙〈駱駝背上的樹——王鼎鈞散文的人格與風格〉，見《中國現代文學理論季刊》，一九九七年六月。

二、鄭明娳〈出入魔幻與寫實之間〉，收錄於王鼎鈞《風雨陰晴》，臺北：爾雅，二〇〇〇年。

三、蔡倩茹《王鼎鈞論》，臺北：爾雅，二〇〇二年。

問題討論

一、本文描寫六〇年代臺灣鄉村轉型，若就題材觀察，可歸為鄉土散文，作者類似作品還有哪些？

二、本文寓意深遠，且具小說般的故事情節，可否改編成短劇演出？

三、王鼎鈞被譽為「人生說理者」，試述其說理散文之魅力所在。

——曾進豐

憶舊的書

楊　牧

我記憶裏有些舊日的書，在中年以後，偶然會向我浮現，是一種奇異的感覺。有時閑坐籐椅窗前，眼睛好像注視着庭除裏的秋草，可是甚麼都沒看見；有時或者行走於人羣當中，斑爛的色彩四處跳躍，可是我正在思想一些別的；有時更可能獨處斗室，外面下雨，我將音樂打開抵抗那雨聲，彷佛聽見天籟和人籟在淒切悠揚地交談，可是又好像甚麼都不曾聽見，因為正有些舊日書籍裏的景色和動作在我心頭浮現。

這些都是中年以後才有的事。這樣想來，我記憶裏那些舊日的書，都已經是三十多年以前的書了。這時有一種震動的悲憫，一種失落感，對逝去的時光和人情產生緬懷。那麼久以前的書，我想正是我剛剛進花蓮中學時候接觸到的，一些帶着強烈氣味的翻譯小說吧—是書和書長年擁擠在一起就蒸騰起來的氣味，每當那位戴深度眼鏡的女管理員用她一串鑰匙中的一支將玻璃櫃子打開，我就聞到那氣味，通過我少年神經的每一條脈絡，衝破愚沌的關節，讓我將書抱在頦下，喜愛那種陌生，可是一天比一天熟悉的，那書的氣味——好像屋簷外的竹蔭，村落旁的九層塔，小木橋下的苔蘚，好像派克墨水沾染了胸前的口袋，再也洗不掉。

我彷彿看到北非酷熱的海岸，有些腳印踽踽遺留，大鷹在巨岩上佇立，盤旋而起，發出曠古恐怖的呼聲；看到茂密的雨林，一條長河從中切過，在猿啼斷續的當口，獨木舟悄然滑到，那人滿臉惶惑，又似乎是堅毅的。有時冒險的獵戶在長久飢渴之後，轉過幾個山阿，在破碎的春陽裏休息，忽然鼙鼓聲起，遠處村落有土著正開始進行一個神祕的祭典。

我花了許多時間搜索那些美麗與恐怖，在書頁上尋覓挑戰，慰藉。是有一段長時間裏，我只喜歡看翻譯小說，冗長的無意義又終於構成理念的人名和地名，遙遠不可設想的世界的一個角落，煙波浩瀚以外，萬頃森林當中，愛和恨的事件在發生，死亡，生育，鬥爭，和解，這一切一切都通過生澀的文字，艱難地展現在我眼前，長坐大榕樹頭，前面是反覆起落的海潮，腳底下有成羣的小螞蟻搬巢。我看見西印度洋面的小島，亞馬遜河上游的部落，馬車輕快駛過奧匈帝國的林蔭大道——背後是高班同學在踢球，呼嘯奔跑，眼前總是一本被我瞪得神靈閃爍的書。

那些日子讀過的小說，現在已經完全不記得書名，一本都記不得了，只依稀無法不和其中一些情節糾纏廝磨，甚至就在中年以後，在遭遇過很多有用的和沒用的書以後。那就真和舊夢一樣，幾乎都在晨光初發的片刻便忘了，只留下一些過濾的幻影，涼涼的，如剩茶，於是便飄浮竟日，在五官感覺可即不可即之間，而終於就消逝了，卻偶然在人聲鼎沸的座次當中，因為看見一雙手，聽見一句讚歎，便覺得是經驗過的，從前，在完全一樣的廳堂裏，一樣的座次，而人生原來是容許多事件重演的——這或許是夢的迴旋，如我少年舊書裏短暫的情節，就是那些情節，如今時時浮現，竟然再不短暫，或許竟是恆久的了。

就因為有了這一層領悟，少年的冒險，包括好奇的閱讀和夢魘往來，有一天已經變成我們傷於哀樂的心惟一最可親的慰藉了。在層出不窮的橫逆之後，一再的失望，在思索過同情，寬恕，冷靜，容忍等等最和我們有關的倫理概念之後，接下來的毋寧還是失望：原來歲月就是在系列橫逆間穿行的，閃避了洪水的災難，飛越過凶險的火山，可是時光的空隙裏偶然總冒出一兩件幽昧的不明飛行物，無論你如何矯捷，終也不免撞上，一陣暈眩，還得繼續向前。在這分不清楚悲傷和憤怒，可是有時又那麼寂寞悄然，彷彿完全沒有感覺的光陰裏，獨坐冥冥，看紫竹落葉，黃菊開花，在這些冷暖遞嬗的光陰裏，偶然會向我浮現並給我慰藉和平安的，是我記憶裏一些再也不記得題目的舊書，那些景色和動作，那些情節。

作者

楊牧（一九四〇～），本名王靖獻，臺灣花蓮人。東海大學外文系畢業、美國愛荷華大學藝術碩士、柏克萊加州大學比較文學博士。曾任教於麻薩諸塞大學、普林斯頓大學，西雅圖華盛頓大學、臺灣大學、東華大學等校，現為中央研究院文哲所所長。楊牧早期以「葉珊」為筆名，發表新詩於《現代詩》、《藍星》、《創世紀》等詩刊。一九七二年完成博士學業後回臺省親，之後便改以「楊牧」為筆名發表新詩、散文等文學創作及文學評論迄今。除了寫作及研究外，楊牧也致力於中國現代作家作品的編選，以及西方詩人如葉慈、莎士比亞等人作品的譯介，著作等身。曾獲頒國家文藝獎文學類、吳三連文藝獎、中山文藝獎等殊榮。他在散文方面的著作計有《葉珊散文集》（一九七七）、《柏克萊精神》（一九七七）、《年輪》（一九八二）、《搜索者》（一九八二）、《山風海雨》（一九八七）、《一首詩的完成》（一九八九）、《方向歸零》（一九九一）、《疑神》（一九九三）、《星圖》（一九九五）、《亭午之鷹》（一九九六）、《下一次假如你去舊金山》（一九九六）、《昔我往矣》（一九九七）、《奇萊前書》（二〇〇三，此書將《山風海雨》、《方向歸零》、《昔我往矣》三書合帙，為楊牧之自傳性散文）等書（以上各書均由洪範出版社出版）。

作品賞析

〈憶舊的書〉一文選自楊牧的散文集《亭午之鷹》。這篇散文回憶年少時曾經讀過的書，全文充滿著抒情的美感。

人到中年之後，青春時的記憶總是在生活中的霎那間在腦海中閃現，尋著殘餘的印象和氣味追溯，才發現那都是作者在花蓮中學時期所讀的書。這些舊日的書引發起作者對於過去的細懷，回想當年那位戴深度近視眼鏡的圖書館女管理員與圖書館中「書與書長年擁擠在一起就蒸騰起來的氣味」，也回想起自己坐在大榕樹下讀書，背後是高班同學在踢球，面前是太平洋反覆起落的海潮，但是隨著翻譯小說的引領，眼前彷彿展現了「西印度洋面的小島，亞馬遜河上游的部落，馬車輕快駛過奧匈帝國的林蔭大道」，同時也遊歷了「北非酷熱的海岸」、「茂密的雨林」和「土著神祕的祭典」。這些書籍給了青春的心靈大大的震動，在一個稚嫩的高中生面前開展了一個個穿越時空的世界。這些三十多年前讀過的書，雖然書名一本也不記得了，但是有些短暫的情節，總是在往後的生活經驗中，又浮現在腦海中。而那些舊日的書，書中隱約記得的景色、動作和畫面，也成為充滿磨難的人生道路上最大的慰藉。

這篇散文讓人聯想到普魯斯特的《追憶似水年華》，在中年之後回顧過往，通過記憶對逝去的青春歲月產生充滿美感和幸福感的細懷，文字抒情而有韻味，又帶著回憶時淡淡的哀愁。〈憶舊的書〉雖然沒有具體指出某一本書對作者深遠的影響，甚至作者早已遺忘了這些舊日書籍的書名，但是它們卻幻化成難以磨滅的畫面和強烈的氣味，滲透在作者腦海中的每個角落，成為永恆而美好的記憶。

延伸閱讀

一、琦君〈三更有夢書當枕〉，見氏著《三更有夢書當枕》，臺北：爾雅，一九七五年。

二、林文月〈三月曝書〉，見氏著《午後書房》，臺北：洪範，一九八六年。

三、隱地〈自從有了書以後……〉，見氏著《自從有了書以後……》，臺北：爾雅，二〇〇三年。

——蘇敏逸

參考資料

一、何寄澎〈永遠的搜索者——論楊牧散文的求變與求新〉，何寄澎編《當代台灣文學評論大系：散文批評》，臺北：正中，一九九三年。

二、陳芳明〈典範的追求：楊牧散文與台灣抒情傳統〉，見氏著《典範的追求》，臺北：聯合文學，一九九四年。

三、張惠菁《楊牧》，臺北：聯合文學，二〇〇二年。

問題討論

一、請分享你所讀過最難忘的一本書。

二、請說明〈憶舊的書〉的文字風格。

小水滴遊高屏溪（節錄）

曾貴海

加利福尼亞小水滴本來是加州海邊的一滴海水，因為好奇，聽說海流將有一次亞洲之旅，最主要的旅站是南台灣的高屏溪。廣告文宣上提醒水滴們：如果現在不去，亞洲有些國家的河流將成為斷河，像中國的長江、黃河和台灣的濁水溪、高屏溪，以後可能沒有機會去那裡觀光。

那年初夏，加利福尼亞小水滴終於隨海流旅行團東遊，經過北赤道洋流❶後隨黑潮❷到達台灣海峽。

小水滴和同伴們拼命往上浮，被陽光蒸發成更小的水滴，與遊伴們搭上海峽上空的浮雲，在天空中飄浮了幾天，才被西南季風吹往陸地上空。首先映入眼簾的是一大片平原，那片平原在地理上原本處於馬緯度無風帶，應該是淒涼旱地，但眼前看到的卻是閃爍著金色陽光的綠色版圖，小水滴一直以為加州是世界上最美麗的地方，但他看到台灣島國時不得不驚嘆，導遊告訴他們台灣五分之三的土地被高山覆蓋，三千公尺以上的高山共有兩百六十多座，每座山都是隔離的生態家庭和水源庫，這就是台灣成為綠色世界的原因。而且，從山頂到平原不到四千公尺的落差就有四千多種植物，平均不到一公尺有一種以上的植物，這就是大自然鍾愛台灣的恩賜。

小水滴隨雲堆飄盪，他看到山上佈滿繁複的林相和花草樹木。高山上有台灣冷松、鐵杉、玉山圓柚和滿山的杜鵑，讓他看得傻眼。忽然間，雲堆碰上一座巨大的樹林，那就是台灣紅檜和扁柏組成的高山霧林帶。小水滴和遊伴們沾上了扁柏的葉片慢慢循著樹身流下，他也聽到森林下面的細流和地下水流的腳步聲，終於踏上高屏溪之旅的第一站。小水滴和遊伴們游進森林社會含水層四通八達的水路密道，那裡有許多泥土、樹根、藻茵和生物。他們親切的歡迎小水滴，並帶他四處參觀這個亞熱帶森林的地底世界。小水滴在那兒玩了幾天流向一條細小的涓流。一路上，他靜靜的欣賞挺拔優雅的巨木，森林裡的飛鳥和美麗的花草。導遊說不久將經過一段隧道，說著說著，眼前一暗，小水滴已經進入地下水的航道，潛行在黑暗中，無限寧靜的流了一段時間後，突然轟然大響衝出岩隙，形成水花四濺的瀑布，從幾十公尺的高處往下面的水潭激射，摔得頭昏眼花，終於穿過森林走向人類社會。

導遊告訴團員們儘量欣賞美麗的上游，往後還有一段艱辛的路要走。從四面八方匯集而來的小水滴們一路上互相交換上游旅程的經驗，小水滴才了解這條河流大約長一百七十多公里，是全台灣最大流量與流域面積的河流。這條河共匯集了四條主要支流，包括楠梓仙溪、荖濃溪、濁口溪和隘寮溪。楠梓仙溪和荖濃溪從玉山傾流而下，濁口溪則從較低的卑南山及出雲山流來，而隘寮溪發源於遙拜山和大武山，這些山都是台灣原住民的聖山和傳說中神的家鄉，許多原住民的祭典及歌謠虔誠的歌頌森林之神的偉大與恩典。上游住有南鄒和布農，魯凱和排灣則散佈濁口及隘寮溪。其中還有一種目前已從台灣消失的平埔族[3]，他們的後代現在遺落在旗山附近，被漢人溶化掉了。下游則住滿了後來移民自中國的河洛人、客家人、外省人、大陳人[4]。這條河流養了這麼多不同族群的人，才被稱為屏東平原的母親之河，又叫族群共和溪。

上游的原住民們幾千年來都是河流的好朋友，他們從小到老與河流相敬如賓，他們親近河流，偶爾會到河裡抓魚，卻很少放毒捉魚，不像平地人，一天到晚毒魚電魚。原住民也敬畏河流，他們常常告訴孩子們說：「河流走過的地方，以後還會再來。」有時候，雨下得太大，河流真的往原住民的村落沖過去，因此他們不敢隨便佔領河流走過的道路，不像漢移民，拚命砍伐高山森林，種植高冷蔬菜，上山時猶如蝗蟲過境，下山時垃圾留滿地，漢人永遠不會明白原住民們幾千年來與河一家的生存方式與道理。

這些原住民都是歌唱家和藝術家，特別是魯凱族和排灣族。他們的木雕藝術絕美，也很愛把自己裝飾成八色鳥的模樣。他們是台灣人種中仍然保有原始真誠的族群。小水滴還看到了許多特有種的高山花朵，像台灣百合從高山上像希望的白喇叭一路盛開到平原。一葉蘭則孤絕冷傲的生長在霧林雲海中的濕冷岩壁，其他如玉山杜鵑、玉山薄雪草和玉山石竹等，這些花木都在六月開始綻放，這次旅遊正好碰上花季。小水滴最感動的是看到山坡上玉山杜鵑綻開的整片花海，構成台灣山與花的大自然樂章。

小水滴也碰到一些加州河流沒有看過的魚類，像高身鯝魚、馬口魚、台灣石斑魚等，這條溪住有六十八種魚類，一百二十八種鳥，但他非常遺憾看不到聞名全球的帝雉。

小水滴沿著荖濃溪這條支流下來，經過高雄縣的桃源鄉後，很快的流向下游的都市化農村，開始了導遊所謂的苦難之路。小水滴到達旗山美濃時，首先聞到一股腥臭，導遊說那是人畜的屎尿，這是海洋世界所沒有的；愈往下游，河流也逐漸灰濁，胸口開始窒悶，旅伴們大都呈現輕微缺氧。四大支流在嶺口會合成一條大河。過了嶺口，除了屎尿味外，也聞到一些化學酸鹼的惡味，聽說是兩岸化學工廠排放的。小水滴開始些微中毒，心中直喊快點快點，快到出海口。在昏沈狀態中，突然撞上一片蘭花瓣，花朵的幽香沁出了這片土地特有的香氣，小水滴精神一振，爬上花瓣一齊往下游，原來那是一葉蘭的花瓣，小水滴慶幸坐上這艘諾亞方舟❺，其實這只是苦難的開始。再往下游，污染物充滿河川，小水滴沾滿全身，奇癢無比。有些可能是致癌物質，是一些工廠委託偷採砂石的人在採盜砂石後埋入河床的凹坑內，然後慢慢的滲進河水，前陣子美濃附近的河床不是發現了三千多桶化學廢棄物嗎？

小水滴在花瓣上載浮載沈的衝向出海口，要不是一葉蘭的香氣，早已休克昏迷。他迷迷糊糊的看到有人埋暗管排放毒水，把廢水打入地下，有人不分晝夜地挖採砂石，甚至挖到六公尺下面的黏土層，使河床裸露出，也有幾座綿延近一公里的垃圾河岸。反正人類不想要的或用過的，不管有毒或無毒，都往河裡丟。小水滴想不通，生長在這條河流上游的人類跟下游的人類為什麼有這麼大的差別。

下游的人難道沒有組成所謂的「政府」和社會嗎？為什麼允許人類公民做出這種行為？小水滴恍恍惚惚的拚命向前游，腦海中簡直不敢想像這裡的人民品質和內在心靈到底出了什麼差錯，他們和政府都是共犯嗎？……

加利福尼亞小水滴衝到出海口碰到海水時，慶幸自己逃過一劫，他深深地感謝上帝和一葉蘭，但一葉蘭花瓣卻被污染成黑色，禁不起污濁凡界的摧殘枯萎死去，潔淨的靈魂真不容易在這兒生存，這個下游社會應該怎麼辦？

這次旅遊的代價太大了，幸好已經回到大海，馬上就要順著黑潮，轉搭北太平洋洋流回到加利福尼亞海邊，他默默地注視著死去的一葉蘭，那瓣台灣土地聖潔的花瓣，願您安息！

作者

曾貴海（一九四六～），屏東縣佳冬鄉人。高雄醫學院醫學系畢業，從醫，曾獲得賴和醫療服務獎。在行醫之餘，也從事文藝活動，曾發行《文學台灣》雜誌，並著有詩集《鯨魚的祭典》（春暉，一九八三）、《高雄詩抄》（春暉，一九八六）、《台灣男人的心事》（春暉，一九九九）、《原鄉．夜合》（春暉，二〇〇〇）；散文集《被喚醒的河流》（晨星，二〇〇〇）、《留下一片森林》（晨星，二〇〇一）等，曾獲得吳濁流新詩獎。除了藝文之外，還熱中於環保運動，有「綠色教父」的稱號，曾組織「衛武營自然公園促進會」，成功地遊說政府將衛武營區改變為自然公園，接著又發起「保護高屏溪運動」，希望改善高屏溪的污染問題，是一位充滿社會熱忱的文人。

註釋

❶洋流：海水大規模作定向水平流動者稱之。

❷黑潮：北太平洋環流系統內，於東北信風帶內之赤道洋流向西飄流，至菲律賓附近，折向東北，流經臺灣、琉球、日本、韓國東側的一股暖流。

❸平埔族：原住民之居住於平原、丘陵等較接近平地者，並且與漢人接觸較多，漢化較深者稱之。

❹大陳人：指大陳島的居民，此島在中國浙江省東部，臺州灣的東南方，隸屬黃岩縣。

❺諾亞方舟：舊約《聖經》中記載，諾亞受上帝指示，在洪水滅絕人類之前，先造好一艘方舟，並帶領家眷以及各類飛禽走獸（每種兩隻）上船。洪水退後，這艘船上的人及生物，遂成為重造宇宙萬物的始祖。

作品賞析

本文選自文集《留下一片森林》，屬於環保散文，旨在控訴人們對於高屏溪的污染與破壞。

環保散文在民國七十年之後迅速崛起，韓韓、馬以工、曾貴海、心岱、洪素麗、王家祥……等等，都是重要的作家。這一類散文以環保議題為素材，宣揚環保理念、鼓吹環保意識、報導環保事件，希望以愛護土地的心，喚醒人們對於生態環境的重視，拙著《台灣環保散文研究》一書，對此有詳細的說明。

本文藉由一顆美國加州海岸的小水滴，隨海流到臺灣旅行的經過，描述了高屏溪的地理位置、生態形貌以及受污染破壞的情形。文章的前段部分，花了相當多的篇幅介紹臺灣的高山生態，尤其是高山植物的介紹；中段部分則談及原住民與大自然相處的情況，讚揚他們對於山林及溪流的尊重與愛護；後段的部分，則著力於陳述高屏溪下游被平地人破壞的情況，包括排放污水入河、傾倒有毒廢棄物、濫挖河床砂石……等等。整篇文章從高屏溪的上游談起，一直談到出海口的地方，將各個河段的生態形貌娓娓道出，進而點出不同族群的人們對待河流的不同方式，其中有褒有貶，值得我們細細思考。

本文在寫作手法上，近似於寓言的方式，虛構了小水滴遊高屏溪的故事，來警惕人們重視環保問題。小水滴在擬人法的運用下，具有了人類的行為意志，代替人們觀察高屏溪的生態，並且控訴不肖的河川破壞者。整篇文章在寓言文學的故事形態下，展現了高度的創意與趣味性，與多數環保散文直接由作者或環保災民進行生態控訴的寫法不同，這是其寫作技巧上特殊之處。

延伸閱讀

一、楊憲宏《受傷的土地》，臺北：圓神，一九八七年。
二、涂幸枝編《南台灣綠色革命》，臺中：晨星，一九九六年。
三、金恆鑣《讓地球活下去》臺北：天培，二〇〇〇年。

參考資料

一、蕭新煌等合著《永續臺灣 2011》，臺北：天下遠見，二〇〇三年。
二、田啟文《台灣環保散文研究》，臺北：文津，二〇〇四年。

問題討論

一、請問何謂寓言文學？本文在哪些條件上符合寓言文學的要素？

二、本文在文學、史學、地理學、生態學上，都有相當程度的價值，請試著分析說明。

——田啟文

時間長巷

陳芳明

微雨的城市，起風的寒夜，濕涼的小巷，彷彿攜我走入初戀時期的歲月。回到這座城市，絕對不是為了尋回早已失去的戀愛滋味。只是濡濕的巷道，反射疏落黯淡的燈光，隱隱散發出一股無可抗拒的吸引力，誘我落入錯覺的年代。如果時光隧道就是這條長巷，那應該是短短的十分鐘，還是悠悠如一生。僅僅為了避開擁擠的晚餐小館，我竟有了一次偶然的散步。雨絲瘦得聽不見任何聲音，小巷細得看不見盡頭。不明的巷路，引領我走向不明的時空，使人不能不懷疑，在另一端的巷口，會不會有我埋葬的記憶在召喚。說不出是歡喜還是哀愁，迎著錯落雜沓的人影，真像回到了失而復得的從前。

時間是什麼？時間是光影交疊的雨巷，只容許朝有燈光的地方前行。遺忘的，逝去的，最後都注定留在黑暗裡。無論如何回首，都屬枉然。時間是什麼？時間是巷子裡的一家咖啡室，玻璃窗內坐著一對輕輕啜飲的情人。隔窗觀望，猶似探視我的前生，恁般遙遠，又何等貼近。窗內的容顏看來特別模糊，那是我與我的情人永恆地坐在那裡嗎?仔細去辨識時,竟發覺室內燈光傾瀉出來的些許溫暖,濕了滿地,碎裂了滿地。時間是什麼?時間是咖啡室內牆角另一張空蕩的木桌,兩隻寂寞的椅子也陪伴著空空張望。那或許是缺席的我,或許是一場未遂的約會,或許是永遠無法實現的許諾。殘酷的青春,慘烈的愛欲,有多少都幻化成那空虛桌椅的憂鬱?

不忍再追問時間是什麼,時間早已把一位純情的、羞澀的處男,傷害成霜痕斑斑的中年男人。回到這座城市時,我經歷了一場前世今生的蛻變。衣袖裡暗藏的是一顆陌生的靈魂,怔忡在曲折的、冷了的雨巷。同樣是燈光明滅的小巷,同樣是在肌膚上輕敷一層細雨的夜晚,為什麼這座城市待我何其蒼涼。巷外的市聲喧嘩,遠處的霓虹輝煌,我的血管竟有著山谷般的回聲,充塞著的盡是昔日的呼喊。交織的記憶,一時使我錯亂得分不清身在何處。六〇年代的台北,七〇年代的西雅圖,八〇年代的洛杉磯,九〇年代的聖荷西,我是星際旅客,流亡在每一座沒有歸宿的城市。

逝者未逝,活著的是那一息尚存的記憶。這條長巷想必也銜接著我在西雅圖走過的夜晚。易傷,脆弱,戰慄,是那時候初臨異國的心情。徬徨走在偶爾有醉漢錯身而過的暗巷，我不免是懷著恚恨。滿城的燈光都傾瀉在漆黑而寬闊的海灣，我無端恨起家國，恨起身世，恨起放逐的、垂危的歲月。一排排垂直聳立的高樓窗燈，都是隻隻凝注的、監視的眼睛。即使走在巷裡幽暗的角落，也隱藏不住傾斜而不安的心。荒涼的日子，空曠的夜晚，讓我不斷反芻什麼叫做流浪。我是離群的一隻失落的雁，來路已斷，歸途未卜；滿懷的疑問遠遠多過答案。其中悠然升起的一個問號是：時間是什麼？

那是我一生中最為蒼老的階段。才跨過三十歲，就告別青春，陷入垂老；那幾乎是一夜之間發生的事。只因為發現國家的欺罔與知識的虛妄，從此我割裂了年少時期的夢幻，也切斷了許多緋紅的欲望。在數不清的北國夜晚，驅車穿越華盛頓湖的浮橋，逆風迎接霜咬般的冷雨。乘著風的速度，我不停追問家國的命運，追問半生的歷史。這些問題猶似沉重的枷鎖，無容辯駁地勒住我的心坎，逼我早熟，逼我早衰。從青春的年華，我被驅逐出境，被驅逐到一個我從未熟悉的蒼老世界。夜晚裡駛過蒼茫的華盛頓湖，幾乎就像疾馳在黑暗的時光隧道，加速催我闖進陌生的年齡與心境。從此是一排長長的禁錮時光在等待，在自囚的日子裡割開懷舊的情緒，切斷溫情的、偽善的知識。殘酷的青春，慘烈的愛欲，也一併受到葬送。

走在台北的長巷，觸撫的到的懷裡這顆陌生靈魂，不就是在無數的西雅圖夜晚鑄造而成的？時間的速度是瞬息的，時間的力量是粗暴的；我回到這座城市時，所有的街道都被改造得無可理喻。垂直聳立的高樓窗燈，隻隻都是凝注的、監視的眼睛；竟然與西雅圖夜晚的神色何其相似，竟然使我感到陌生得興起一股戰慄。

僅僅是十分鐘的散步，我彷彿從頭走過了半生。時間是什麼？時間是一盞法國花茶的幽香，似有似無，凝固在咖啡室裡，好像什麼都沒有發生。時間是什麼？時間是單身女郎的纖手，在室內燈光下撫弄從花茶裡撈起的玫瑰，小心翼翼剝開每一片花瓣。攤放在木桌上的玫瑰，是乾燥過的，也是浸泡過的；像是盛開，也像是凋萎，誰也無法詮釋。時間是什麼？時間是咖啡室內溢滿的跳躍音符。看不見的音樂，喧囂敲擊著心房，也寧靜叩問每一扇心扉。流瀉到室外的音樂，彷彿來自少年時期，又彷彿來自隔著海洋的西雅圖。同樣是肌膚上輕敷一層冷雨，同樣是頸項後拂過一陣寒風，今晚的音樂待我何其蒼涼。時間是什麼？時間是引領我走回晚餐小館的長巷；從巷口到另一個盡頭，只容許前行。再回首時，身後留下一片漆黑。

回到晚餐的小館，我再次回到了城市。滿室亮麗的燈光，祛除了魅惑的情緒，我彷彿才結束一場海上的流亡。盆地的夜晚，窗外的小雨，攜我走回自己的年華與時代。只是衣袖裡藏匿的那顆陌生靈魂，仍然暗自悸動。我假裝翻閱一冊印象派❶作品的畫冊，我假裝漫不經心地沉溺在莫內❷的色彩：絢麗的金黃、沉鬱的銹綠，詭譎的青藍。我假裝凝視一幅題為《傍晚印象》的作品，並且細讀旁邊的說明文字：「此幅畫作只採用幾種單純的色塊暈染，卻將黑夜降臨塞納河前，最後數分鐘寂靜的光線，成功地攫取在畫布上。」陌生的、悸動的魂魄，終於也沉澱下來，與我一起在晚餐小館捕捉印象派作品的光與影。

寂靜的光線，成功留住了一次意外的散步。時光的消逝，記憶的復活，竟然使那條雨巷變得多麼可以紀念。離開那晚餐小館時，細雨依舊下得如泣如訴。不知道走過雨巷的行人抱持如何的心情，不過，我已決定給予一個自私命名，叫做時間長巷。

——一九九六・三・一 台北

作者

陳芳明（一九四七～），高雄人。輔仁大學歷史系畢業，臺灣大學歷史所碩士，美國華盛頓大學歷史系博士班候選人，目前為政治大學中文系教授。作者長期從事歷史與臺灣文學的研究，並致力於散文創作，著有散文集《掌中地圖》（聯合文學，一九九八）、《風中蘆葦》（聯合文學，一九九八）、《時間長巷》（聯合文學，一九九八）、《夢的終點》（聯合文學，一九九八）等等。另外還有文學史論、歷史評論、政治評論、人物評論等多類著作，目前正撰寫《台灣新文學史》。除了創作與學術研究外，作者長期關心國內政治，追求人權、民主與自由，曾因反對國民政府而成為黑名單，流亡海外，直到一九九二年才回到臺北。總的而言，作者不論在文學活動或政治理念上，都是以臺灣為出發點，基於對國土的關愛而努力，所以作品中每每呈現濃厚的臺灣意識，是臺灣文學的重要舵手。

註釋

❶印象派：美術流派之一，一八七四年在巴黎舉行第一次畫展。他們的手法突破傳統清晰描繪物體的表象方式，而著重於自然界各類光色的混合效果，尤其喜歡使用高調子的明亮色彩。莫內（Claude Monet）、塞尚（Paul Cezanne，一八三九～一九〇六）、雷諾瓦（Pierre Auguste Renoir，一八四一～一九一九）等人，是印象派代表畫家。

❷莫內：即法國畫家Claude Monet（一八四〇～一九二六），為印象派創始人之一。其圖畫注重光色的變化，喜歡表現瞬間的感受，「睡蓮」、「盧恩大教堂」、「帆船」等畫為其代表作。

作品賞析

本文選自散文集《時間長巷》，主要旨趣是批判過去蔣氏政權對臺灣施行大中國沙文主義教育以及長時間進行白色恐怖統治，前者將空幻的中國圖騰強行移植在臺灣人的身上，並灌輸許多虛妄不實的知識及思想，致使臺灣人的心靈產生對本土文化的迷失，進而造成對臺灣認同的危機（文中數次提到「陌生的靈魂」，即表達對於臺灣的陌生和疏離。）至於後者，則是以高壓手段迫害臺灣的人權，不當控制人們的思想與行為，使臺灣人生活在戰慄與恐懼之中（文中云：「一排排垂直聳立的高樓窗燈，都是隻隻凝注的、監視的眼睛。即使走在巷裡最幽暗的角落，也隱藏不住傾斜而不安的心。」正道出白色恐怖的陰影。）作者文中以漆黑的長巷來比喻這段黑暗歲月，正道出此種負面統治所造成的嚴重傷害。

作者在一九七四年時負笈美國，在西雅圖華盛頓大學攻讀博士學位。期間因大量閱讀和臺灣相關的書籍（有許多在臺灣被列為禁書），才真正認識臺灣，並且開始關心臺灣、肯定臺灣，也從而看穿蔣氏政權所施行中國沙文主義教育的弊端。當時蔣氏視臺灣為反攻大陸的跳板，所以不斷地透過教育將中國文化強輸於臺灣人的腦中，再極力從人們腦中將臺灣文化去除，於是蓄意美化的中國圖騰就這麼一株株地在臺灣各個角落萌芽成長，而血肉相連的臺灣禾苗卻一株株地枯萎了。有了這樣的思想掙脫，作者開始懂得關懷臺灣、重視臺灣，因為他知道，這裡才是他落地生根的地方，才是他真正的家。畢竟教科書裡所寫的中國，已經是過去式了，而且中國文化中不佳的一面幾乎被掩蓋，過度包裝的中國在臺灣人的心中形成不切實際的憧憬與幻想。況且今日的中國，已是一個具有實際治權的共產國家，同時是聯合國的重要成員，我們的教育一再表示擁有中國的領土，此舉徒然增加了臺灣的國際紛爭，置臺灣於洪濤漩渦之中而已。我們必須把心思放回臺灣這塊土地上，因為這裡才是我們永遠的家，在這裡我們才能成為真正的主人，找到生命的尊嚴。由是可知，大中國沙文主義教育造成了人心的空洞和迷失，誠如本文所說的：「那是我一生中最為蒼老的階段。才跨過三十歲，就告別青春，陷入垂老，那幾乎是一夜之間所發生的事。只因為發現國家的欺罔與知識的虛妄，從此我割裂了年少時期的夢幻。」這種不切實際的教育，造就的誠然是一段錯亂的、虛無的時光；正因如此，作者在文中不斷地追問：「時間是什麼？」強烈地表達對於過去歲月的質疑和失落。

這篇文章的情感表達十分濃烈，有時激昂直切，有時又含蓄蘊藉，讀之悒悒然而動人心絃。在熾熱的情感下潛藏著嚴肅的批判，可說是以極端感性的言語包裹著極端理性的控訴，瞬間擴大了藝術張力。其修辭技巧亦十分多元，遣詞用字也異常工切，華美而優雅的詞藻配合著細膩曲折的心思，更平添幾許浪漫唯美的氛圍。文中尤其喜歡以迴環往復的手法，讓某些句子反覆性地出現，例如「時間是什麼」、「待我何其蒼涼」、「陌生靈魂」、「肌膚上輕敷一層冷雨」……等等，都讓文章的結構如一泓迴盪的水流，呈現出自然柔和的律動，緊緊地、緩緩地牽引著人心。總的而言，這篇文章不論在思想旨趣上抑或寫作技巧上，都有著高度的藝術成就，是散文的上品，值得細細琢磨。

延伸閱讀

一、吳晟〈落實〉，見氏著《無悔》，臺北縣：開拓，一九九二年。

二、瓦歷斯・尤幹〈文化債，何時還？〉，見氏著《番刀出鞘》，臺北縣：稻鄉，一九九四年。

三、陳芳明〈撕裂的感覺〉、〈轉向〉、〈從歷史廢墟出走〉，見氏著《時間長巷》，臺北：聯合文學，一九九八年。

參考資料

一、楊照〈讀陳芳明散文集——與魯迅的宿命交會〉，《聯合文學》第十五卷七期，一九九九年五月。
二、宋澤萊〈國族認同下臺灣當代本土派知識階級的自我圖像——試介陳芳明散文的殊勝〉，《臺灣新文學》第十二期，一九九九年七月。
三、張瑞芬〈美麗而艱難——陳芳明的生命經驗與散文美學〉，《聯合文學》第十九卷八期，二〇〇三年六月。

問題討論

一、本文修辭技巧十分可觀，請就所知加以解讀。
二、國民政府所施行的大中國沙文主義教育對臺灣造成了何種負面影響？如今我們該如何導正與因應？

——田啟文

雲與老僧孰閒？

蕭蕭

我們都確信：有錢真好。不過我朋友卻說：有閒更好。

沒錢的人一定想望：有錢才是好。有了錢的人會風風涼涼：有閒才是好。是熱切的盼望，還是鼻孔發音的冷嘲？是灑脫的心胸，還是既羨慕又忌妒的詞藻？我們不甚了了。

因為，我們在掙錢，我們也在偷閒，所以不甚了了。

甚至於，怎樣才叫有錢，恐怕每個人都會有不同的唱腔，不同的音調，難以界定，無法分曉。最標準的答案是：夠用就好。說得順口，揮得順手，好像談的是自己的身外事，提的是五百年前的歷史典故。可惜問題依然存在：怎樣才叫夠用？（台灣人說）怎樣才叫夠「開」❶？一日三餐，有人山珍海味，有人豆腐青菜；有人膨派❷，有人請裁❸。如何定得出放諸四海而皆準的標準加以選篩、加以記載？

誰能叫雲來，雲飛飛而來；叫霧散，霧速速而散。誰叫風輕，風為他而輕；

叫雲淡，雲也就因他而淡？誰是那呼風喚雨的人？

——那人一定不是有錢人。

——那人卻也不一定是有閒人。

真正有閒的人，在山巔，在水湄，在茂林深處，在人跡罕至的地方。他，沒有人可以比閒，也沒有人可以比錢。當然，他也不需要比閒，比錢；他也不需要呼風，喚雨。只是，偶爾忍不住，看雲隨風雨來去，寫個有趣的小詩：

千峰頂上一間屋，老僧半間雲半間。
昨夜雲隨風雨去，到頭不似老僧閒。

十多年前讀到這首小詩，十分欣賞「志芝庵主[4]」小小的幽默，小小的禪趣。一個與雲比較誰優閒的老僧，應該是一個有趣的和尚。閒雲，野鶴，古來的稱語，結果雲不免隨風雨而來去，匆忙於無限寬廣的天空，比起長守千峰頂上半間屋的老和尚，誰優誰閒，也就悠悠然襯托出來了。那時，我特別喜歡「老僧半間雲半間」那種人與雲共處一室的天然和樂的感覺，那種望空哈哈一笑：「老僧還比雲優閒」的自得，在風雨去後，大地如洗的時刻，最是寫意不過了！

最近重讀廖閱鵬所著《禪門詩偈三百首》，他很理性地鑑賞這首詩，認為志芝庵主藉雲來比喻人的煩惱、情緒，來去不定，唯有悟得本心的「老僧」安然不動，永恆享受清閒，一任雲兒來來又去去。我們對禪的認識，因為這種理趣的欣賞而又深刻了一層。最後他說：「世人所謂的煩惱、妄念，在悟道者眼中，與菩提、禪定同一本性。所以煩惱、妄念即是我們的好朋友，好朋友不請自來，要走也不必相送，因此，老僧與雲共住一間茅屋，不也悠然？」又恢復人與白雲共處一室的天然之喜、和樂之趣，即使白雲是煩惱、情緒的徵象，讓我們也能與它怡然相對，藹然共處。這樣的說解，讓我們更喜歡雲生兩脅，傍雲度日的感覺。

作者

蕭蕭（一九四七～），本名蕭水順，彰化縣人。輔仁大學中文系畢業，臺灣師範大學國文所碩士。曾任北一女中、景美女中教師，退休後轉任南山中學教師。曾出版詩集《悲涼》（爾雅，一九八二）、《毫末天地》（漢光，一九八九）、《凝神》（文史哲，一九九〇）、《緣無緣》（爾雅，一九九六）、《雲邊書》（九歌，一九九八）等；散文集則有《來時路》（爾雅，一九八三）、《太陽神的女兒》（九歌，一九八五）、《與白雲同心》（九歌，一九八八）、《禪與心的對話》（九歌，一九九五）、《詩話禪》（健行，二〇〇三）等；評論集有《鏡中鏡》（幼獅，一九七七）《燈下燈》（東大，一九八〇）、《現代詩學》（東大，一九八七）、《雲端之美人間之真》（駱駝，一九九七）等多種。

註釋

❶夠開：臺語，即足夠花用之意。
❷膨派：臺語，豐盛之意。
❸請裁：臺語，隨便之意。
❹志芝庵主：臨江人，宋代禪師。

作品賞析

本文選自《詩話禪》，乃佛理散文，旨在強調淡泊名利、遠離煩惱，與自然共遨遊的自在心境。

佛理散文在現代臺灣散文的領域中，擁有相當廣大的讀者群。除了蕭蕭之外，許地山、豐子愷、林清玄、康原、王靜蓉……等等，都有這方面的作品。隨著時代的變遷，工商業高度發展，人們不斷追逐名利，貪圖物質享受，內心卻愈見空虛。此時以開拓心靈為主的佛理散文，為煩鬱苦悶的人們帶來希望與滋潤，所以相當受到讀者的歡迎。由於不是學術論著，文人總是以淺顯易懂的筆調進行敘述，讓讀者能輕易地閱讀吸收，進而達到疏瀹心靈的目的。

本文一開始，談到人們在追求金錢的泥淖中失去了自我，失去了優閒的本心。接著作者徵引了一首禪詩，藉由遁隱山林的老僧，來標舉看淡俗世的逍遙生活。當然，作者並非要我們都學老僧退處巖穴，他強調的是自我知足，不受名利驅使的自在心境。一個人如果能擁有這樣的心境，那煩惱如何而生，妄念如何而存？後半段作者引用廖閱鵬對禪詩的說解，認為煩惱、妄念，其實都是修行中必然存在的因子，所以當煩惱生起時，就把它當作不請自來的好朋友，不必憂慮，也不必掛意，一派自在灑脫，對現代忙忙碌碌、壓力沈重的人們，是多麼受用的觀念啊！

本文在寫作手法上有許多值得探討之處。首先是俚俗與典雅並融的風格。文章的前半部分，作者使用了很多俚俗語彙，如夠開、膨派、請裁等等，這其實是相當生活化的臺語，具有高度的通俗性。至於文章的後半部，則是引詩、解詩，並且抒發議論，字裡行間多見典雅之氣，於是通俗、典雅共鑄一爐，讀來頗見變化。此外，這篇作品體製上屬於散文，但中間卻插入一首詩歌，鄭明娳《現代散文現象論》一書稱此為扦插法。這種寫作法是散文體式向外延伸的一種現象，展現它吸收其他文體的本質與特色，讓作品一方面具有散文的明快，一方面又具有詩歌的含蓄，藝術的巧思乍然浮現。

延伸閱讀

一、林清玄〈把煩惱寫在沙灘上〉，見氏著《紅塵菩提》，臺北：九歌，一九九〇年。

二、蕭蕭〈讓雲住到家裡來〉，見氏著《詩話禪》，臺北：健行，二〇〇三年。

參考資料

一、鄭明娳、林燿德選註《禪思》，臺北：正中，一九九一年。

問題討論

一、本文說：「我們對禪的認識，因為這種理趣的欣賞而又深刻了一層。」請問，對禪理的體悟可以加以說解與欣賞嗎？如果是，那禪宗所謂「以心印心」、「不著語言，不立文字。」又該如何詮釋？

二、您讀完本文後，心境上是否有所變化與感觸？請加以陳述並與大家討論之。

——田啟文

青色的光

簡媜

總是嚮往一處可以憩息的地方，好讓你卸下肩頭的重擔，有人叫著你的名字，像百年榕樹永遠認得飄零的葉子。

啊，家的感覺或許很簡單，不管飄盪多少年，衣衫如何襤褸，老宅旁邊榕蔭下，有一塊石墩讓你小坐，下弈的老人數算將士兵馬，還不忘告訴你，這兒有冰鎮的麥茶。

沒有人攻訐你的過往，古井流水依然清澈，你可以洗癒炎涼江湖烙在身上的傷疤，你無需在惡意的詆譭中像奔逃的小鹿，亦不必沈溺於浮名如迷途的羔羊，你只是一個願意關愛他人也被呵護著的人，你是春雀的同伴，流雲的知己。

月亮照耀青窗，窗裡窗外皆有青色的光。不管遠方如何聲討你是背信的人，月光下總有一扇青窗，堅持說你是唯一被等待的人。

作者

簡媜（一九六一～），本名簡敏媜，臺灣宜蘭人。臺灣大學中文系畢業，曾任《聯合文學》主編、遠流出版公司大眾讀物部副總編輯等職，現專事散文創作。曾獲國家文藝獎、中國時報文學獎散文首獎、吳魯芹散文獎、梁實秋散文獎、九歌年度散文獎。她的散文具有極為敏感和細膩的女性直覺，在敘述風格上表現出一種壯士的氣概，刀起刀落，剖出乾淨而條理分明的橫切面。加上詩化的意象或譬喻，精鍊而簡潔的語言，往往能讓平凡的素材產生靈活、豐沛的生命力。著有散文集《水問》（洪範，一九八五）、《只緣身在此山中》（洪範，一九八六）、《月娘照眠床》（洪範，一九八七）、《私房書》（洪範，一九八八）、《下午茶》（洪範，一九九四）、《夢遊書》（洪範，一九九四）、《胭脂盆地》（洪範，一九九四）、《女兒紅》（洪範，一九九六）、《頑童小蕃茄》（九歌，一九九七）、《紅嬰仔》（聯合文學，一九九九）、《天涯海角》（聯合文學，二〇〇二）等十餘種。

作品賞析

本文選自散文集《下午茶》，旨在彰顯家庭對每個人的呵護與疼惜，強調一份永無止盡、永無條件的關懷。

本文屬於典型的小品文，篇幅甚短，在現代忙碌的工商社會中，這類短篇文章擁有廣大的讀者群，其優點是閱讀輕鬆而快速，非常符合現代人的步調需求。

本文雖名曰「青色的光」，但實際上說的不是光，而是家庭的溫暖。這份溫暖誠如文中第一、第二段所說的，永遠可以讓我們歇息；第三段所說的，沒有人在意我們不堪的過去，沒有人會惡意攻訐我們；最後一段更直接點出，家庭永遠在等待我們、歡迎我們回去。

這篇文章雖然短，但意義卻十分深遠。面對現代人的忙碌，家庭似乎逐漸淪為旅館或觀光勝地的角色，只在休息睡眠或閒暇放假時才回家一趟，家庭和每個人的情感關係日益淡薄。甚至現代許多人為了擁有自由空間，還恨不得離開家庭，在外租屋更為方便。其實家庭對於每個人的呵護，真的是無微不至，而且不求回報，世間上沒有一個地方比得上自己的家庭，那樣地溫暖與安全，這是本文所要傳達的理念，也是我們應當深思的地方。如果我們認同作者的說法，今後我們應該多用心思，多多關懷自己的家庭，讓家庭給予我們溫暖的同時，也能感受我們所提供的溫暖。

延伸閱讀

一、張曉風〈回到家裏〉，見氏著《地毯的那一端》，臺北：水牛，一九八六年。

二、黃美華〈大門永遠為你開〉，見氏著《惜福》，臺北：耀文，一九九〇年。

參考資料

一、鄭如真〈繁華落盡見真淳——論簡媜的散文世界〉，《書評》第十七期，一九九五年八月。

二、何寄澎〈孤寂與愛的美學——綜論簡媜散文及其文學史意義〉，《聯合文學》第二百二十五期，二〇〇三年七月。

問題討論

一、請問您覺得現代的家庭形態與傳統的家庭形態間有何異同？這種改變，其利弊得失何在？

二、請分析本文的語言風格，其特色及美感何在？

——田啟文

遙遠的聲音

瓦歷斯・諾幹

一、祖石

台灣的中央山脈有塊遠古的石頭留傳下來，神話中，它並不發出任何聲音，卻接受了神鳥 Silig（西麗克）的鳴叫而迸裂，迸裂後的石頭出現一男一女，泰雅族人堅信這正是他們的祖先，並且尊敬地稱呼那塊石頭為 Pinsbkan（賓斯博干），意思是：「突破石頭。」

作為一位台灣少數民族——泰雅族族人，我一直要到二十八歲才從老人家發出沙啞的口傳聲中聽到。那一天，我在 Skayaw（鹿角，今環山）的山上，清楚地看到老人以枯枝般的手指指向東南邊的山脈心臟，我相信，有一個聲音從山的深處傳來，遙遠而綿長的聲音，回應到老人的四心房。

二、黥面

童年的部落，我已經習慣於一張張老人墨綠痕印的黥面閃現在眼前，他們似乎並不發出任何聲響，圖案般的顏臉活似一張張尋常的畫布，在空空蕩蕩的山中，他們只是靜靜地展開、靜靜地燦爛，最後，安靜地埋入土壤中。

來到都市中求學，我愈來愈感受到緩慢而洶湧的意識在改變我。漢人的典籍上清楚地記載著我的族人正是「王面番」、「黥面番」，幾次在夜夢中，我看見自己臉上因出現蛛網般的黥面而驚醒過來，這個夢一直隱藏在多年後的求學午夜中，如鬼魅般隨伺在旁！

日後在訪問族老的口傳中，我慢慢能夠理解「黥面」帶給族人的意義，它是一個宣告、一個責任的印記、一個尊嚴的證據、更是一個通往祖靈之路的接點。女子懂得織布、懂得孝敬長輩、懂得持家，才獲有黥面的資格，被視為「成人」的象徵。

當我驚訝這是族人的瑰寶時，黥面的老人正以流水的速度消失在手指間。埋藏在中央山脈、雪山山脈兩側的黥面，逐日成為我尋訪族群歷史隱隱的傷痛，它們緩慢而洶湧的發聲，像清晨的鼓點，安靜且堅定。

三、織布的老人

兩年前，友人帶我到太魯閣國家公園布洛灣，我看到族中幾位黥面老婦人被安排在織布展示區中，她們臉上的黥面正與織出來的布紋，相映成凋落與繁華的映像，如此鮮明的詩的斷裂並不被遊客所注意，展示區中多的是文明人的輕忽與訕笑。

友人說：「她們是上下班制，管理處有專車接送。」

我很清楚觀光資本文化那一套運作的模式，作為異地的、奇俗的、荒野的文明，它的命運通常必須展示在文明的國度中證明荒野文明的存在，這一個普遍的事實，經常擊痛一個少數民族衰弱的心臟。

一年後，其中一位老婦人因年邁臥病，不得不退居家中休養。那一天再到秀林鄉，原來是希望能夠採錄關於跨越兩個時代的婦女生命史，再看到老婦人時，一床陰冷糾結的床被，正緊緊纏住逐漸瘦弱的身軀，在微暗的屋室中，宛如蟒蛇正緊擁著獵物。

「要不要照個像，你報導要用的？」友人對我說，並且透露出老婦人是日領時代「太魯閣事件」中抗日總頭目的女兒。這時，家人正輕喚著老婦人的名字，希望她從昏迷的國度中轉醒，我看見蝙蝠般皺縮的婦人，唯一的亮光發自那雙垂目，我看見老婦人繁華的歲月乍然閃亮又瞬即黯淡……。

幾天以後，老婦人過世了，我並沒有過多的悵惘，因為我並沒有攝走老婦人的黥面，她將帶著泰雅的印記越過彩虹之橋[1]回到祖先的懷抱。一直到現在，老婦人閃現的驚鴻一瞥，漸漸形成記憶時空裡莊嚴的迴聲，一次又一次地，愈來愈感受到那迴聲的形體，比母愛還柔嫩、比繡眼畫眉[2]還動聽。

四、消失的族人

我看見自己的族人消失在都市中。

「我不是Atayal[3]。」

我聽見族人的聲音在叢林般的都市高樓中隱隱發聲。

族人改變突起的喉音發聲，不再發出優美的族語。就在這一片生養他的土地上，我看見他奮力地扯下喉嚨，在無人的暗夜中吞下。

在燈光照耀的辦公室裡，我的族人穿上西裝打著藍色的領帶，喉嚨以下是畢挺的衣料，正好掩蓋住黧黑的膚色。在都市一角，我看見他努力地剝下一層肌膚，為了不讓別人看見部落的顏色，悄悄地，他將肌膚吃下。

我的族人在都市中虛心學習，吃西餐時手上帶著優雅的白手套，飲前酒是必須的，他的習慣像西洋電影中的歐美人，那一天他回到十坪不到的小套房，走路的腳與握手的手都不見了，他高興地笑了起來。

後來，我只看見他的頭顱遊走在大街小巷中，為了遺忘山的方向，他的眼睛只剩下兩泓黑黑的空洞，再也看不到任何東西，包括自己那一座山的故鄉。

後來，我就不再見到他，像搖動的風，幽靈一般的闖入又消失。

族人在城市消失的速度，就像一句遲來的喟嘆，若有若無地穿進我的耳膜又離去，消失的族人，最後，只剩消失的聲音。

五、部落的聲音

寓居城市多年，有一天，我在清晨的鏡中發現自己正逐漸消失中，我的臉上沒有黥面、手足沒有狩獵技能、心中沒有承擔族人危難的勇氣、腦中沒有熟悉族群歷史的記憶，像一枚山野中凍壞的果子，等待腐爛。

每一次遙望雪山山脈下的部落，有一個堅定的聲音傳了過來。今年酷熱的八月，順著聲音的方向回到部落，童年的黥面，如今，只能在一次次的田野調查中，印證祖先曾經有過美好的傳統；在一次次老人的口語傳說裡，編織著屬於泰雅的斑駁歲月。

在部落的清晨醒來，我聽見鐘鼓一般的聲音，因遙遠而微弱、因持續而堅定，我知道那遙遠的聲音從中央山脈發聲，乘著樹梢的羽翼滑過來了，它們越過一座一座山脊，向四面八方擴散開來，向年輕的生命注入竹琴的音響，向幼小的孩童宣告我們是Pinsbkan的子孫。

【註】

①在族人的口傳中，人死後都必須通過彩虹搭築的橋，遵守祖先禁忌的，就能安然通過；違反祖先禁忌的，將自彩虹橋掉下來，受到魔鬼的懲罰。

②繡眼畫眉，Silig，泰雅族神鳥。

③Atayal，族人自稱，「人」的意思。

作者

瓦歷斯・諾幹（一九六一～），生於臺中縣和平鄉泰雅族部落，漢名為吳俊傑。臺中師專畢業，現任教於臺中縣自由國小。瓦歷斯・諾幹致力於原住民文化的推廣，曾創辦《獵人文化》雜誌，並成立「臺灣原住民人文研究中心」。早期以筆名「柳翱」、「瓦歷斯・尤幹」發表詩歌及散文。他的作品一方面飽含著溫柔而深厚的情感，記錄泰雅族神祕的遠古傳說和豐富卻逐漸消逝的文化傳統，另一方面則帶著銳利的眼光和筆法，批判現代資本主義的經濟模式和近百年的政治變動給原住民族帶來的扭曲和傷害，也反省原住民族在適應現代生活的過程中，逐漸遺忘、迷失自我原本的面目，消失在都市資本主義洪流中的問題。作品曾獲時報文學獎、聯合報文學獎、聯合文學小說新人獎、臺灣文學獎等多項文學大獎。作品包括詩集《想念族人》（晨星，一九九四）、《伊能再踏查》（晨星，一九九九），散文集《永遠的部落》（晨星，一九九〇）、《荒野的呼喚》（晨星，一九九二年）、《戴墨鏡的飛鼠》（晨星，一九九七）、《番人之眼》（晨星，一九九九）、《迷霧之旅》（晨星，二〇〇三）以及原住民文化評論《番刀出鞘》（稻鄉，一九九二年）等書。

作品賞析

〈遙遠的聲音〉選自《迷霧之旅》一書，全文共分為「祖石」、「黥面」、「織布的老人」、「消失的族人」和「部落的聲音」五個段落。這篇文章既流露出作者對泰雅族人文化傳統戀慕而不捨的深厚情感，又呈現作者對原住民族處境深刻的觀察和思考。

文章從「祖石」開始說起，中央山脈那塊遠古的石頭誕生了泰雅族人，遙遠的深山中傳來的聲音意謂著故鄉祖靈的召喚，以「祖石」的傳說為文章展開了悠遠的、開闊的時空感和歷史感。在「黥面」和「織布的老人」兩個段落中，作者懷著深厚的情感記錄了泰雅族人的黥面文化和織布技術，「黥面」是「成人」的象徵，責任的印記和尊嚴的證據，而五彩斑斕的織物則表現出原住民族出色的審美眼光和獨特的傳統技藝。然而，在漢族文化及現代資本主義的衝擊之下，族人日漸遺忘了「黥面」的真正意涵，「黥面」反而成為「鬼魅」一般的「蛛網」，時時在夜夢中驚擾著「我」。而織布的老人則成為資本主義巨輪下的犧牲品，她們不再是族人親近、學習的長者，而成為觀光客眼中櫥窗內的展示品。資本主義發展更極致的下一步，則是「消失的族人」。族人們不再發出優美的族語，而在西裝、領帶、白色手套的偽裝之下，隱沒在都市的水泥叢林中，成為遊走在城市街頭漂泊無依的幽靈。再發展下去，連「我」都感覺自己正在逐漸消失，失去了泰雅族人的印記、勇氣和記憶。於是「我」重新找尋「部落的聲音」，讓「我」在追尋祖先美好傳統的過程中，重新找回自己的歷史。

這篇散文同時兼具溫柔的抒情和冷靜的的思考。在追尋「祖石」的傳說、「黥面」的意義以及描寫織布老人等段落，充滿著作者對泰雅傳統的無限眷戀和對族人長者的孺慕之情。但在記錄泰雅文化的同時，作者也冷靜地揭露資本主義文化強加在族人身上的桎梏，讓族人成為無言的展示品，供人觀賞、攝影。然而在審視族人的生存處境時，作者一方面批判漢族文化和資本主義對於族人「緩慢而洶湧」的衝擊，另一方面也反省族人的怯懦，不敢正視自己的身分，只想用各種偽裝讓自己成為一個標準的「都市文明人」，於是他們逐漸喪失自我，只剩下沒有靈魂的軀殼。此外，這篇散文完成了「流浪」到「回歸」的歷程，身為「祖石」的子孫，「我」也許曾經在都市文明中迷失，然而在「我」追尋祖先的傳說、編織「泰雅的斑駁歲月」的過程中，「我」重新感受到來自部落，持續而堅定的「遙遠的聲音」，也重新獲得了尊嚴和自信。

延伸閱讀

一、馬紹・阿紀《泰雅人的七家灣溪》，臺中：晨星，一九九九年。

二、里慕伊・阿紀《山野笛聲》，臺中：晨星，二〇〇一年。

三、瓦歷斯・諾幹〈凝視部落〉，見氏著《迷霧之旅》，臺中：晨星，二〇〇三年。

參考資料

一、瓦歷斯・諾幹〈關於台灣原住民族現代文學的幾點思考〉，周英雄、劉紀蕙編《書寫台灣──文學史、後殖民與後現代》，臺北：麥田，二〇〇〇年。

二、孫大川《山海世界──台灣原住民心靈世界的摹寫》，臺北：聯合文學，二〇〇〇年。

問題討論

一、請說明你所認識、了解的原住民文化特色。

二、〈遙遠的聲音〉一文在濃厚的抒情風格中含有對原住民處境的冷靜思考，試根據本文內容加以說明。

──蘇敏逸

荒野一株紫色的樹

王家祥

我一直讓荒野在內心叫喊我！

荒野代表一種無人約束，生命野放的自由狀態。

我們緊緊依附著文明，逐漸在荒野中失去生存能力，荒野在我們的內心存在，逐漸成為我們尋求生命野放的象徵，或無拘無束的空間，然而當荒野果真來臨，我們卻又必須赤裸裸地面對在荒野中求生的壓力。我一直很認真地思考，而且很坦白地承認：荒野在我內心的位置，在一顆緊緊依附著文明的內心的位置。

我已經無法如布農族獵人般在高山中帶著火種和鹽便能生存了。我已經無法如雅美漁夫般乘著獨木舟便能與大海的潮汐一同呼吸了。

我甚至懷疑，我是否有能力隨時抓握生命中那處意象豐富的草葉之地。

荒野趁北風不斷自你頭上飛越時呼嘯你；那種風來自遙遠的草原和森林，越過海洋，帶來潮汐和候鳥群，摻雜著西海岸沼澤的味道。荒野在晴朗無雲的西部平原自東方拔地而起，連綿不斷的高山群以千年不動的壯闊姿勢凝視你並且挫折你。荒野也偶爾出現在公園或鄉野的僻靜一角，在那裡因人們的腳步忽略而顯現令人驚喜的生機，只要人們不要過度地干擾，它們便可以把自己治理得很好，也可以把土地照顧得很健康。

對我來說，荒野已不僅僅是艱險壯闊的高山凍原或人跡罕至的密林，荒野是一種生命力無限豐富的追尋所在，到一片自由草葉且生命無拘無束之地，即使是城鄉邊緣的小沼澤或小山陵，荒野的意象仍舊豐厚。

我讓想像力起飛，直到我無力渴望為止，便是我蠢動不安，想要啟身去尋找荒野的開始。

有一片遼闊的披滿綠色植物的沼澤，有一條從過膝的草叢中整理出來的小徑，有一座住滿小白鷺與夜鷺的木麻黃林，有一池長滿蘆葦，住著幾隻小鷉鷉的池塘；家燕、洋燕、赤腰燕飛滿了天空，只有棕沙燕最特別，不斷嘗試在海風大力搖晃的禾草桿上停留休息。小徑帶領我們蜿蜒地遇見一株紫色的樹——一株開滿了過多紫花的苦苓，遠遠望去如同紫色的樹，春天的綠葉皆被搶眼的紫所淹沒隱遁了。不過我們後來仍聞得到清淡不濃郁的花香，即使紫花彷彿像潮水一般多得向我們湧過來，多得讓我們手腳慌亂地只能使用視覺。

我們大老遠跋涉西南海岸二百公里，在一處碩果僅存的沼澤地遇見一株紫色的樹。回來後，我仍然想望著那株紫色的樹，它所給予我的驚奇能量，很難於短時間磨滅隱藏。經驗告訴我，這種難以忘懷的印象，絕不會在同一地點同一時間發生相同的第二次，今年的運轉和明年的作息絕不會完全相同，今年的人和明年的人也不一樣，宇宙豐富的創造力讓祂沒有耐心製造相同的景物與時空。因此我很明白再也不會遇見這株紫色的樹，像遇見一位荒野中盛妝的紫衣少女那般迷離且不可信。也許春天過後，紫花落盡，它又是一株孤立於沼澤邊的綠色苦苓，正忙碌地撒播它的種子。

如果不是我們渴望荒野的決心，我們也不會與二百公里外一處人煙罕至的沼澤上與一株紫色的苦苓樹相逢。它全力盛放的花期也許在下一趟造訪時便結束了。可以確定的是，在上一次冬末造訪時，它還是一株綠色的苦楝。一種渴望荒野的緣分把兩種毫不相干，遙遠又相隔的心靈拉近碰撞，碰撞出土地的力量。很久以前，這種碰撞也許碰撞出印弟安人崇拜土地的倫理，鄂倫春人敬畏大地的思想，以及台灣原住民的山林文化。

假如我們剛巧錯過今日的這一次，我們便錯過了一次難以忘懷的幸福，一次難以說明的永恆。很可能在其他地方我們有其他的追尋，但絕對不是這一次了。那種剎那間的時空難以讓你隨心所欲地想要碰撞便碰撞。明年也許不是個豐年，對這處即將被開發為另一個工業區的沼澤來說，我不可能再遇見一次苦苓樹全力盛放的紫花能量。

紫色的樹站立在水光與綠草遍布的沼澤岸邊，孤立地挺放。

作者

王家祥（一九六六～），高雄縣岡山鎮人。中興大學畢業，長期以來從事自然生態之寫作，曾任《臺灣時報》副刊主編，業餘從事臺灣鄉野生態保育工作，擔任過柴山自然公園促進會會長。在文學創作部分，曾獲賴和文學獎、吳濁流文學獎、時報文學獎（散文評審獎）、聯合報極短篇小說獎、五四文藝獎、高市文藝獎，是一位兼具文藝才華與社會關懷的優秀作家。著有散文集《文明荒野》（晨星，一九八〇）、《自然禱告者》（晨星，一九九二年）、《四季的聲音》（晨星，一九九七）、《徒步》（天培，二〇〇四）；小說作品《關於拉馬達仙仙與拉荷阿雷》（玉山社，一九九五）、《山與海》（玉山社，一九九六）、《小矮人之謎》（玉山社，一九九六）、《倒風內海》（玉山社，一九九七）《窗口邊的小雨燕》（玉山社，一九九八）、《海中鬼影：鰓人》（玉山社，一九九九）、《深藍》（九歌，二〇〇〇）、《魔神仔》（玉山社，二〇〇二）等。

作品賞析

這篇文章選自文集《四季的聲音》，屬於一篇環保散文。文中表達對於荒野、對於一株紫色苦苓樹的眷戀，其實，這是對於大自然的追求與渴望，因為荒野所代表的，就是大自然的力量。

作者長期以來致力於環保散文的創作，除了《四季的聲音》外，《文明荒野》、《自然禱告者》二書，也都是環保散文集。作者的環保散文，雖然與其他環保散文家一樣，談論的範圍很廣，包含了公害污染的防治、地理景觀的維護、動植物保育、資源節約與回收利用等，但是他特別喜歡寫樹，特別重視樹木的保育。這一類的文章，如〈遇見一株樹〉、〈抬頭看樹〉、〈被凌虐的樹〉……等等，可見他對於樹木的痴迷與眷戀。事實上，現代文明的高度發展，使得環境遭受高度破壞，此時樹木在環境中的角色扮演，便益形重要。樹木能保持水土，防止土石流；樹木能吸收二氧化碳並釋放氧氣，以潔淨空氣。所以重視環保的人，通常對樹木都特別地眷顧。

這篇文章藉由描述一株即將因工業區開發而被砍伐的紫色樹木，來批判現代文明對於荒野、對於大自然的殘害。文中他特別提到印弟安人、鄂倫春人以及臺灣原住民等族群對於大自然的愛惜，這是一種土地倫理的持守與尊重。只可惜，多數自詡為高度文明的族群，卻反而背道而馳，視土地倫理為無物，在這種大環境的影響下，人們無奈地與世推移，逐漸地失去荒野，失去大自然，同時也失去在自然界生存的原始能力。所以作者說：「我已經無法如布農族獵人般在高山中帶著火種和鹽便能生存了。我已經無法如雅美漁夫般乘著獨木舟便能與大海的潮汐一同呼吸了。」這些話語，宣告著人類與大自然的正式隔離，彼此不再是緊密依附的生命共同體，這其中的辛酸與無奈，值得盲目崇拜開發的人們，好好反省與檢討。我們可以這麼想，如果高度文明化的都市面貌，真是我們目標的極致，那為何人們拚命在假日奔往山林以尋求大自然的慰藉？所以，如果我們能了解生命的意義與大自然的脈動是息息相關時，對於本文的訴求及思想內涵，就能得到完整而適切的解答。

——田啟文

延伸閱讀

一、王家祥〈遇見一株樹〉，見氏著《自然禱告者》，臺中：晨星，一九九二年。

二、心岱〈發現綠光〉，見氏著《發現綠光》，臺北：時報文化，一九九七年。

三、李敏勇〈水是自然的福澤〉，見氏著《詩人的憂鬱》，臺北：玉山社，二〇〇四年。

參考資料

一、郭玉敏〈當代成名作家訪談錄——訪王家祥〉，《台灣文藝》第六期，一九九六年十一月。

二、田啟文《台灣環保散文研究》，臺北：文津，二〇〇四年。

問題討論

一、請談談樹木對於環保工作的正面功用。

二、從哲學上來談，人與大自然的關係應該如何互動，才是一個理想狀態？

三、這篇文章的寫作手法，在形象性的營造上相當出色，請試著說明箇中技巧。

卷中：詩

稻草人的口哨

巫永福

頭戴蒼天
草披白雲
稻草人在成熟的稻田裏風動

黑藍羽翼
紅綠眼睛
蜻蛉❶在這兒那兒悠悠飛行

風呀吹吧吹吧
鳥呀飛吧飛吧
稻草人在田裏滑稽地吹口哨
把白日夢吹上天空中

把白雲織成蜻蛉的衣裳吧
像一千零一夜❷的巫師飛上去
啊！白鷺向淺薄的山霞飛去
在沉默的黃金色稻田裏
稻草人斜歪著頭還在吹口哨

稻草人穿破紅衣戴破笠
烏兒當真飛走了
成熟的黃稻垂著頭歡喜

作者

巫永福（一九一三～），號永州，筆名田子浩，南投埔里人，日本明治大學文藝科畢業。一九三二年與張文環等人組織臺灣藝術研究會、創辦《福爾摩沙》雜誌；曾加入臺灣文藝聯盟、臺灣文學社；出任日本《からたち》短歌雜誌臺北支部長；為《笠》詩刊、《臺灣文藝》發行人；創設「巫永福文學評論獎」、「巫永福文化基金會」；一九八七年，更聯合臺灣文藝作家共同發起成立「臺灣筆會」。文學觸角除新詩、小說、劇本、俳句、短歌外，亦旁涉隨筆及文化評論，而以詩歌創作為大宗。作品以批判社會現象為主軸，表現強烈的民族意識，洋溢著人道精神與鄉土關懷，葉笛稱許為「歷史的見證人，時代的歌手」。一九九五年榮獲「國際詩人獎座」，允為臺灣文學時空裡的重要座標。主要詩集有《愛》（一九八六）、《稻草人的口哨》（一九九〇）、《時光》（一九九〇）、《霧社緋櫻》（一九九〇）、《爬在大地的人》（一九九三）、《無齒的老虎》（一九九三）等多冊，皆由笠詩社出版。

註釋

❶蜻蛉：似蜻蜓，前翅較短，飛不高，別名螞螂。

❷一千零一夜：即文學名著《天方夜譚》。

作品賞析

本篇選自詩集《稻草人的口哨》，是日治時期的日文作品，由陳千武先生譯出，旨在描述舊農業時代，稻草人守護農人心血、守護田園大地的鄉村景致。

早期臺灣社會，家家務農，處處稻田，盎然綠意，清新宜人；稻穀成熟時，迎風搖曳，金黃稻浪，婆娑生姿，煞是美麗。不過，每逢收割時節，總會招來麻雀及一些不知名小鳥的肆虐偷食，幾個月的辛勤耕耘，往往化為烏有，因此農民們無不絞盡腦汁，使用各種方法以驅趕惱人的鳥群。聰明而敦厚的農人，明白小鳥怕人的習性，於是用稻草束紮成人形，穿上衣服，戴上斗笠，裝扮為十分肖似的稻草「人」，將它放置田中，便能達到不傷鳥而足以嚇走的目的。於是，稻田裡隨處可見造型獨特、色彩繽紛的稻草人，形成農村的特殊風景。

本詩分六節各三行，形式整齊，旋律流動，筆觸輕鬆活潑，在寫作上的一大特色，是化靜為動。稻草人本非實在的生命體，屬於靜物，但詩人以擬人手法，賦予稻草「人性」，使其「名實相符」，進而充分展現其生命力、活動力。稻草人「在成熟的稻田裏風動」、「滑稽地吹口哨」、「斜歪著頭還在吹口哨」、「穿破紅衣戴破笠」，接二連三的形、容圖繪，聲、色描述，靜立的稻草人瞬間活躍起來；不僅如此，其周旁陪襯的景物，如蜻蛉、風、鳥、白雲、一千零一夜的巫師、白鷺等等，似乎也隨著口哨聲的節奏，展演著各式各樣的動作。使得整首詩讀起來，就像是聆聽一曲田園交響樂，沉浸在輕快幽雅的旋律中；又彷彿是觀賞一幅波動的圖畫，陶醉在繽紛熱鬧的舞池裡。

詩以稻草人「口哨」為主軸，故略其外表形貌，而詳其心緒思維，生動地刻畫其「守護神」的鮮活形象，負責盡職，歡喜滿足，徹底地顛覆了稻草人「孤單地、靜默地佇立在農田中」的刻板印象。同時，喚起我們共同的記憶，引領我們重溫舊夢，是一篇典型的鄉土寫實作品。

延伸閱讀

一、吳晟〈水稻〉，見氏著《吾鄉印象》，新竹：楓城，一九七六年。

二、月中泉〈豐收曲〉，見氏著《虱目魚的故鄉》，臺南：臺南縣立文化中心，一九九五年。

參考資料

一、杜文靖〈老而彌堅的前輩詩人巫永福〉，見張恆豪編《台灣作家全集》，臺北：前衛，一九九一年。

二、陳明台〈強韌的精神——試論巫永福詩的主題和表現〉，《笠詩刊》第二百零三期，一九九八年二月。

三、葉笛〈呼喚祖靈和土地的詩人巫永福〉，《創世紀詩雜誌》第一百三十六期，二〇〇三年九月。

問題討論

一、古人說「詩中有畫，畫中有詩。」乃詩歌一大妙境，請問，本詩符合此一境界嗎？

二、詩中描寫稻草人角色扮演，除去字面意義，有無言外之意、絃外之音？試討論之。

——曾進豐

詠野薑花（九行二章　持謝薛幼春　又題：離魂記）

周夢蝶

一

受用水邊巖下不用一錢買的清曠與閑逸
誓與秋光俱老
永永不受身為女兒

看誰來了？
落落的神情，飄飄的素衣
翕然而合！一時
昨日之我與今日之我：

夢中之夢中夢，莫非
石頭記第六十六回之又一回？

二

只為一念之激之執之熱
恨遂千古鑄了。

劍刃是白的；
血也是。以至痛
為至快。一快永快
一痛更不復痛
一痛更不復痛：
在魂兮歸來自圓自缺的水之湄
在夜夜月上時

——八十八・三・十八

作者

周夢蝶（一九二一～），本名周起述，河南淅川人，宛西鄉村師範肄業。一九四八年隨青年軍渡海來臺，為「藍星詩社」同仁。一九五九年四月一日起，在臺北武昌街明星咖啡屋騎樓下，擺設書攤，專售現代詩集、詩刊及文哲叢書；以都市為書肆，將紅塵做道場，趺坐孤峰頂上，目迎鶯飛燕舞，耳洗花語水流，密約橋墩，等待跫音，以二十一年又二十五天的光陰，凝碧草色，磨洗珍珠，孤起蒼翠傳奇的「臺北一景」。曾獲頒中央日報文學成就特別獎，被譽為「今之顏回」，兼有「詩僧」雅稱；一九九七年更獲得第一屆國家文藝獎「文學類」之殊榮，擔任中山大學駐校作家。著有詩集《孤獨國》（藍星詩社，一九五九）、《還魂草》（文星，一九六五）、《十三朵白菊花》（洪範，二〇〇二）、《約會》（九歌，二〇〇二）。周詩幽邃精緻，純淨而獨樹一幟；晚近之作，悟境澄明，欣悅淡遠。另有《悶葫蘆居尺牘》、《風耳樓小牘》等短章小品，尚未結集出版。

作品賞析

本詩選自《約會》。題為詠花，實則是歌頌懷抱貞烈、節操凜然之奇女子。

第一章，首先頌詠野薑花的純白郁香，悠然脫俗，冷澈淨如，絕非等閒可得，而精神與其相契的女子，也呼之欲出。水邊巖下之清曠閑逸，天地蘊藏，無假外求，受用者有如尋孔顏樂處。「誓」字極言其堅貞無悔，「老」字則透顯生命的動態，緊接著相疊「永永」二字，其聲特長，其哀更沈：「為人莫作女兒身，百年苦樂由他人。」只願生生世世如同草木無知，開謝自然，與時間共存，不再為愛情所惑所苦。

人已幻化成花，縱然香魂杳去，但情鍾於此，猶不能一了百了。「看誰來了？」一句，驚心動魄，卻也親切流露。那輕揚燕羽，那寥落神情，飄渺冷艷，完全是生前模樣，而今歸與野薑花靈肉疊合為一，剎那之間，恍如隔世。是倩娘的魂靈？是野薑花的「前有」？果真如是，豈非夢中之「夢中夢」，《石頭記》六十六回之再一次！至此，方知那纖塵不染的一縷芳魂，就是寶玉口中的「絕色」——尤三姐。

第二章，開頭「只為一念……」，不勝扼腕痛惜之情。女子非常相信，殉情更可以廝守，愛情在墳墓中得以滋長，於是自刎自絕以遂其願。「之激之執之熱」語急直下，三姐濁氣一湧，迸發的激憤與堅執，若火山岩漿滾燙狂洩，遂「鎔鑄」此千古長恨悔無及矣。蓋因性剛情烈，不願委曲求全、不能「忍」，故而注定悲哀。次段說「劍刃是白的：／血也是。」是柳湘蓮定情信物鴛鴦劍的白，更是女子的無瑕潔白。揮劍表志，徹骨之痛，不白之冤，深沉之恨，一一斬斷絕離，此所以「以至痛／為至快。一快永快／一痛更不復痛」，瞬間成為永恆。

結尾則已超越形體桎梏，得其解脫，自由自在，如同明月，自圓自缺。且暗合前章開端：魂煙踐「誓」，「環珮空歸月下魂」（杜甫〈詠懷古蹟五首〉之三），死心塌地做野薑花，來到水邊，受用那永無竭盡的「清曠與閑逸」。

前章濃彩重墨，慘烈悱惻，後章濃入淡出，趨向溫柔，結尾餘音繞梁，韻悠意遠。典型「周夢蝶式」的抒情，聲嘶力竭，生死以之，苦後而甘，滋味特長。

延伸閱讀

一、黃憲作《野薑花的秘密》，高雄：高雄縣立文化中心，一九九四年。

二、蔣為文〈野薑仔花開〉，《茄苳台文月刊》第十期，一九九六年三月。

三、游喚〈野薑花〉，見白靈主編《千年之門》，臺北：萬卷樓，二〇〇一年。

參考資料

一、葉嘉瑩〈序周夢蝶先生的「還魂草」〉，《文星》第十六卷三期，一九六五年七月。

二、翁文嫻〈看那手持五朵蓮花的童子——讀周夢蝶詩集「還魂草」〉，《中外文學》第三卷一期，一九七四年六月。

三、曾進豐《聽取如雷之靜寂——想見詩人周夢蝶》，臺南：漢風，二〇〇三年。

問題討論

一、本篇又題〈離魂記〉，是否提供解讀思考的另一面向？

二、論者每謂周詩「禪中有情」，請就此篇略作分析。

三、周詩多借用古典素材、鎔鑄傳統意象，以表現其深刻玄妙的思想世界，試將本詩與〈還魂草〉、〈斷魂記〉合讀並討論之。

——曾進豐

晚秋

陳千武

自從你遠離了最後的春天
你底笑聲和細語
仍懸掛在院裡的樹枝
任四季的風雨飄灑

——如今
一葉笑聲淡黃了
被風吹起翻翻落地
一片愛語枯萎了
被冷雨無情的敲擊
我得穿著木屐出去

將掉落的一片片撿起來
將已褪色而枯淡的
生命重新拼在一起
準備貼在
明春新買的紀念冊上

作者

陳千武（一九二二～），本名陳武雄，又以筆名桓夫寫作現代詩。臺灣南投人，臺中一中畢業。一九四二年，太平洋戰事起，隔年被徵調為「臺灣特別志願兵」，輾轉於南洋群島的戰場與集中營，至一九四六年，始被遣返臺灣。日治時代，即以日文寫作，戰後自習中文，歷經三十年的煎熬，在文學上重新出發，成為「跨越語言一代」的作家典型。與詹冰、林亨泰等人創設「笠詩社」，發行《笠》詩刊。曾任臺中市立文化中心首任主任、文英館館長、靜宜大學駐校作家、亞洲詩人會議臺灣大會會長、臺灣筆會會長、臺灣兒童文學協會理事長。獲獎無數，犖犖大者如吳濁流文學獎、洪醒夫小說獎、第一屆榮後臺灣詩人獎、資深臺灣文學家成就獎、日本地球社地球詩人獎、國家文藝獎及臺灣文學家牛津獎。作品集有詩、小說、兒童文學、評論與翻譯等一百多冊。詩歌除了纏綿動人的情詩外，率皆「以批判的現實主義為基調，帶有浪漫精神和理想主義色彩。」（李魁賢語）著有詩集《密林詩抄》（現代文學，一九六三）、《剖伊詩稿》（笠詩社，一九六四）、《不眠的眼》（笠詩社，一九六五）、《野鹿》（田園，一九六九）、《媽祖的纏足》（笠詩社，一九七四）、《愛的書籤》（笠詩社，一九八八）、《禱告》（笠詩社，一九九三年）等。

作品賞析

本篇選自《密林詩抄》。原載《南北笛》詩刊（一九六三年三月），自譯日文，發表於日本《ゆすりか》詩刊二〇〇三年秋季號（五十八期）。

「春秋代序，陰陽慘舒」（《文心雕龍・物色》），詩人見風物景色變換，心靈亦隨之搖盪，與發種種情感。詩分三段，依序四、五、六行遞進，暗示時間的推移，節序的變遷，意在圖摹季候的情貌，而由末節「生命」二字，窺知詩人感物聯類、沈思吟詠之深刻。首段寫其耽溺「回憶」深谷。笑聲細語迴盪耳際，不捨中有些許的甜蜜，所重在「聲」。次段由聽覺轉為視覺，時間回到現在。狂風橫掃，笑聲淡黃，冷雨無情，愛語枯萎，濃彩描「色」；語氣由弱趨強，「懸掛」而「吹落」，「飄灑」而「敲擊」，蕭條殘酷，情傷深重。末段復轉為聽覺意象，想望未來。「木屐」特有的腳步聲，予人沈穩、成熟的現實感。撿起那歷經摧殘、褪色枯淡的過往，重新「拼貼」在「明春」的紀念冊上；療傷止痛，收拾心情，讓美麗的思念繼續活著，將希望寄託於明年的春天。

詩一開始採取擬物手法，使得「你」的笑聲和細語成為樹枝上的葉子，所以才有「一葉」笑聲、「一片」愛語的修辭轉化，以是原本屬於抽象的聲音，都成為可視可觸的具象實體，感官交錯運用，極為成功。意緒迭宕起伏，波動升降，層次分明，尤其第二段「地」、「擊」自然成韻，更增流利聲情；且分離於最後的「春天」，寄望於明年的「春天」，循環反覆，旋律天成，譜出了動人心緒、扣人心絃的秋歌。

詩人嘗言：「說抒情，我卻不喜歡被軟弱的感覺所驅使而流淚。我所重視的是知性的哀愁，坦率地抓住批判性、閃電性的感覺，毫無隱瞞地，表現真摯性的情愛。」（《愛的書籤》後記）本詩以情會景，感應深切，抒情之餘更能審視人生，感性之中蘊含知性的厚度。

延伸閱讀

一、向明〈秋歌〉，見氏著《狼煙》，臺北：純文學，一九六九年。
二、吳晟〈秋之末梢〉，見氏著《飄搖裡》，臺北：洪範，一九八五年。
三、鄭愁予〈布朗大學晚秋〉，見氏著《寂寞的人坐著看花》，臺北：洪範，一九九三年。

參考資料

一、李魁賢〈論桓夫的詩〉，見氏著《台灣詩人作品論》，臺北：名流，一九八七年。
二、呂興昌〈桓夫生平及其日據時期新詩研究〉，《台灣詩人研究論文集》，臺南：臺南市立文化中心，一九九五年。
三、陳明台編《桓夫詩評論資料選》，高雄：春暉，一九九七年。

問題討論

一、本詩語言樸實，抒情自然，試分析其藝術手法？
二、陳千武詩中強烈臺灣意識的形成，與他的戰爭經驗、殖民經驗有怎樣的關係？
三、所謂「跨越語言的一代」，臺灣作家群中還有哪些？

——曾進豐

有生之年

林亨泰

人在橋上
目睹河水
斷斷續續地流

遠山化成一個顏色
追憶化成一個顏色

映在水中
匯成脈搏
斷斷續續地跳

近水化成一個聲音
獨思化成一個聲音

水在橋下
目睹行人
斷斷續續地流

作者

林亨泰（一九二四～），筆名亨人、恆太，臺灣彰化人。臺灣師範大學教育系畢業，曾任教北斗中學、彰化高工，退休後又陸續於中山醫學院、臺中商專、東海大學等校兼課。精通日文，熟習詩論，素有「詩哲」之譽。一九四七年參與「銀鈴會」，開始文學生涯，後又成為「現代派」健將，參與創辦「笠詩社」，主編《笠》詩刊，致力於「時代性」與「本土化」，強調臺灣主流意識，提倡關懷社會現實，追求詩的現代精神。自謂一生文學歷程為「走過現代，定位鄉土」，呂興昌復以「起於批判」接續其說。其豐富而漫長的創作經驗，適與臺灣現代詩的變遷風貌同軌合轍。曾獲創世紀三十週年詩論獎、第二屆榮後臺灣詩獎、第一屆磺溪文學獎特別貢獻獎、自立報系臺灣文學貢獻獎。其詩，直覺感受，純粹呈現，情真意摯，語言文字極端樸素。有日文詩集《靈魂の產聲》（銀鈴會，一九四九），中文詩集《長的咽喉》（新光，一九五五）、《林亨泰詩集》（時報，一九八四）、《爪痕集》（笠詩社，一九八六）、《跨不過的歷史》（尚書，一九九〇）等多種。

作品賞析

本篇選自《跨不過的歷史》。

林亨泰說：「詩，是時間藝術」，時間並非靜止的，所以詩也要表現出流動感、音樂性。曾創作系列主知的圖像詩、符號詩，從最早的〈房屋〉，以至後來的〈風景No.1〉、〈風景No.2〉、〈非情之歌〉等實驗性作品，允為詩的「視覺藝術」，對於文字的運用與音樂性的掌握別具匠心。不過，引發詩壇巨大波瀾，褒貶不一，毀譽參半。

「逝者如斯，不舍晝夜」，自孔老夫子的一聲長嘆，穿過萬古長空直到今日，流水始終是韶光的原型意象，人生的隱喻。本詩旨在透過斷斷續續的水流，思索生命的終極意義。段落句式的安排，刻意學習《詩經》「重章複沓」結構，造成「回文」的律動；除了二、四小節的略作變化外，其餘皆是優美的「四六文」，內在節奏，清晰可聞。就形式而論，詩人以橋為介面，成功地塑造人、水「相視相映」的畫面，自有巧思。就內容思想而言，人立橋上，觀賞潺潺流水，生命無聲無息的溜走，遠山近水、顏色聲音，徒留追憶與獨思。後來角色互換，水在橋下，冷看行人熙來攘往，始警覺到人生縱然璀璨終是過客，流水則是自然的永恆存在。關注對象已由一人而擴及芸芸眾生，傳達的是普遍的共相。

全詩藉由橋上橋下、流水行人的「換位」手法，突顯人生的荒謬與無常。將抽象飄渺的時間，具象化為色彩與跳躍的音符，傳達瞬間感受，顯現獨思的存在與靈光的乍現；知性顯影，不愧「詩哲」之稱。修辭廣用疊字疊句，結構講求對稱平衡，整齊中又有變化，堪稱現代詩的造型師。沒有雕飾華麗的詞藻，不見艱澀難解的文字，意象明朗純淨，內容涵攝豐贍，不論就形式技巧、語言文字或內容思想而論，都是一首好詩。

延伸閱讀

一、周夢蝶〈擺渡船上〉，見氏著《還魂草》，臺北：領導，一九七八年。
二、巫永福〈在橋上〉，見氏著《木像》，臺北：笠詩社，一九九〇年。
三、岩上〈橋〉，見氏著《岩上八行詩》，高雄：派色，一九九七年。

參考資料

一、呂興昌《林亨泰研究資料彙編》（上、下），彰化：彰化縣立文化中心，一九九四年。
二、呂興昌編《林亨泰全集》十冊，彰化：彰化縣立文化中心，一九九八年。
三、臺灣詩學季刊編〈台灣詩哲林亨泰專論〉，《台灣詩學季刊》第三十七期，二〇〇一年十一月。

問題討論

一、這是一首頗具思想性的作品，有否落於言詮之弊？
二、本詩注重節奏，強調形式，試略作分析評論。
三、圖像詩、符號詩過分強調「造型」，是否容易喧賓奪主，掩蓋「詩質」？

——曾進豐

高雄港的汽笛

余光中

偶或，越過海氣陰寒的空間
遠遠地吹來一聲汽笛
沉痛的音調因重負而壓低
暗暗搖撼著整個港城
餘音不斷，牽動多少纜索與錨鍊
多少桅檣啊，和桅頂挑亂的眾星
像夜景變成了一片橫隔膜
在起伏的水面頻震
就知道重噸的貨櫃輪，又一艘
吃水深深，在進港或是出港了
鐵灰的舷影峭起如絕壁
下面追隨著匍行的小艇

從他渾厚的男低音裡
能想像肺活量有多駭人
孤獨的靈魂該慣於遠征
越不盡水藍的荒漠啊，東經又西經
低緯之後又高緯，穿過暗礁，冰山，險峽
流放到燈塔，水禽，與人魚的神話之外
去赴暴風雨之約，看天與海
為一條灰濛濛的水平線
鬧翻了臉，在叛雲與逆浪之間
一場接一場捲進了決戰

聽，汽笛又響了，迴聲隱隱
繞過燈塔，沿著防波堤吹來
若是在進港，船啊，你一定很倦了
只求躲避外面的風波

若是出海呢，氣象臺說
衛星圖上的氣壓很低
此去向北，會撞上惡劣的天氣

不過是一聲汽笛罷了
竟然觸動我腔膛的共鳴
想一艘船啊孤傲的靈魂
該屬於港灣呢或是海洋？
該繫於錨鍊或縱於波浪？
如果我，是這樣的一艘貨輪
吃水深深，曳著悲壯的汽笛
一道防波堤兩個世界
進來的安全和出去的冒險
究竟，該怎樣選擇？

——七五・九・十七

作者

余光中（一九二八～），福建永春人，美國愛荷華大學藝術碩士。曾任臺灣師範大學、政治大學、香港中文大學教授，及中山大學文學院院長、北京社會科學院外文研究所講座、中文大學聯合書院傑出學人講座，現為中山大學光華講座教授。余氏早慧，一九五四年與覃子豪、鍾鼎文等人創辦「藍星詩社」，主編《藍星週刊》、《藍星詩頁》、《現代文學》及《文學雜誌》詩的部分。榮獲中國文藝協會新詩獎、吳三連文藝獎、中國時報文學獎新詩推薦獎、國家文藝獎、中山文藝獎、吳魯芹散文獎等。兼擅詩、文、評論與翻譯，作品集計五十餘種。其詩作堂廡特大，題材挖深織廣，筆墨酣暢飽滿，詩風璀璨多姿，享有盛譽。黃維樑認為余氏「在新詩上的貢獻，有如杜甫之確立律詩」，開一代風氣之先，允為詩壇巨擘。主要詩集有《舟子的悲歌》（野風，一九五二）、《蓮的聯想》（文星，一九六四）、《白玉苦瓜》（大地，一九七四）、《與永恆拔河》（洪範，一九七九）、《隔水觀音》（洪範，一九八三）、《夢與地理》（洪範，一九九〇）、《高樓對海》（九歌，二〇〇〇）等。

作品賞析

本篇選自《夢與地理》，是余光中醉戀西子灣，與高雄頻頻互動的真情系列之一。一九八五年九月，詩人開始高雄生活，以〈夢與地理〉宣示作為南部的「歸人」；以〈讓春天從高雄出發〉開啟高雄風貌的初次探勘。發現壯闊，觸及澎湃，高雄的原始素樸，高雄的磅礡蘊藏，都與詩人契合成「胸膛的共鳴」，乃有一系列熾熱情愫的抒發：〈控訴一枝煙囪〉、〈高雄港的汽笛〉，聲討污染，關心環保，書寫「雄性」的威猛；〈雨，落在高雄的港上〉、〈西子灣的黃昏〉，愛戀景物，歌詠風情，細描「雌性」的嫵媚；〈敬禮，木棉樹〉，興奮的為市花喝采，寓意社會批評；〈許願〉則是充滿了真摯的愛，祈禱祝願高雄成為純淨熱誠、和平自由的港都。

詩分四段，從「聲」勢驚人、撼動人「情」，十足陽剛味的汽笛音而起，繪聲移情，擬聲譬喻，想像成孤傲的靈魂，乘著蒼茫遠航，乃有第三段的忡忡憂心：疲憊的停泊是因久歷風霜，令人不忍；出海作業則有惡劣天氣，引人不安。最後物我不分，輪人合一：貨輪在進港與出海間猶豫，在安全與冒險間抉擇；詩人在臺灣、美國、香港間轉徙，在廈門街、沙田、西子灣間遷移，該安頓休憩還是繼續漂泊？煙波水隔，矛盾徬徨！

鄉關渺遠早成夢境，腳下地理刻正真實，情該繫何處，詩人實已了然於心。負載著沉重的文學眷戀和文化使命，就位高雄之後，從摯愛出發，積極拓墾播種，在以重工業聞名的沙漠場域，掘發泉源，遍植綠洲，南臺灣的星空因此更文學更富詩意。地理的轉移，豐富寫作的素材；情緒的異位，改變詩的風貌，那曼妙的港灣、湧動的波浪，全都化作詩歌的美麗曲線與迷人情調。本詩充滿了「在地性」，迥異於之前的中國情結，散發濃稠的臺灣心情。

延伸閱讀

一、陳千武〈愛河〉，見氏著《不眠的眼》，臺北：笠詩社，一九六五年。
二、楊牧〈高雄・一九七三〉、〈高雄・一九七七〉，見氏著《北斗行》，臺北：洪範，一九七八年。
三、張錯〈初識高雄〉、〈旗津半日〉，見氏著《張錯詩選》，臺北：洪範，一九九九年。

參考資料

一、黃維樑編《璀璨的五彩筆：余光中作品評論集（一九七九～一九九三）》，臺北：九歌，一九九四年。

二、陳素雲〈余光中詩中的台灣關懷——民國七十四年定居高雄之後〉（上、下），《國文天地》第十二卷二期～三期，一九九六年七～八月。

三、李瑞騰〈余光中的高雄情——以詩為例〉，《聯合文學》第十四卷十二期，一九九八年十月。

問題討論

一、余光中詩裡的高雄情、臺灣心，主要關注的議題有哪些？

二、這一系列描寫高雄風情的詩篇，是否可視為詩人「鄉愁」的延伸與變貌？

三、高雄為何獨獲詩人青睞？請說說你對高雄的印象。

——曾進豐

我的粧鏡是一隻弓背的貓

蓉子

我的粧鏡是一隻弓背的貓
不住地變換它底眼瞳
致令我的形像變異如水流

一隻弓背的貓　一隻無語的貓
一隻寂寞的貓　我底粧鏡
睜圓驚異的眼是一鏡不醒的夢
波動在其間的是
時間？是光輝？是憂愁？

我的粧鏡是一隻命運的貓
如限制的臉容　鎖我的豐美於

它底單調　我的靜淑
於它底粗糙　步態遂倦慵了
慵困如長夏！

捨棄它有韻律的步履　在此困居
我的粧鏡是一隻蹲居的貓
我的貓是一迷離的夢　無光　無影
也從未正確的反映我形像。

——一九六四

作者

蓉子（一九二八～），本名王蓉芷，江蘇漣水（祖籍蘇州，出生在揚州）人。在戰火中，輾轉於江陰、上海、南京之間的教會學校，完成高中教育，亦曾就讀於一所農學院森林系，榮獲英國赫爾國際學院榮譽人文碩士。考入交通部國際電臺工作，一九四九年奉調至臺北籌備處（國際電訊局）服務。一九五一年開始於自立晚報《新詩週刊》及紀弦主編的《現代詩》上發表詩作，並加入藍星詩社。曾出席歷屆世界詩人大會，擔任亞洲華文女作家文藝大會主席；獲國家文藝獎、國際婦女文學獎、青協文學成就金鑰獎、菲律賓總統金牌詩獎、詩歌藝術學會「詩歌藝術貢獻獎」等多項殊榮，被譽為詩壇「永遠的青鳥」。著有《青鳥集》（中興文學，一九五三）、《七月的南方》（藍星詩社，一九六一）、《蓉子詩抄》（藍星詩社，一九六五）、《維納麗沙組曲》（純文學，一九六九）、《橫笛與豎琴的晌午》（三民，一九七四）、《只要我們有根》（文經，一九八九）、《千曲之聲》（文史哲，一九九五）、《黑海上的晨曦》（九歌，一九九七）、《水流花放》（春風文藝，一九九八）等。

作品賞析

本詩選自《蓉子詩抄》。詩人跳脫了《青鳥集》時期的溫柔醇美，大步跨出「閨秀派」藩籬，展現細膩而成熟的風貌。

周伯乃剖釋此詩時，指出「粧鏡是用來反射人生的歲月，光輝和憂愁的種種內在情緒的變化。」貓「可能是暗示一個生存在現代工業社會裡的人，有諸多真實的自我被扼殺的悲劇性。」（〈蓉子的「我的粧鏡是一隻弓背的貓」〉）林煥彰則說這是「作者在臨照鏡子時，對於流逝的時光，無法挽留的青春，引起的一陣喟嘆。」（〈欣賞蓉子的詩〉）看法近似，可歸為傳統的「男性觀點」；而鍾玲以為蓉子把「這兩個（鏡子與貓）限制自我發現，製造幻象的象徵，扭轉為反省自覺的象徵，反映出女性的困境，最後觸及反省過程中，尋求自我的問題。」（〈都市女性與大地之母——論蓉子的詩歌〉）林綠更直指「蓉子察覺到了女性所受到的諸多限制，時時思索反省，於是寫下了〈我的粧鏡是一隻弓背的貓〉此類女性自覺意識強烈的詩。」（〈女性意識與女性自覺——論蓉子的詩〉）兩人則又顯然是站在女性位置，強調自覺的「女性論述」。不同的解讀角度，縱剖橫切，構成文本的「鏡像」，提供讀者聯想的路徑，也擴展了本詩的多樣意涵。

「粧鏡」即「貓」，共同作為「我」的載體與投射，兩者的結合，構成此詩詭譎豐繁的戲劇張力。鏡子有鑑照、反射的功能，且可衍化為碎裂、拼合的深層指向，具備：自我、婚姻、時間、死亡等繁複的原型意象。它提供深閨靈魂燭照自我，藉之寓喻幽閉的一生，頗為貼切。貓眼深邃神祕似鏡，變異如水流；樣貌、姿態瞬間變換，捉摸不定，象徵無常的青春、迷離的夢想；「弓背」無語，則意味著生命被擠壓、束縛的孤寂無奈。詩人臨鏡顧盼，驚顫時間的消逝，感嘆命運的必然限制，自省自憐之餘，終於發覺粧鏡「也從未正確的反映我形像」！這是對「既定生命模式」的震撼反擊，暗示心靈深處一股蠢蠢的騷動，一種蓄勢衝破網羅的自主意志。

延伸閱讀

一、胡品清〈粧鏡〉、〈貓的傳奇〉，見氏著《冷香》，臺北：漢藝色研，一九八七年。

二、利玉芳〈貓〉，見氏著《貓》，臺北：笠詩社，一九九一年。

三、朵思〈臨鏡〉，見氏著《飛翔咖啡屋》，臺北：爾雅，一九九七年。

參考資料

一、周伯乃〈蓉子的「我的粧鏡是一隻弓背的貓」〉，《新文藝》第一百四十二期，一九六八年一月。

二、鍾玲〈都市女性與大地之母——論蓉子的詩歌〉，《中外文學》第十七卷三期，一九八八年八月。

三、何金蘭〈女性自我意識：主體／幻象／鏡像／主體——剖析蓉子「我的粧鏡是一隻弓背的貓」〉，《台灣詩學季刊》第二十九期，一九九九年十二月。

問題討論

一、「鏡子」此一意象，在文學中通常被賦予怎樣的聯想與指涉？

二、「貓」在詩中被賦予許多抽象的情緒變化，來象徵女子的青春與內心的悸動，試略作分析。

三、讀畢本詩，是否隱約感受到詩人「掙脫桎梏，示現自我」的現代精神？

——曾進豐

毛衣

周鼎

L買了毛線
說要為我打一件毛衣

冬天過去了
另一個冬天又已逼近
L打的毛衣
如曲折多變的男女故事
打了拆
拆了打
時而春雨綿綿
時而秋雲漠漠
最後總算還剩半截袖子

卻又遲不收線
我問什麼時候有毛衣穿
L看一眼
棄置沙發的毛衣說
你不是說過沒有結局的結局
是最好的結局
（我說過嗎）

故事可以不要結局
心的溫熱證明
L說為我打毛衣
毛衣就已經穿上身了

作者

周鼎（一九三一～），本名周去往，湖南岳陽人，戰亂中讀完小學，一九四六年從軍，一九六一年退役後，曾做過建築工人、華視公司道具管理員，擔任中國工商專校警衛。為「創世紀」詩社同仁，曾獲創世紀三十週年詩創作獎。他是臺灣詩壇的異數、怪才，為人草莽疏狂，詩風獨特奇妙，嗜好杯中物，酒後好發議論，令人生厭，分開後卻又令人懷念。早期以短詩〈終站〉揚名，後來則以一系列的「詩劇」，贏得讚賞。詩集《一具空空的白》（創世紀，一九九一），洛夫以〈周鼎的空無之美〉為序，稱譽其詩乃「幾乎全面印證了他的人生體驗，充分體現了佛家『色』與『空』的辯證過程。」

作品賞析

〈毛衣〉，一九九九年一月十五日發表於聯合報副刊。寫夫婦之情，真摯深刻，含蓄蘊藉，耐人咀嚼。開始的短短兩行，緩緩揭幕，預示往後的動線軌轍便是「毛線」與「意緒」的經緯縱橫、交錯起伏。次段藉助連綿鋪陳，曲傳編織過程之冗長，暗示備受煎熬之苦楚；絕妙的是把打毛衣譬喻為「曲折多變的男女故事」，具體靈動，恰似萬籟靜寂中「鐺」的一聲，高峯聳峙。前此是敘事紀實，有此譬喻，始翻轉為象徵，也才有以下信手拈來，自成佳妙的句子。「打了拆／拆了打」點出愛情分合聚散、冷熱飄忽的真理；千頭萬緒，亂了理，理還亂，詮釋「曲折」的本質。再運用借喻手法，使得春「雨」、秋「雲」迭生媚姿，惹人遐思；幻化之態，難以捉摸，描摹「多變」的特色。這兩組排偶句，宛如四條銀線，交織串組，連番烘托，形象化愛情的晴雨容顏與升降溫度，深具修辭之美；其所指涉的內容，是流動的、廣泛的，是以詩的美感遂可無限延伸。

第二節後半轉換場景，出現對話、動作。詩人提問，表露焦急、不安的心緒，回報的是冰冷的襲擊！繼之一轉，樂觀本色的詩人（說是自我催眠也罷），終於澄明釋懷，淡然滿足：「L說為我打毛衣／毛衣就已經穿上身了」，至此方才明白「最初」也是「最終」，美麗的期待就是最好的結局。溫熱直達深處，感動更推一層。

前兩節著重鋪敘，具象而實；結尾轉為內向書寫，抽象而虛，前後虛實錯綜，變化靈活，情節緊湊，有如一齣劇目。文字淺白，筆觸輕鬆；融理入情，情理相生，平中見奇，淡中得味。

延伸閱讀

一、向明〈妻的手〉，見氏著《青春的臉》，臺北：九歌，一九八二年。

二、梅新〈家鄉的女人〉，見氏著《家鄉的女人》，臺北：聯合文學，一九九二年。

參考資料

一、向明〈詩壇浪子：談周鼎的「播種者」〉，《中華文藝》第一百三十五期，一九八二年五月。

二、解昆樺〈從象徵修辭擴散到類疊修辭——談周鼎現代詩劇「一具空空的白」自我剖析的藝術特色〉，《台灣詩學季刊》第三十八期，二〇〇二年三月。

三、曾進豐〈最好的結局——讀周鼎「毛衣」〉，《國教天地》第一百五十七期，二〇〇四年七月。

問題討論

一、本詩有比喻，有想像，曲折跌宕，扣人心絃，雖是老嫗能解，仍不減其藝術魅力，試詳究之。

二、本詩段落的銜接承轉，聯絡照應，近於古人所謂的「跗萼相銜，首尾一體」的謀篇要求與標準，試分析其結構。

三、夫妻（情人）間的摩擦爭執，就像是感情的調味料，慢慢地調出彼此適合的口味，你贊同嗎？

——曾進豐

流浪者

白萩

望著遠方的雲的一株絲杉
望著雲的一株絲杉
一株絲杉
絲杉
在
地
平
線
上
一株絲杉
在

地 平 線 上

他的影子，細小。他的影子，細小
他已忘卻了他的名字。忘卻了他的名字。祇
站著。
祇站著。孤獨
地站著。站著。站著
站著
向東方。
孤單的一株絲杉。

作者

白萩（一九三七～），本名何錦榮，臺灣臺中人。臺中商職高級部畢業，從事廣告及室內設計工作，曾任臺中美術設計公會理事長。為「現代派」成員、「藍星詩社」初期主幹、《南北笛》主將、《創世紀》詩刊編輯委員，亦為「笠詩社」創始同仁。十八歲即以〈羅盤〉一詩獲中國文協第一屆新詩獎，一九九四年獲臺灣榮後詩獎，九六年獲吳三連文學獎，九九年獲臺中市大墩文學貢獻獎。他是五〇年代著名臺籍詩人，始終在語言形式上追求突破與革新，文字精鍊，意象靈動，充分展現自我個性；復致力於詩歌繪畫性的試驗，流露前衛精神。六〇年代以降，人生感受愈深，悲劇精神日熾，針砭社會、批判現實，筆端夾帶凌厲風霜，葉笛譽之為「孤岩的存在」。著有詩集《蛾之死》（藍星詩社，一九五九）、《天空象徵》（田園，一九六五）、《香頌》（笠詩社，一九七二）、《詩廣場》（熱點，一九八四）、《自愛》（笠詩社，一九九〇）、《觀測意象》（臺中市文化中心，一九九一年）等。

作品賞析

這首視覺效果極佳的圖像詩，發表於《現代詩》季刊二十三期（一九五九年三月），收錄於《蛾之死》中，曾引起廣泛討論。

白萩認為：「所有的詩都由形象開始、發音，然後被移植於紙上，那麼圖像詩的形象，使該詩更能回復到文學以前的經驗；回復到聲音與符號結合而成的，原始、逼真、衝動、有著魔力的經驗。」（〈由詩的繪畫性談起〉）於是嘗試捨棄語言的音韻及人為的格律，透過純粹客觀意象的呈現及特殊形式的設計，突出優美的空間感，創造和諧的形式美學。換言之，文字不再只是一種冰冷的符碼，而是立體的、可見的、可親近的圖像，完全超越了既定的意義，而表現為擴張的、延展的與放射的豐富意涵。當讀者目光游移於文字之際，瞬間浮現一幅幅清晰的畫面，繼而觸發多重聯想，使得整首詩有著故事、小說、戲劇般的吸引力。

本詩必須直行排列，方能呈現圖像視覺的美感。詩人曾自我詮釋說：「第一節描述一個流浪者眺望的心情……，表現流浪者悲哀的情緒；第二節則退至一個角落來觀察流浪者，……發覺他的孤單寂寞和渺小；第三節則表現他流浪之久，無可奈何。」（《現代詩散論》，一九七二）林亨泰說：「這幾乎是一幅看了會使人流下眼淚的。因為讓一個孤單的流浪者（或說一株絲杉）出現在這麼一個茫茫無際的地平線上。……成功地刻畫了一個有著無限寂寞感的『空間』。」（〈白萩的詩集「蛾之死」〉）「在地平線上」一字排開，具現地平線的遼闊敻遠，茫茫無邊；「一株絲杉」的孤單佇立，恰似「大漠孤煙直」，象徵流浪者的孤獨孑然。沒有嘆息，不見愴然涕下，卻有著極深的寂寞感；結尾的「向東方」，自然可視為流浪者的嚮往與追求，乃孤傲心靈之所寄。

這是對於「人的存在」的孤獨、孤絕之深度探勘。詩人冷靜地觀照人生，感性面對，知性思考，透過高度提煉的文字，以及迭經壓縮、醞釀、發酵後的意象，加上精心設計的視覺藝術演出，成功地傳達了流浪者的淒苦悲哀與滄桑情緒，深深地感動了讀者。

延伸閱讀

一、梁雲坡〈流浪者之歌〉，《新詩週刊》第六十四期，一九五三年一月二十六日。

二、羅門〈流浪人〉，見氏著《羅門詩選》，臺北：洪範，一九八四年。

三、辛鬱〈流浪者之歌〉，見氏著《豹》，臺北：漢光，一九八八年。

參考資料

一、林亨泰〈白萩的詩集「蛾之死」〉，《創世紀》第十二期，一九五五年二月。
二、白萩〈由詩的繪畫性談起〉，《創世紀》第十四期，一九六〇年二月。
三、陳慧樺〈白萩風格論〉，見氏著《文學創作與神思》，臺北：國家書店，一九七六。

問題討論

一、本詩完全藉「意象」呈現，最為成功，試申論之。
二、你喜歡圖像詩嗎？還知道哪些名家名作？請列舉一二。
三、圖像詩和符號詩有何異同？

——曾進豐

舞

岩上

一節一節把自己的筋骨拆散
重新綰結編練成為一條繩

摔出繩變成蛇，而柔成水
水中的魚，躍出為鷹

飛翔盤旋，旋出飄忽的雲
嘩啦如雨，下凡又蓮花化身回歸成洶濤

舞就變，變肢體成意象語言
舞出自己，變易幻滅

——一九九三．六．七

作者

岩上（一九三八～），本名嚴振興，臺灣嘉義人，現居南投草屯，先後畢業於臺中師範、逢甲大學。一九六五年加入「笠詩社」，主編《笠》詩刊，一九七六年與王灝等人創辦《詩脈社》。曾任臺灣兒童文學協會理事長、臺灣現代詩人協會理事、南投縣文化基金會常務董事、中正大學駐校作家。創作逾四十年而不輟，其基調就是人生的觀照省思，其精神就是生命的探索挖掘；無論是生活的觸發、鄉土的關注、社會的觀察與批判，皆敏銳深刻且犀利。李魁賢認為他在處理詩的素材時，往往以「衝突面向」展現力與美：「岩上在多樣化的詩探索中，呈現繽紛的不同面貌，但我發現了他精神底流的主軸，以衝突架起了詩的張力和魅力網路。」（〈詩的衝突〉）。曾獲第一屆吳濁流文學新詩獎、中興文藝獎章、中國文藝協會新詩創作獎、第十一屆臺灣榮後詩人獎，詩風明朗簡淨。著有詩集《激流》（笠詩社，一九七二）、《冬盡》（明光，一九八〇）、《台灣瓦》（笠詩社，一九九〇）、《愛染篇》（台笠，一九九一）、《岩上八行詩》（派色，一九九七）、《更換的年代》（春暉，二〇〇〇）、《針孔世界》（南投縣文化局，二〇〇三）等。

作品賞析

本篇選自《岩上八行詩》。詩人於〈後記〉說：「（我）以新即物的手法表現了物項的特質及我的觀照。我的詩想較接近於對人生哲思的感悟。」新即物主義是一次大戰後興起於德國的文藝流派，又稱為新客觀派（New Objectivity），近似新寫實主義。七〇年代由笠詩社引入臺灣詩壇，成為其明顯創作標誌。主張對於眼前景物作客觀直接的立體描述，並強調詩的嘲諷性與揶揄性，賦予現代詩一種較為強韌的力量。整本詩集，清一色是「四節八行一字題」的詠物詩。詩人刻意在形式的牢籠中，進行顛覆性的試驗，以極度凝煉、精省的文字，追求內在秩序（詩想運行）起承轉合的多樣變化，在有限的詩行中，做著無限的突圍與建構。詩意四通八達，在在透顯出「小而大」、「小而美」的藝術特質。

本詩前三節各自獨立為完足的意象，串連起來又是一齣千迴百折、處處驚艷的「舞宴」。首先落實於舞者身體的曲折變化（新即物手法），時而蜷曲似斷，時而筆直如線，展現舞者屈伸縮張的從容幽雅之美。二、三節繼以擴張式的聯想引申，寫形傳神，活化舞者的靈動：由繩而蛇而柔成水，再由水中的魚躍出為鷹，順著鷹之意象，拔地而起，躍水騰空，盤旋如雲，最終又回歸到大海，成水成洶濤。視覺空間由陸地而水中，由地面而空中，復由空中返回地面，忽上忽下，或高或低，令人眼花撩亂；伴隨著「嘩啦如雨」、「波濤洶湧」等聽覺上的聲勢，教人耳不暇接。這兩節激起詩的精神，構成詩的高潮。

出神入化的舞姿、流動的線條，被適時的定格切割，乃分別有「筋骨」、「繩」、「蛇」、「水」、「魚」、「鷹」、「雲」、「雨」、「蓮花」、「洶濤」等具象語，輔以動詞「拆」、「摔」、「躍」、「飛翔」、「旋」的密集出現，細膩捕捉翻騰變換的每一環節，淋漓解構滾動跳躍的肢體語言，巧喻妙比，鮮活生動，此番「觀舞」，並不稍遜於老殘明湖居聽書、江州司馬夜聞琵琶的感動。最後則聚焦於「變易幻滅」四字，畫龍點睛道出舞的本質：「舞的形姿竟然也可以包含了天地事物的生生流轉」（林亨泰語）。詩的靈魂結穴於此，詩因此有著豐沛的生命情味。

延伸閱讀

一、余光中〈炊煙——劉鳳學舞，張萬明箏〉，見氏著《在冷戰的年代》，臺北：藍星詩社，一九六九年。

二、洛夫〈水之舞〉，見氏著《眾荷喧嘩》，新竹：楓城，一九七六年。

三、羅門〈觀舞記——看保羅泰勒現代舞〉，見氏著《在詩中飛行》，臺北：文史哲，一九九九年。

參考資料

一、林亨泰〈岩上的「舞」〉，《笠》詩刊第二百二十期，二〇〇〇年十二月。

二、丁旭輝〈論「岩上八行詩」的內在結構〉，《台灣詩學季刊》第三十九期，二〇〇二年六月。

三、落蒂〈舞出變易幻滅─析岩上「舞」〉，見氏著《詩的播種者》，臺北：爾雅，二〇〇三年。

問題討論

一、何謂新即物主義？與杜甫高倡的「即事名篇」，以及元、白標舉的「新樂府」，是否有關？

二、謝輝煌謂岩上八行詩之命意在於「以醒眼之姿，效拈花示眾。」此與宋代風行的「哲理詩」差別何在？又如何避免流於乾癟枯槁？

三、岩上從漢字的線條結構以及它所包蘊的豐富意涵，創造了「一字詩題」，重在人生觀照、生命感悟，試就本詩論其語言特色。

——曾進豐

蕃薯兮歌（臺語詩）

黃勁連

四百冬來
阮佇遮❶生活
有塗兮所在
阮著會❷大

無怨天無怨命
阮是蕃薯仔
阮是蕃薯仔命
風冷霜凍阮毋驚
阮毋驚日頭❸赤炎炎❹
雨水淋、老鼠來食
無怨天無怨命

阮是蕃薯仔
阮是蕃薯仔命
毋驚塗空[5]暗
毋驚落塗爛
不管是塗抑是沙
一滴仔水
阮著會大

四百冬來
佇遮生活
佇遮努力拍拼

無怨天無怨命
阮是蕃薯仔
阮是蕃薯仔命

無怨天無怨命
雖然風砂迹爾❻大
阮有時互儂刣、互儂割
互阮流著白色兮目屎❼
那親像真珠❽拍斷線
流著白色兮目屎
艱苦無哪看❾

阮亦無怨命
星光閃晰❿兮三更半夜
阮恬恬祈禱、祈求
阮兮藤阮兮根日日大
阮兮枝阮兮葉代代湹⓫

作者

黃勁連（一九四七～），本名黃進蓮，臺灣臺南人，先後畢業於嘉義師範、文化大學。創立「主流詩社」，開設大漢出版社，擘劃第一屆「鹽分地帶文藝營」，任《台灣文藝》總編輯、臺北市漢聲語文中心主任。曾獲一九七〇年全國優秀青年詩人獎、一九九八年南瀛文學獎。他不只一次地說：「我欲用有血有目屎的阿母的語言，來寫這個有血有目屎的所在」（〈寫我的故鄉〉），因此在一九九〇年以後，就不再用中文寫詩，轉而以全部心血，投入母語的創作。其詩敘事抒情，關懷臺灣，鄉土味濃，瀰漫美妙的懷念旋律；社會寫實，諷刺人情，批判嚴峻，引發廣泛的共鳴。著有現代詩集《蓮花落》（大漢，一九七一）、《蟑螂的哲學》（台笠，一九八九）；臺語詩集《雉雞若啼》（台笠，一九九一）、《偓促兮城市》（台笠，一九九三年）、《黃勁連台語文學選》（南縣文化局，一九九五）、《蕃薯兮樹》（南縣文化局，一九九八）、《黃勁連台語詩集》（真平，二〇〇〇）、《南風稻香》（真平，二〇〇〇）、《蕃薯兮歌》（真平，二〇〇〇）等。

註釋

❶佇遮（ti^7 cia^1）：在這兒。
❷著會（tioh^8 e^7）：就會。
❸日頭（jit^8 thau^5）：太陽。
❹赤炎炎（chiah^4 iam^7 iam^7）：形容熾熱的陽光。
❺塗空（thoo^5 khang^1）：土地中的小洞。
❻迹爾（ziah^4 nih^8）：如此，這麼。
❼目屎（bak^8 sai^2）：眼淚，這裡指蕃薯藤所流出的白色乳汁。

❽真珠（cin^1 cu^1）：珍珠。

❾無哪看（bo^5 lang^0 khuaN^3）：看不到。

❿閃晰（siam^2 sih^4）：閃爍。

⓫澶（thuaN^3）：蔓延，繁殖。

作品賞析

本篇選自《雉雞若啼》。

黃勁連扮演著火車頭的角色，以純淨的心靈，奉獻給這一塊滿是傷痕的土地，為她細數辛酸，為她編織美夢，創作了大量的母語歌詩，致力於建構母語文學的完整版圖。因此，八〇年代中期才逐漸拓展開來的臺語詩，如今已蔚為風潮，展現蓬勃之姿。

這是一篇意識強烈的母語政治詩，用以鼓吹認同本土，疼惜臺灣。以「蕃薯」表徵苦難的臺灣，源於它的形狀，更來自於它堅韌的本質，旺盛的生命力。一九七七年林宗源發表一首〈人講你是一條蕃薯〉，始濫其殤、肇其端：「無意志也無想beh^{4}走出土孔」，「也無想beh^{4}反抗／干單會曉怨嘆命運／留著白的目屎／哮無聲音」。詩寫蕃薯落地，忍受風冷霜凍、日曬雨淋以及那貪得無厭的老鼠咬噬，又背負著酸疼、苦楚、鹹澀，卻永遠只做無聲無言的怨嘆，悲怨色澤濃烈。本詩則顯然樂觀積極，昂揚奮發：不怨天不怨命，堅挺腰桿，勇於反抗，突破困境，迎向陽光。蕃薯兮歌也就是臺灣兮歌，臺灣長期被殖民統治，慘遭蹂躪、壓榨剝削，嘗盡辛酸。打擊不斷，環境險惡，我們仍然認真打拚，不曾被消滅，如同蕃薯只要有一滴水，就會堅強的活下去，藤根日日大，枝葉代代澶，繁衍子孫，堅持作自己的主人。

論其表現手法，近似於西方的「印象主義」。這是起源於法國畫家馬內（Edouard Manet，一八三二～一八八三），其後逐漸影響文藝的一種主義流派，代表作家有福羅貝爾和龔枯爾兄弟。他們慣於回憶久遠的歷史、族群的過往，注重事物瞬間所給予的官覺印象的渲染、模糊朦朧的記憶，藉以表現自己的潛情隱緒。黃勁連透過詩歌，溫柔撫觸臺灣四百年的悲情隱痛，再從中崛起，這種鬱悶孤憤，覺醒意識，頑強而不屈服的鬥志，就是真正的臺灣精神。這首詩意象鮮明，散文化之餘，又有向歌曲靠攏的傾向，林央敏說：「伊（黃勁連）的詩有誠強的音樂性，真敖（qau）塑造古典氣氛，互平面式的語言佮鄉土的語言展現出美麗的情調。」他是試圖在詩的本土性追求外，更努力使詩、歌合轍，藉以將它推向大眾文學的一環。

延伸閱讀

一、楊渡〈野生蕃薯〉，《文學界》三集，一九八二年七月十五日。

二、林宗源〈人講你是一條蕃薯〉，見氏著《林宗源台語詩選》，臺北：自立晚報，一九八八年。

三、林央敏〈蕃薯〉、〈福爾摩沙悲歌〉、〈咱台灣〉，見氏著《故鄉台灣的情歌》，臺北：前衛，一九九七年。

參考資料

一、吳鉤〈不再殭斃不會式微——試論黃勁連的台語歌詩〉，見黃勁連主編《南瀛文學選．論評卷一》，臺南：臺南縣文化中心，一九九二年。

二、陳文成〈母語文學的反思——黃勁連「台語歌詩」的語文辯證〉（上、下），《民眾日報》，一九九三年七月九日、十一日。

三、林央敏〈三十年詩風印象——看黃勁連的詩〉，《民眾日報》，一九九九年十二月十～二十日。

問題討論

一、除了以蕃薯象徵臺灣、歌頌臺灣，您覺得還有什麼植物較適合？

二、本篇口語表達，通俗淺白，旋律流暢一如歌謠，你認為它是「詩」或「歌」？

三、「臺語文學」與「臺灣文學」之關係為何？

——曾進豐

濛紗煙❶

（客語詩）

利玉芳

雞吂❷啼
窗仔背❸霧濛濛
月光還佇眠帳❹肚❺發夢❻
緊性个家官❼
喔喔喊䟘❽床

天吂光
灶下火煙煙
柴草情願分人燒
火屎❾相爭飛上天
想愛變星星

日花仔❿
掀開包等⓫田坵⓬个面紗
打赤腳个婦人家
將濛濛个心事
躅⓭入禾頭下

作者

利玉芳（一九五二～），臺灣屏東人，目前定居臺南縣。高雄高商畢業，為「笠詩社」、「女鯨詩社」同仁，「臺灣筆會」會員。早期以筆名「綠莎」發表散文小品，今多用本名發表詩作。曾任國小代課教員、作文班老師、臺灣現代詩人協會理事，現經營休閒農場，從事生態教學解說，並積極推展客家藝文，擔任「後山文藝營」、「美濃愛鄉協進會文藝營」講師。一九八六年以〈貓〉一詩，榮獲吳濁流新詩正獎，一九九三年獲第二屆陳秀喜詩獎。源於大地，來自生活，關注社會現實，融入本土，是她創作的活水。早期詩作大膽刻畫情慾，突破性禁忌，對於女性身體及內心世界的探索，主動且前衛。前輩詩人林芳年在為《活的滋味》作序時說：「她予我的印象是形象大膽、造句清新、能打破一些古陋的格調。她不僅在修辭方面有凝鍊的成就，而且在意境的表達也有跨步的進展。」洵為臺灣詩壇極具原創性的才氣女詩人。著有詩集《活的滋味》（笠詩社，一九八六）、《貓》（笠詩社，一九九一）、《向日葵》（臺南縣文化局，一九九六）、《淡飲洛神花茶的早晨》（臺南縣文化局，二〇〇〇）。

註釋

❶濛紗煙（muŋ^{5} sa^{1} ien^{1}）：霧。形容大地一片迷濛晨霧，彷彿披上一層薄紗。此語富有詩意。

❷吂（maŋ^{5}）：毋曾，尚未。

❸窗仔背（tsuŋ^{1} e^{2} poi^{3}）：窗後。

❹眠帳（min^{5} tsoŋ^{3}）：蚊帳。

❺肚（du^{2}）：裡面。

❻發夢（pot^{3} muŋ^{3}）：作夢。

❼家官（ka^{1} kon^{1}）：泛指男人。

❽䟘（hoŋ^{3}）：《集韻》：「下朗切」。《玉篇》：「伸脛也」，引申為「起來」。

❾火屎（fo^{2} sï^{2}）：焚燒柴草即將成灰之前的點點餘燼。

❿日花仔（ngit^{4} fa^{1} e^{2}）：由雲間照射來的零散日光。

⓫包等（pau^{1} ten^{2}）：蒙著。

⓬田坵（tien^{5} kiu^{1}）：田地。

⓭躅（tsok^{4}）：踩踏或徘徊的樣子。此處是指以腳左右來回「挲草」的動作。

作品賞析

本詩發表於《文學台灣》第五十二期冬季號，是一首客語詩。

詩寫客家婦女的生活烙印，寫她們久被埋葬的心事。全詩分三節，每節五句，形式整齊，節奏流暢宛如謠歌，卻迥異於流水帳般記錄、單純口語的表達。詩質濃稠，引領讀者重新拾回那遙遠時代的記憶，扣響那「隱藏已久的聲音」。

開頭三句繪景寫境。縹緲清夢，朦朧迷離，寧靜祥和，直到男人「喔喔」強勢吆喝，霸權的「公雞」宰制時空，婦女生命的航道被迫成為單一的、制式的。次節既刻畫女性的勤勞形象，也掘發其幽寂的細微聲音。相較於雄性的赳赳，女性卑微如「柴草」，日復一日，機械式的作息，靜默付出，至於那心靈的奧祕、焚熱的想望，只能化作爭先恐後竄升的「火屎」，穿透長空，剎那閃爍。結尾則又回歸宿命的網罟，繼續扮演一個缺乏真實面目，失聲瘖啞的肉身。夢境破滅，慘灰陰霾，只能讓「荒原的呼喊」、「地底的激流」一次又一次，一層又一層的深埋土中，這幾乎已成千古的魔咒。

全詩語言文字精緻簡鍊，充滿暗示；譬喻形象鮮活，富於聯想。大量運用疊字：「濛濛」、「喔喔」、「煙煙」、「星星」，視覺、聽覺交感，尤其「喔喔」擬聲諧音，最是傳神，暗寓嘲諷；「柴草」、「火屎」譬喻荏弱婦女，精確具象。「月光」的陰性意象，與「日花仔」的陽性象徵，更加深了末段「日出霧散」與「埋葬心事」的強烈對比；太陽／月亮，白晝／黑夜，喔喔喊／濛濛心，皆是傳統價值的男女二元對立。詩人踐行陰性書寫（female writing）策略，試圖瓦解父權系統，挑戰男性論述，重新建構女性的系譜與板塊。詩中有哀感、有不平，隱約薄弱，卻歸結於怨而不怒，更加突顯深沉的無力感與無奈。畢竟在男人為核心的世界中，婦女是附屬的、被殖民的，臉龐早被扭曲擠壓，更遑論鼓鼓發聲了。

延伸閱讀

一、蓉子〈我們踏過一煙朦朧〉，見氏著《七月的南方》，臺北：藍星詩社，一九六一年。

二、林宗源〈農婦〉，見氏著《林宗源台語詩選》，臺北：自立晚報，一九八八年。

三、黃勁連〈阮阿娘〉，見氏著《黃勁連台語文學選》，臺南縣：臺南縣文化中心，一九九五年。

參考資料

一、李元貞〈為誰寫詩？論臺灣現代女詩人詩中的女性身分〉，《中外文學》，一九九七年七月。

二、莫渝《笠下的一群》，臺北縣：河童，一九九九年。

三、趙天儀〈笠詩社戰後新生代詩人的台灣意象〉，《笠詩刊》第二百一十七期，二〇〇〇年六月。

問題討論

一、閱讀本詩之後，試為傳統客家婦女具體塑像。

二、詩人巧用暗喻，意象具體，意涵飽滿，如「雞啼」、「月光」、「火屎」、「星星」、「日花」等，是否有某種「象徵」？

三、結尾說婦女「將濛濛个心事／躅入禾頭下」，呼應題旨，綰合全篇。詩人真情悲憫之餘，其隱約洩漏的「不平」為何？

——曾進豐

捷運系統

陳黎

入口處是雨夜——如果在冬夜，一個旅人——硬幣般忽然掉進一具巨大而混亂的公用電話機，一座因四處進行的捷運工程而使原有的線路全然癱瘓的藍色的城市。一枚冰冷而孤單的硬幣，受困在未成形的捷運系統的鋼架與鋼架間，企圖穿過冷雨，撥出自己的聲音。淹沒他的是一塊塊喊著危險、勿近、車輛改道的箭頭與告示。攜手共渡黑暗期。他和他的鄉愁，在冬夜，置身在一座迷宮似的城市，一個除了孤寂之外無一物能自由通行的秘密的捷運系統。在企圖撥出自己而不能的電話機裡，他發現自己像一枚硬幣，被冰冷的雨融化成孤寂，自退幣口流出……

——一九九三·一

作者

陳黎（一九五四～），本名陳膺文，臺灣花蓮人。臺灣師範大學英語系畢業，目前任教於花蓮花崗國中。陳黎是臺灣中生代的傑出詩人，風格多變而力求創新，題材內容從本土到世界，寫作手法從現實到超現實、現代到後現代，呈現著繁複多變的藝術風貌。曾獲吳三連文藝獎、時報文學獎敘事詩首獎、時報文學獎推薦獎、國家文藝獎、梁實秋文學獎詩翻譯獎、時報文學獎新詩首獎、聯合報文學獎新詩首獎等。其詩集計有《廟前》（東林，一九七五）、《動物搖籃曲》（東林，一九八〇）、《小丑畢費的戀歌》（圓神，一九九〇）、《親密書》（書林，一九九二）、《家庭之旅》（麥田，一九九三）、《小宇宙》（皇冠，一九九三）、《島嶼邊緣》（皇冠，一九九五）、《貓對鏡》（九歌，一九九九）；散文集計有《人間戀歌》（圓神，一九八九）、《晴天書》（圓神，一九九一）、《彩虹的聲音》（皇冠，一九九二）、《立立狂想曲》（皇冠，一九九四）、《詠嘆調》（聯合文學，一九九五）、《偷窺大師》（元尊，一九九七）等。此外，還有音樂評介集、西方文學譯著等多種。

作品賞析

這首詩選自詩集《家庭之旅》，是一首散文詩。其主旨乃透過捷運工程所帶來的交通混亂，以及人們置身其中的無奈與孤單，來暗喻都市文明中人際關係的疏離。

所謂散文詩，瘂弦〈現代詩短札〉一文，解釋其義說：「散文詩，它絕非散文與詩的雞尾酒，而是借散文的形式寫成的詩，本質上仍是詩。」可知散文詩在形式上類似散文，但在美感的本質上，仍屬於詩歌的範圍。所以本詩的形式，看起來彷若一篇兩段式的散文，但其寫作技巧的呈現，卻是詩歌的模式。

這首詩的內容，談到捷運工程進行的時候，讓本來已經很混亂的都市交通系統，行車線路更是失序，此時走在都市裡，就像走在一座迷宮中，令人進退失據。人在此時，不免有一種被淹沒的感覺，感覺自己隨時將消失在文明的洪濤中，是那樣的無助與孤單。不過這首詩的主旨，絕非單純地只是講交通混亂的無助感，我們可以把它提升到文明現象的層次來看，其實紊亂失序的交通，正暗指一種都會人際關係的封閉與冷漠。人在這種失序的交通路網中，沒有辦法掙脫，沒有辦法如意地走自己的路，就像都會中疏離的人際關係一樣，和他人的交流也是處處受阻，處處存在著戒心與隔閡。

這首詩的寫作技巧，最具特色的，就是譬喻法的使用。詩人以巨大而混亂的電話機來比喻兩個層面的事物：一是紊亂的捷運路網，一是都會中人際關係的冷漠。這三者之間的共通點，都是封閉而難以突破。此外，詩人又以電話機裡的錢幣，來比喻文中的旅人，也比喻都市中孤單、封閉、缺乏人際交流的群眾。這三者間的共通點，都是受外界的限制，沒有突破、開創的能力，只能循著大環境設定的路線往前走，心境上充滿著無力與無奈。所以錢幣在電話機中無法撥出自己；旅人在混亂的捷運路網中無法掙脫；都會民眾在疏離的人際關係中無法突破，這其間的關係是可以相互比附的。此一譬喻法的使用，讓作品讀來更具想像空間，含意也更深刻了。

延伸閱讀

一、林燿德〈交通問題〉，見氏著《都市終端機》，臺北：書林，一九八八年。

二、羅門〈都市的變奏曲〉，見氏著《誰能買下這條天地線》，臺北：文史哲，一九九三年。

參考資料

一、謝輝煌〈陳黎在探索什麼？〉，《台灣詩學季刊》第二十六期，一九九九年三月。
二、王威智編《在想像與現實間走索：陳黎作品評論集》，臺北：書林，一九九九年。
三、陳巍仁《台灣現代散文詩新論》，臺北：萬卷樓，二〇〇一年。

問題討論

一、您覺得都市與鄉村中人際關係的形態有何不同？其形成之原因為何？何者您比較喜歡，為什麼？
二、您喜歡散文詩的形態嗎？理由何在？
三、陳黎詩歌的特質之一，是具有濃厚的地方色彩，請試著找出此類詩歌，並加以分析探討。

——田啟文

阮阿母是太空人（臺語詩）

方耀乾

一九六九年七月二十日
阿姆斯壯
穿太空衫
揹氧氣筒
行佇❶月娘頂面　講出
驚天動地的話：
「雖然是我的一小步
毋過❷，是人類的一大步」
自彼陣❸開始，我就暗暗
種一个夢
向望❹做一个太空人
二十八冬後

我的夢
無莩芛❺
無釘根❻
阮阿母煞變做❼太空人
嘛穿太空衫
嘛揹氧氣筒
月娘變做病房
伊一小步嘛無半步
免講是一大步
即陣我擱再
種一个夢
向望阮阿母莫做❽太空人

——一九九七・十二・十九　永康

作者

方耀乾（一九五九～），臺南縣安定鄉人。文化大學西洋文學所畢業，目前就讀成功大學臺灣文學所博士班。曾擔任臺南女子技術學院應用外語系主任兼視聽教育中心主任，「菅芒花臺語文學會」理事長及總幹事等。目前任教於臺南女子技術學院通識中心，並任「菅芒花臺語文學會」榮譽理事長、臺灣海翁臺語文教育協會常務理事、《菅芒花詩刊》總編輯、《台灣e文藝》主編。

方耀乾集臺語文學創作者、研究者、教育者、編輯者於一身，其作品觀照著本土的圖像，並致力於愛情、親情之書寫，其文字運用充滿熱帶海島的活力，也充滿殖民地傷痕的歷史縱深，是臺語文學新生代的重要推手與作家。曾獲得南瀛文學新人獎、府城文學獎、鹽分地帶文學創作獎、「臺灣詩鄉」和「臺灣詩路」徵詩獎。著有臺語詩集《阮阿母是太空人》（臺南縣立文化中心，一九九九）、《予牽手兮情話》（臺南市十信文教基金會，一九九九年）、《白鴒鷥之歌》（臺南縣文化局，二〇〇一）、《將台南種佇詩裡》（臺南市立圖書館，二〇〇二）。另著有劇本《妒婦津》（二〇〇〇）等多種，並編有《台語文學讀本I》（真平，二〇〇三）等多類文學選本。

註釋

❶行佇（tī⁷）：走在。
❷毋（m⁷）過：不過。
❸彼陣：那時候。
❹向（ng³）望：希望。
❺莩芛（puh⁴ inn²）：發芽。
❻釘根：扎根。

❼煞（$suah^4$）變做：卻變成。——❽莫（mai^3）做：不要做。

作品賞析

本詩選自詩集《阮阿母是太空人》，是一首歌詠母子親情的詩歌，旨在呈現詩人對於母親的疼惜與憐愛，讀來令人感動不已。

詩人的母親於一九九六年元月中風，無法站立、無法走動，終日躺臥病床上。據詩人自述，當時他「看著阿母家己（自己）袂曉喘喟（不會呼吸），著愛鬥（必須裝）呼吸器，看著阿母袂曉食飯（不會吃飯），著愛佇腹肚（必須在肚子）挖一個空（洞），鬥（裝）胃管灌營養液，若親像（就好像）揹氧氣筒兮（的）太空人。」於是他寫出了這首詩歌。這一首詩背後的這段故事，與詩歌一樣感人，都是詩人至情至性的展現。

這首詩在創作技巧上，同時運用了譬喻和對比的修辭法，將詩歌的主題強調得更為鮮明。就譬喻而言，母親在病房中裝著呼吸器，就像是太空人的形貌一樣，所以詩人將兩者作一比喻。至於對比的部分，則是以阿姆斯壯的英雄形象，對比於羸弱衰老的母親，在如此的對比中，展現出強烈的反諷意味，因為同樣是太空人的形貌，但一強一弱，是如此的不同，而這份不同中，卻蘊含著詩人對於母親無盡的不捨和心痛。所以這個時候，詩人改變了他童年時立志當太空人的夢想，希望太空人遠離他的生活，遠離他的母親，讓母親早日復原，做一個健健康康的平凡人。

這首詩的語言風格相當樸實，沒有華麗的辭藻，也沒有艱深的詞彙，但是卻在平淡中顯現出雋永深長的韻味，令人百讀不厭。觀其箇中原因，就在於此詩乃訴諸人類最原始的情感，一份永恆不變的骨肉親情，足以敲響每位讀者的心絃。所以語言雖然樸實，但就像那無色無味的白米飯一樣，耐於咀嚼，咀嚼存在於作品中濃濃的母子親情。

延伸閱讀

一、吳晟〈你不必再操煩〉，見氏著《吳晟詩選》，臺北：洪範，二〇〇〇年。
二、方耀乾〈阿母，汝無乖〉，見氏著《阮阿母是太空人》，臺南：臺南縣立文化中心，二〇〇〇年。

參考資料

一、王娟娟〈他的詩情畫意——解讀方耀乾的兩類情詩〉，《臺灣文學評論》第一卷二期，二〇〇一年。
二、張春凰等著《台語文學概論》，臺北：前衛出版社，二〇〇一年。
三、蔡靖儀、吳秋君〈台語文學的耕耘者——訪與論方耀乾〉，《臺灣文學評論》第二卷二期，二〇〇二年。

問題討論

一、詩人另一首〈阿母妳無乖〉，也是描寫母子親情的優秀詩作，請比較二詩在形式與內容上之差異。
二、除了對比和譬喻外，本詩還使用了哪些修辭技巧？對於詩歌的美感提升，有何正面作用？

——田啟文

月亮的河流

陳玉玲

月亮的河流
自幽僻的小徑
緩緩流出
奔向廣闊的海洋
臍帶相連著
子宮的記憶

沾著血的筆
揮灑自由的天空
血　不只是紅的
那是想像力的顏色
變幻的彩霞

深奧的漩渦
隨著月光
在體內匯集
巨大的火焰
點亮　天地

孕育你的土壤
堅持不願成為
太陽的
殖民地
立志當
月亮的河流
大聲唱出
羊水的旋律

作者

陳玉玲（一九六四～二〇〇四），臺灣宜蘭人，淡江大學中文碩士，香港大學哲學博士。曾任靜宜大學、國立臺北師院教授、「臺灣筆會」理事，曾偕夫婿林伯鈞主持寶島新聲電臺「臺灣筆會時間」及綠色和平電臺「黃昏的故鄉」，一九九八年與好友共創「女鯨詩社」。身為學者詩人的她，抱持對這片土地堅貞的熱愛，奮力馳騁於研究與創作之途。學術建構以臺灣本土論述為優先，強調多元文化的融合；詩文創作關注女性議題，冷靜思索女性位置，展現這一代臺灣／女性的知性與感性。遺憾的是，臺灣才女敵不過病魔摧殘，初綻放的青春，竟於一月二十九日提早凋零，短暫的璀璨，匆促的身影，令人不捨。有詩集《月亮的河流》（桂冠，二〇〇二），〈自序〉說：「寫詩，也使自己接近內心的世界。意象的營造，終於使自己勇於記錄身為女人的歷程；體驗自我狂野的夢想，顛覆男性世界的慾望，讓喜歡嬉戲的『本我』（Id），跑出『黃色的壁紙』。」李元貞在序中也指出：「……詩集的特色，便是有不少女性書寫的詩，具有歌唱陰性、將傳統被貶抑的陰性轉為主動控訴的現象。」這是詩人內在的澎湃血流，是自主意識的呼喊，是「人性」的真實聲音。

作品賞析

本篇選自《月亮的河流》。全書收錄四十六首詩，分為「月亮的河流」、「木棉花開」、「蜘蛛網」三輯，稱得上是女性主義的文本。法國女性主義者艾蓮妮・西蘇（Hélène Cixous）關於男性／女性隱藏之二元對立的論述，被譯介至臺灣文壇後，引發詩人的關注與討論，造成「極大的顛覆性」。

「月亮」是傳統文學母題之一，指涉了愛情、母性、陰柔與無常，此詩顯然是借其「母性原型」。詩的開端，即結合「臍帶相連」、「子宮的記憶」，點出母體是沛然生命的源頭，第二段再以「血不只是紅的／那是想像力的顏色」，突顯女性的專屬領域，並破除男性的迷思，顛覆父系的威權。「血」既是上天所賦予的私密資源，以之作為女性的隱喻，是最能引起共鳴的，於是在其詩中經常出現：〈夕陽〉、〈晨曦〉、〈月事來的晚上〉、〈惡露〉、〈向日葵〉……。血的溫柔磅礡，既足以點亮天地，孕育一切，月亮也就不再是依附太陽而存在了。傳統的兩性位置懸殊，女性被擠壓到陰暗的角落，無所逃避地成為男性背後的黑影，詩人於此則有意破除刻板的片面觀點，擊倒獨尊而又封閉的威權主義，所以勇於「大聲唱出／羊水的旋律」。這與另一首〈寶寶，不要怕——寫九二一地震〉，將羊水的旋律對比天崩地裂的大地震，同樣是歌頌女體蘊藏的力量。

整首詩純屬女性自我身體的認知，是自我經驗的詮釋。詩人寫最熟悉的事物，尤其是自己的身體變化，近取諸譬，細膩刻畫心靈波痕，唱出原始的聲音，坦蕩、直接、赤裸、清醒，充分展現自主掌控的魄力，藉此定位女性，企圖重塑一個完全平等的「人」的世界。詩多短句，節奏流暢，意象連貫，不僅是為女性引吭的樂音，可貴的是，臺灣／女性揉合為一，由個人而擴展為民族國家，喊出了臺灣這個苦難母親深沉的渴望。

延伸閱讀

一、陳千武〈血〉，見氏著《剖伊詩稿》，臺北：笠詩社，一九六四年。

二、古月《我愛》，臺北：小報文化，一九九四年。

三、羅門〈月思〉，見氏著《在詩中飛行》，臺北：文史哲，一九九九年。

參考資料

一、Toril Moi著，陳潔詩譯《性別／文本政治：女性主義文學理論》，臺北縣：駱駝，一九九五年。
二、余姒珉〈建構臺灣文學的主體性——專訪陳玉玲教授〉，《文訊》第一百八十一期，二〇〇〇年十一月。
三、林盛彬〈現代詩話——陳玉玲詩集「月亮的河流」〉，《笠》詩刊第二百三十五期，二〇〇三年五月。

問題討論

一、何謂「陰性書寫」？被譯介到臺灣後，對於文化界產生何種衝擊？
二、現代詩壇中，還有哪些著名的女性主義詩人、詩作？
三、詩中「月亮」、「太陽」分別是女性、男性的象徵，除此之外，這兩者還足以引發什麼聯想？

——曾進豐

卷下：小說

豐作

賴和

「發育這樣好，無二十五萬，二十萬準有。」添福兄心裡私自揣測著，「農會技手❶也來看過，也獎賞我栽培去好，會社也來計算過，講無定著❷一等賞會被我得來。」一想到一等賞，添福兄的嘴角，就禁不住要露出歡喜的微笑來。他一面私自笑一面還在繼續著想，「粟現在雖然較起，也即四十圓左右，甘蔗一等五十四、二等五十二，甲當❸，準二等算，十八萬、十八萬五十二圓，這就有九百三十六圓，粟一甲六十五石，四十二圓，也即二百七十二圓，除去頭家的租金，還有六百六十四圓，豆粕八十塊，燐酸十二包，共要一百五十多圓，蔗種三萬五，會社雖未發表，一種準五厘算，共一百七十五圓，踏種自己的工可以勿算，除草三次，除去自己以外，尚要五十工❹，一工五角共二十五圓，防風的設準，竹、鉛線，啊！這一項竟開去三十二圓外，自己二人還做去二十四工，水租八圓半，採伐的時候，另要割蔗根的工錢，一萬大約二圓，一甲就要三十六圓，這樣算起來一甲還有二百圓長❺，我做這一筆二甲零，任他怎樣去扣除，至少也有五百圓賺，年終要給兒子娶媳婦的錢都便便了。」想到這裏，添福兄的心內真是得意到無可形容。

「哈哈！儆倖！今年的蔗價，在年頭就發表，用舊年的粟價做標準，所以定得較好，以前逐年❻都會社贏去，做田人總了錢。哼！今年，今年會社準輸，糖現在講又落價，哼！」添福兄猶自一個人坐在店仔頭，嘴咬著煙管，想到他的甘蔗好，價格也好，準賺錢，真像報復了深仇一樣的暢快，嘴角不時笑到流下口沫來。

看看甘蔗的採伐期到了，蔗農們忽然大家都不安、都騷動起來，因為會社發表了新的採伐規則，在這規則裏最要緊的是：

凡甘蔗有臭心的皆要削掉。

凡要納入的甘蔗，蔗葉蔗根併附著的塗❼，須要十分掃除。

凡被會社認為掃除不十分的甘蔗，應扣去相當斤兩，其應扣的重量，由會社認定。

蔗農們議論紛紛，總講他們結論，都是一樣地在講會社起拗蠻。因為今年的粟價較有些低落，蔗價在年頭定了有較好些，看見農民得有些利益，會社便變出臉來。蔗農們大家都不願。不願雖然在不願，卻不知道要怎樣，纔能爭回他們的利益，這時候專門擾亂社會安寧的不良分子，獻身於農民運動的人，便趁著這難得的機會，出來活躍搧動，一些較不安分的農民，平時對會社就抱著不滿，與及前年因為被強制插蔗，虧去了做息本，希望著今年要掙回些少本錢的農民，聽講有法度好計較，大家都走到他的指導下去。

會社也飼不少爪牙，關於這起事，早就在注視蔗農們有什麼舉動，這規則會引起他們的不平反對，會社在先就有覺悟，所以也準備好對付的方法在等待著。

忽一早起，會社方在開始辦事的時間，有一大群蔗農湧到事務室去，會社雖然自早就在注意，但是這一舉竟為爪牙嗅不到，出乎他們意料外，所以也就狼狽起來，有幾個像是被推舉的代表，進事務室去，要求工場長會面，這時候他尚未出勤，事務員便有所藉口，暫時讓代表們在應接室等待，便趕緊去告急，在惶急的時候，雖只一些時間，在他們已有重大的效用。

添福兄聽著會社新定的採伐規則，也真不平，但是他卻還自信他的蔗種去好[8]，農會的技手、會社的技師，都講他會得到獎勵金，設使被會社怎樣去扣除，當然不會扣至十八萬以下，所以在添福兄自己，並不怎樣失望，大家要去包圍會社的時，他也不敢去參加，他恐驚因這層事，叛逆會社，得獎勵金的資格會被取消去，他辛辛苦苦，用比別人加三四倍的工夫，去栽培去照顧，這勞力豈不是便成水泡，所以他總在觀望，在等待消息，他的心裏也在祝禱這次交涉，能有好結果。

等到過午纔看見一大群人返來，問起結果怎樣，大家也不知道，他們是被解散被驅逐，像羊群一般被幾個大人押返來的。

「啊！竟勞動到官廳起來，」添福兄看見這款式，不禁在心裏駭叫著，身軀也有些顫戰，他本能地回想起二林事件❾的恐懼。

「代表們怎無返來。是被檢束❿去不是？」

「怎樣便會被檢束？」這句應答，帶有鄙笑意。

「無？怎無看見？」

「還在和工場長交涉。」這句話纔使添福兄驚懼的心，小可鎮定。

「以前是在獎勵期中，會社不要怎計較，所以量約⓫，但是這幾年來，會社真虧本──是虧到配當⓬去，每年配當總有二十成──所以就較認真一點，這是極當然的，譬論恁大家去買物，要買好的也要買壞的？削去臭心，扣除夾雜物，不是極應該的嗎？不過凡事可以商量，恁大家若講這法度不好，也可講究別的方法，照恁永過⓭的慣例，大家來分糖也好，看恁怎樣？」

這是在公正的官廳立會之下，被認為最合理的回答，也是代表們帶返來給大家的，這次交涉的結果。

「分糖？這樣糖價的時候，會社纔講分糖，分來要去賣給誰？不敢和他們辯論一兩句？當代表幹什麼呢！」因為交涉是失敗了，便有人罵起代表的無能來。

「幹麼！替恁去當西虜⓮，在會社個個都惡爬爬，不認怎要加講幾句，哼！你就曉得。恁較能幹，何不做頭前，閃在後面講涼腔話⓯。」這也難怪做代表們的憤慨不平。

「幹！攏是那些人的變鬼，叫人去死，自己一點也不敢露出頭面。」又有對指導者發出攻擊的毒矢。

「講起來攏是組合⓰的人不好，都無奈人何，偏要出來弄鬼。險惹出事來，像二林那一年，不知害著多少人。」欠訓練的民眾，尤其是無理解的農民，講話卻似乎真有情理。

添福兄總是不失他的旁觀態度，也不發表他個人的意見，他深信他會得到獎勵金，自然他不願和會社分糖，他是承認了新定的採伐規則。結局這規則不僅添福兄一人承認，到後來也不見有一個人講要去和會社分糖。

這一場小騷動，算會社善於措置，只一些時便平靜下去，過不幾日會社便動起工來，新聞紙上也看見這樣記事。

××製糖××工場，自×月×日開廍[17]，C區T區現在已經採收完了，其成績去推定不遠，產糖的步留[18]亦佳，舉以前未有的成績，增加約有二成半。

但和這記事發表同時，C區和T區的農民，又很不平地呼喊起來，因為採收所得的結果，蔗作的成績，和推定產額差去很遠，約減有五分之二。平素是替會社奔走的甘蔗委員，這時也懷疑起來，「雖怎樣折扣，減去百分之五，已經是大大的影響了，何況減要對半，豈有此理，削去臭心也不會削去那麼多，這的確是磅庭在作祟，稱量不公道。」他們不惜工夫，將另外一台甘蔗詳細量過，暗做記號，和別的一齊給運搬機關車牽走去。經過磅庭，領出甘蔗單，這一意外，使兩個甘蔗委員，也驚到吐舌來，差他們量過的約四千斤，那個種蔗的人看到這款式，不待委員的指示，便去請警察官來立會，要求重再磅看。再磅的結果和單上所記的斤量，依然一致，立會的警官面便變起來，那個種蔗的人卻驚得面色死白，兩個委員著實也不可思議，便去講給那警官聽：

「這一台我們預先稱量過，確差有四千斤。」

「馬鹿[19]，你無看見，再磅的不是同樣？」

「所以奇怪，我們是真詳細量過，你看！這樣一台向來總是在一萬斤以上。」

「今年的甘蔗大概是較無糖分，所以較輕。」

「不是，到今日的成績，步留講增加有二成以上，糖分那會較少，而且臭的通通削掉。」

「敢是這稱量器有故障？」

「不一定，我們來試試看。」

兩個甘蔗委員，和一個警察大人，便同時立到磅台上去，警察大人看到所量的結果，自己也好笑起來，三個人共得二十七斤。這時候他的先見已經證實，隨時去和會社商量，這磅庭便臨時停止使用，所有未磅過的一概移向別的磅庭，別的蔗農不知為什麼緣故，要多費這一番手腳，多在埋怨，來到會社的農民，他們所最注意的，是蔗單和食劵，磅過甘蔗的，各個人都在爭先領取，食過中午，要趕緊返去做下半晡[20]的工作。在麵店仔食中午的時候，各個蔗農所談論的一樣是關於今年的甘蔗，怎會這樣無重量的問題，講各人雖然都曉得講，卻無一個人要去根究它無重量的原因。

添福兄的甘蔗已經全部採收了，他是極信著會社，領到蔗單，他自己不識字，卻也不去請教別人看，待到要發錢的時候，始提到事務室去換手形㉑，他接到手形和一張計算書，忽然好膽起來，很恭敬地對著那事務員問：

「獎勵金有在內麼？」

「獎勵金是另外授與的，你的單我看！」看過單那事務員便又對添福兄講，「你的蔗，甲當尚不上十八萬，那會有獎勵金？」

「啥貨？不上十八萬？在品評的時，農會和會社的技手，都講我的蔗種去真好，推定生產量當有二十五萬，一等無的確，二等是允有，怎樣甲當不上十八萬？」

「哦！這我就不知道，你返去問恁區委員。」那事務員笑著回答他，這笑使添福兄惶惑起來，不知道是笑他憨想，也是笑他什麼，他已失去再問的勇氣，面繃繃走出事務室，併那張手形是記有多少錢也沒問明白。

「前借金七百四十圓，」添福兄去拜托人給伊看計算書時，聽見念著這一條，便一面想一面應答，

「這一條，有有。」

「肥料代㉒二百七十六圓。」

「這一條，也有。」

「種苗代二百五十圓。」

「啊！橫逆一種正實算五厘。」

「利息共七十五圓六角六。」

「怎麼算？利息竟會那麼多！」

「不知道！這單上所記的就是這款。」

「總共千三百四十一圓六角六，甘蔗三十六萬二千四百斤。價格千八百八十四圓四角八，你領多少出來？」

「五百四十二圓八角二。」

「著啦，無差錯。」

添福兄帶著錢要去算還頭家晚冬的租金和米店的賬，雜穀店的豆粕錢，一路上私自計算著，三七尾廿二石，一車廿二圓算，須要一百七十六圓四角六，豆粕說還有九十多圓，「啊！」他這時候纔覺得自己是被騙了，他想起委員來勸誘他加入競作時講的話，「肥要加下些，會社配出來的不夠，要二十萬以上的生產，要加下些」，「加下？」現在不是加了工更加了錢？但也覺得這時反悔已經無用，也就不去想它，復算起他的賬來，米店雖只二十外圓，三條總共已經二百八十餘，扣除起來，只剩有二百六十零圓，後冬二甲餘地的肥料粟種，掘蔗頭、犁、駛手耙、刈耙，自己的工可以免算，播稻、除草，尚有到收成時，這五箇月的春糧所費㉓呢？替兒子娶媳婦？啊！伊娘咧！添福兄想到這所在，摸摸帶著的錢，就不忍便去算給別人，翻著頭向他自己家裏返去。

「添福兄！好空啦！領有一千多圓無？」保正伯兼甘蔗委員曉得他領錢回來，便來收取自動車的寄附金㉔。

「看見鬼！一千？也無五百。」

「怎樣無？你的蔗敢不是有五十多萬？」

「是咧！大家都講有，怎樣採收起來只有三十外萬？」

「嘿！著奇怪咯，是什麼緣故？」

「都不知咧，伊娘咧！會社搶人！」

「現在我也不管怎樣，那一條寄附金，你講領了蔗金就要繳，也著來完㉕。」

你講沒有。」

「那一條？自動車的寄附金是麼？你自己記落去的，我不知道，我自早就同你講沒有。」

「不好這款，僅僅十圓，你的甘蔗那樣豐收，只提你獎勵金的十分一。」

「看見鬼，那有獎勵金？」

「怎樣？無？」

「獎勵金？給你害到要去做乞食，獎勵金？」

作者

賴和（一八九四～一九四三），本名賴河，字懶雲，出生於彰化街市仔尾，曾用懶雲、甫三、安都生、灰、走街先等筆名。賴和年幼時接受傳統書房教育，有深厚的漢學素養。一九〇九年五月考入臺灣總督府醫學校十三期。一九一四年自醫學校畢業後，曾任職於嘉義醫院，一九一七年返鄉，在彰化故居開設「賴和醫院」。自一九二一年起，加入臺灣文化協會，並當選為理事，藉由文化活動的參與和實踐，開啟他積極宣揚抗日與啟蒙等理念的生涯。一九二三年十二月因「治警事件」被捕入獄，一九四一年十二月八日「珍珠港事變」當天，又遭日方傳喚並囚禁，繫獄四十多天。一九四三年因心臟病逝世，得年五十歲。

賴和自醫學校求學期間，便有大量的漢詩創作。一九二五年十月二十三日，彰化二林的蔗農發起臺灣第一次農民運動，是為「二林事件」，賴和為此事件發表了第一首新詩〈覺悟下的犧牲（寄二林的同志）〉，之後在一九二六年一月，發表了第一篇白話小說〈鬥鬧熱〉，從此致力於臺灣新文學形式的開創，並藉由新文學來表達臺灣知識份子的社會關懷、抗日精神與文化啟蒙等理念。這些成就使他得到「臺灣新文學之父」的尊稱。

賴和的作品較完整地收集在七〇年代末期李南衡先生主編出版的《賴和先生全集》（明潭，一九七九）中，由林瑞明教授主編的《賴和全集》及《賴和手稿影像集》（各六冊）（前衛，二〇〇〇）則是目前最完整的賴和作品集。

註釋

❶技手：技術員。

❷無定著：說不定。

❸甲當：以一甲地來計算。

❹工：一人一個工作天，稱作一工。

❺長：利潤、餘額。

❻逐年：每年。

❼塗：泥土。

❽種去好：種得好。

❾二林事件：發生於一九二五年十月，彰化北斗郡二林的蔗農，因抗議林本源製糖會社的壓榨剝削，日本警察以武力鎮壓，逮捕蔗農及農民組合幹部八、九十人，虐刑毒打，受審入獄者達三十九人。賴和先生特為二林事件寫了一首詩〈覺悟下的犧牲〉。

❿檢束：日語，逮捕。

⓫量約：只算大約的數目，沒有斤斤計較。

⓬配當：日語，分紅。

⓭永過：從前。

⓮西虜：買賣的交涉人員。

⓯涼腔話：風涼話。

⓰組合：蔗農組合，幫蔗農爭取權益的組織。

⓱開廍：採收甘蔗，動工製糖。廍，糖廠。

⓲步留：成品利用率。

⑲馬鹿：日語，笨蛋，混蛋之意。
⑳下半晡：下午。
㉑手形：日語，票據。
㉒代：費用。
㉓春糧所費：日常花費。
㉔寄附金：捐款。
㉕完：付清。

作品賞析

這篇小說選自施淑教授所編的《賴和小說集》（洪範，一九九四）。題目「豐作」為豐收之意。賴和藉由身為蔗農的主人公「添福兄」在一年的辛苦栽種之後，豐收但卻賠錢的命運，來揭露日本殖民政府對臺灣農民的經濟剝削。小說描寫農民破產的命運，但卻以「豐收」為題，加深了小說的反諷意味。

小說的主線是添福兄從興致勃勃、自信滿滿地期待豐收，到豐收之後卻因製糖會社的欺騙和剝削而面臨窘迫困境的過程。小說開始時，添福兄對自己努力栽培，並受到農會技術員稱讚的優良甘蔗充滿信心，私自盤算著獲得獎勵金之後，扣除開銷所得的盈餘，可以為兒子娶房媳婦。就在添福兄滿心期待著豐收成果時，製糖會社的剝削卻緊接而來，先是發布新的採伐規則，強迫農民削去甘蔗的重量，接著又使用「三個大人加起來才二十七斤」的不公正的磅台，使農民的收成嚴重縮水。最後添福兄不但沒有因為好收成而贏得獎勵金，反而因為精心栽種的過程中所耗費的高額成本而負債累累。添福兄的命運說明日本殖民政府對臺灣農民的壓迫和剝削。他們是法令的制定者（制定新的採伐規則，決定使用哪一種磅台），有權隨時改變法令以利當政者，不論農民豐收與否，都難以改變貧窮的命運。

賴和對殖民政府有嚴厲的批判，但他創作小說時始終帶有知識份子「啟蒙」的眼光，因此對農民的憨愚和膽怯也有所反省。他描寫添福兄只在乎自己的收成，仔細計算著自己的收支盈虧，只希望能夠平平安安地收成，為兒子娶房媳婦，對於農民運動感到驚恐，對於殖民者的剝削本質也毫無認識。他也描寫其他農民在談判失敗時，並不團結起來反抗會社的欺騙，反而怨懟農民組合的成員煽動農民鬧事，以致殃及無辜。賴和以「啟蒙」的眼光反省這些農民的心態和行為，正是由於這些農民的憨愚膽怯，不曾覺悟，無法看清殖民者和被殖民者之間權力關係的本質，使得農民無法意識到注定要豐收破產的命運。與此相較，賴和稱「二林事件」的同志是「覺悟下的犧牲」，因為他們認清了強者與弱者之間的本質，勇於與強暴者鬥爭，所以是光榮而難能的鬥士。

在藝術特色方面，這篇小說最特出的部分在於小說人物生動的語言。小說一開頭，添福兄默默計算著自己的收支，賴和使用精確的數字和生動的口語，使得添福兄扳著手指頭計算、喃喃自語，繼而因預期豐收而開心喜悅的形象躍然紙上。小說中的對話也因此而顯得活潑自然。賴和生動的語言還包括對於閩南方言的靈活運用，例如：「講無定著」（說不定）、「頭家」（老闆、地主）、「了錢」（虧錢）、「恐驚」（恐怕）等等。賴和可以說是臺灣新文學作家中第一個善於運用方言來活化小說語言的作家。

延伸閱讀

一、蔡秋桐〈新興的悲哀〉，張恆豪主編《台灣作家全集——楊雲萍、張我軍、蔡秋桐合集》，臺北：前衛，一九九一年。

二、呂赫若〈牛車〉，見氏著《呂赫若小說全集》，臺北：聯合文學，一九九五年。

三、賴和〈一桿「稱子」〉，林瑞明編《賴和全集㈠小說卷》，臺北：前衛，二〇〇〇年。

參考資料

一、林瑞明《台灣文學與時代精神——賴和研究論集》，臺北：允晨，一九九三年。
二、賴和紀念館編《賴和研究資料彙編（上）（下）》，彰化：彰化縣立文化中心，一九九四年。
三、陳建忠《書寫台灣・台灣書寫——賴和的文學與思想研究》，高雄：春暉，二〇〇四年。

問題討論

一、賴和善於靈活地使用臺灣方言來增加小說的生動性，請以這篇小說為例，舉例說明之。
二、賴和創作小說時始終帶有知識份子的「啟蒙」眼光，請說明賴和〈豐作〉中的群眾形象。

——蘇敏逸

風水

呂赫若

周長乾老人連續三個晚上做同樣的夢。十五年前去世的父親出現在枕邊。說是自己是被壓在現在已經頹圮的房屋底下，肩膀疼痛，趕快把屋頂扶起。腳被螞蟻咬，深感痛苦啦。一下雨就會浸水啦。諸如此類，每晚重複同樣的句子。像這樣的夢，幾年前也曾經夢過幾次。不過，不像現在一連三個晚上都夢到。正因為如此，這次周長乾老人特別惦念，他說原因還是出在父親的墳墓。事到如今，越發確信自己的主張，早上起床給祖先的牌位上香時，不由得獨自垂淚不已。因為父親已去世十五年了，至今尚未幫他洗骨，任憑墳墓荒廢，對自己不孝引以為恥。悲嘆之餘，老人日夜呻吟，一連數日三餐都無法下嚥。或許是因為這樣的緣故，到了五十八歲的今天才開始發白的頭髮，一夜之間全變白了，臉上的皮膚也失去了光澤，面黃鬆垮。心中忐忑不安，最後自己沒有幫父親洗骨就這樣倒下去了嗎？他是死也不能瞑目的。有時，卻想某天到已成為黃泉客的父親那裡向他道歉。兒子們都說是夢，試著打亂父親的心思。老人絲毫不肯讓步，等去看墓的人回來報告墓的後面開了一個洞的情形，他越發憔悴。兒子們主張是因為今年夏天颱風多的緣故。如果是這樣的話，父親在十五年前被埋葬之後就任其荒蕪的墓中，一定非常痛苦。老人哭著越發深信不已。兒子們擔心老父的身體，害怕萬一出事，所以極力奔走於親戚間。結果還是跟以前一樣，無法排除障礙。叔叔周長坤依然一個勁兒搖頭，始終無法如願以償。也不知道是不是因為知道到現在依然持續相同的結果，這次老父特別憂心如焚。以前已成定案的事，現在依然分毫不差，兒子們的滿腔怒火唯有朝向叔叔。既然這樣，三個兄弟暗自下了決定。五十六歲的老妻也擔心丈夫的身體，日夜費盡唇舌安慰他。

「又不是只有你一個人是兒子。而且，是長坤故意不讓我們洗骨的，你一個人沒有必要想不開啊。父親在那個世界也知道這種情形吧。」

周長乾老人一直沒有把弟弟的事當成是問題。自己是一家的家長，對於亡父出現在自己枕邊的事自責不已，只能悲嘆自己一點力也使不上。

「不過，不是你不做，是你想做，長坤也不讓你做。不是嗎？就算要處罰，也該處罰長坤啊。」

老妻露骨地傾吐對周長坤的怒氣。不過，周長乾老人並沒有憎惡弟弟的心情。

在父親死後十五年的漫長歲月，拒絕洗骨的人的確是他的親弟弟。他雖然也很生氣，另一方面卻覺得弟弟拒絕的理由也是實情。

周長坤是他唯一的親弟弟，五十四歲，如今依靠在海岸某鎮當醫生的長子過活。有別於周長乾老人，他的氣色不錯，皺紋很少，長臉，充滿油質，容光煥發。與周長乾老人一副溫厚、面露微笑的表情迴異，理平頭的黑髮，稍微並排延伸的眉毛下，射出兩道銳利的眼光，走路的動作也很敏捷，精神抖擻。他經常穿著一條黑色的台灣褲，前面好像拖著一個汽球似的，這樣的打扮看起來很醜。腰帶掛了一串舊式的鑰匙，叮叮噹噹作響。每個月一次從兒子的醫院回到舊家。在院子前面嬉戲的小孩們，一看到他的身影，說是可怕的人來了，一窩蜂地逃走。周長坤就是這樣絲毫不差地露出一副貪婪的面相。

雖然同是兄弟，卻有天壤之別。知道周長乾老人為人很好的人，一聽到周長坤是他的弟弟，大都驚訝萬分。兄弟間個性的迴異，可以看出對兩人家庭生活的影響。周長乾老人不拘小節，凡事只要家人覺得好就好，三個兒子都任其自由發展，學校也是照兒子本人的希望任其選擇。所以迄今還要靠父母過活。弟弟周長坤就不同，所有的家事全由他一人作主，始終很謹慎地跨入社會，到處鑽營有沒有什麼好事，有先見之明，強迫兩個兒子進入醫學專門學校，所以現在才能這麼安閒隱居。或許是因為這樣，如今周長乾老人家裡的經濟年年出現赤字，不斷變賣了祖傳的田地。反之，周長坤年年存錢買田地。以人望來說，周長乾老人遙遙領先，而周長坤贏得部落居民「乞食坤仔」的惡評。「乞食坤仔」是諷刺他有錢卻是個像乞食般貪婪的吝嗇鬼。對於周長乾老人年年貧窮，而周長坤卻越來越有錢的情形，部落居民頗覺訝異，憤慨老天不公平。當然，周長坤本人也知道自己所贏得的惡名，並沒有怎麼在意，冷淡地罵聲「混蛋」，只認為他們很刻薄。內心卻暗自覺得是因為自己兄長的緣故，懷恨想找機會打倒兄長。

不過，周長乾老人由衷地欣喜弟弟的榮達。因為自己的沒落是命運所致，是莫可奈何的事。反之，至少只有弟弟也好，只要能年年有錢購買田地，就等於是補償了自己所失去的田地，他認為這樣可以稍微對得起祖先。因此，周長乾老人對弟弟凡事都讓步，內心佩服弟弟很偉大，遑論憎惡之情了。在父親死後的翌年春天，當弟弟提議要分家時，儘管母親依然健在，他立即答應了。連弟弟堅持反對幫父親洗骨的事，若不是父親頻頻來入夢，或許他還相信弟弟的意見是對的。弟弟對部落居民的惡評時有耳聞，他不去思考自己為什麼會受人憎惡，反而認為是他們行為魯莽。

周長乾老人只有一次阻止了弟弟的任性。那是在分家時發生的事。依照從前的慣例，分家時，只有祭祀祖先牌位的正廳通常是當作「公廳」，共有的東西一律原封不動放著。可是，分家時，周長坤卻說要立刻分配公廳裡的東西。就連好說話的周長乾老人也生氣了。因為他感覺簡直是要分配祖先的牌位。不行！他搖頭。於是周長坤默默地後退，這次卻不事先打招呼，就去拿走正廳裡的一半東西。一對燭台就拿走一個，一組四張的椅子就取走兩張，對聯也撕下一半，公廳簡直不堪入目。周長乾老人氣得全身發抖，哭著擋在門口不讓他通過。

「幹什麼？我拿走我的份有什麼不對？」

周長坤以長眉毛下的白眼狠狠地瞪著哥哥。

「不行！不行！你要把祖先趕出這棟屋子嗎？」

死也不動的，周長乾老人以悲壯的心情張開雙手。

「囉唆！滾開！這是我的東西。我沒有拿走你的份。」

「不行！不行！」

兄弟當場爭執了一會兒。等明白哥哥的決心時，屈居下風的周長坤把手上的圓椅瞄準哥哥丟過去。周長乾老人被打到膝蓋，跌坐在門口外，然後滾到院子。聽到聲音跑來的老母，當場說就此算了，周長坤當然堅持務必要拿走自己的東西。周長乾老人最後以六百圓買下弟弟的份作為收場。老人後悔與弟弟吵架愧對祖先。被打到的膝蓋腫了起來，臥床一個星期。在這段期間，也忘記了疼痛，只管傷心自己兄弟兩人敗壞了良好的家風。等到能走路時，周長乾老人決定今後絕對不再重演與弟弟爭執的醜態。

可是周長坤這邊卻認為爭吵已使哥哥向自己屈服，不再把哥哥放在眼裡。說起來，那次的爭執就變成兄弟的分歧點。經過了一年，周長坤違背分家當時的約定，提出要分配作為老母扶養費的二甲步水田。一分家，老母就跟著周長乾老人過活。二甲步水田的收穫當然歸周長乾老人所有。周長坤說那是哥哥增加的收入。

「如果是這樣的話，好吧！」老人爽快地做分配。老母哭著反對，大罵周長坤不孝。周長坤雖然被罵，依然置之不理，把老母推給兄長，日夜祈望自己的財產增加。過了兩年，兄弟間漸漸出現了差距。那時，周長坤的長子當醫生歸來。三年後，次子也當醫生歸來。而周長乾老人的兒子，長子讀經濟科，次子法文科畢業，三子中途休學，三人現在只不過領了菲薄的日薪，收入遠不及醫生。周長坤的家每天都有龐大的收入，宛如春天來臨。而周長乾老人這邊卻恰似即將逝去的秋天。過了七年，大家謠傳兄弟間的貧富相差了數倍。

就在這時，父親去世已經過了九年，周長乾老人向弟弟開口要幫父親洗骨的事。周長坤也默許了。它是一種習慣，把埋葬了的遺體挖出來，把遺骨清洗乾淨，再改裝到金斗甕裡，這次就是永久埋葬了，否則遺骨會消失的。某日，兄弟兩人帶著地理師上山，物色新的墓地。順便靠近父親的風水（墓）。地理師蹲在風水前面，稍微移動了羅盤針。隔了一會兒站起來，眺望周圍的山巒，然後頗有含意似地看著周長坤的臉微笑。周長乾老人沒有發覺。狡猾的周長坤卻沒有錯過這一幕。

「怎麼樣啊。你父親的風水不對。對大房不好，卻能給予次房非常榮華富貴的陰德。把它挖起來的話，會影響到你。那又怎麼樣呢？如果你認為我是在騙你，那就挖看看嘛。」

當天晚上從私下把他邀到家裡的地理師口中聽到這番話，周長坤在內心不禁大叫「畜生」。他認為兄長企圖破壞自己的富貴。因此，他慌慌張張地揮手。

「夠了！夠了！」

「你看就知道了嘛。大房的子弟個個平凡，而你的子弟卻出人頭地。這不就是證據嗎？掌握住那塊風水，最後你就不會說討厭了。天機不可洩露啊。」

經他這麼一說，周長坤也回想起一些細節，當天就高唱反對洗骨。今日自己榮達的原因，就是父親墓地的緣故，無法忍受把它挖起來。

周長坤深信墓地的效用就是從這時候開始的。他叫來幾個地理師一一實地調查祖先的風水。眾人的決議，還是父親的風水對次房有利。這麼一來，周長坤拚命地維護父親的墓。一聽到洗骨的字眼，就像猴子露出白牙齒，一副要吃掉兄長的模樣，表現出拚命也要爭到底的態度。周長乾老人也著實束手無策。毅然決定要強行洗骨時，周長坤拿出蓆子與坐墊，說是要去父親的風水旁奮戰到底。一方面怕外人知道，另方面又有過爭執的經驗，不知道弟弟又要搞出什麼名堂。周長乾老人害怕會鬧出這樣的笑話，終於讓步死心了。不過，直到後來得知弟弟反對洗骨的理由，老人不禁錯愕了一會兒。當然，並不是老人不相信風水的利益。不過，僅止於世間一般的常識程度，不會如此相信它的效能。或許富貴真的受到風水之相左右。反之，老人不相信有意識地決定能富貴的風水。第一，這是天機。所以，地理師無法讓自己本身變得富貴。否則，一發現富貴之相的地理，地理師沒有必要為別人的祖先做風水，只要為自己的祖先做風水就好了。實在沒有必要為區區不到十圓的紅包奔走於山間。

「你想毀了我嗎？你是在妒忌我吧？那個墳墓對我有利，你故意要毀了它吧？壞心！壞心肝！」

聽到弟弟的話，周長乾老人茫然了一會兒。不是驚訝於弟弟的思想，而是驚訝於自己的思想。不知道弟弟如此深信，只是單純考慮要洗骨的自己，的確如弟弟所說的，是個壞蛋。仔細一想，如今弟弟如此榮達，弟弟所說的一定是真實的，而自己無意中要破壞弟弟的榮達，實在可恥。周長乾老人雖然後來苦於父親的夢境，再也沒有一言半語向弟弟提起要洗骨的事，就是因為這個緣故。歲月就這樣溜過。

周長坤對風水的信心不僅如此而已。距今五年前，當老母去世時，他很積極地尋找對自己有利的風水地。一聽到老母在兄長家發病，立刻從兒子的醫院飛奔回來，目睹疾病纏身的老母衰弱的情景，一確定醫生也束手無策時，立刻帶地理師上山找地，就是為了尋找老母的墓地。在他的腦中，忙著尋找老母的墓地更勝於老母的病況。去老母的病床探望，前後也只有開始的那一次。醫藥費等當然由兄長張羅，宛如別人家的老太婆生病似的。三天後，就在與父親的墳墓有一谷之隔的南方墓地找到墳墓。正因為地理師保證是對次房有利的風水，周長坤非常滿足。立刻找來風水師，開始畫起墓的輪廓。不過，那時老母尚未斷氣。周長乾老人對於弟弟的行為只能暗自垂淚，嘴裡什麼話也沒有說。不是憎惡弟弟，只是感嘆人道衰微。周長坤到兄長家露臉，得知老母未死，說是先找好墓放著也好，列舉出找墓所花費的金錢。周長乾老人一副不聽的樣子走去院子，等一會兒弟弟回去後，在屋裡撒鹽和米。經過了一個月，老母終於死了。當然是葬在周長坤所物色的墓地。

老母去世時，周長乾老人對人生感到乏味。三個兒子各自長大成人，孫子也長大了，一家人熱鬧團聚，至少可以作為老後的慰藉。不過，一想到過去自己不能對死去的雙親充分孝養，悔恨的淚水盈滿老眼。尤其是在夢到老父出現後，日夜惦念這件事。一想到由於沒有洗骨而父親正在受苦難時，老人半夜坐在床上，挽著雙臂。一次的夢就使得周長乾老人煩惱了一個星期，心情始終無法開朗。後來在兒子們的安慰下，總算恢復了普通、沒有生氣的生活。不過這次卻不同，三個晚上都做了相同的夢。既然三個晚上都夢到了，絕不能只當作是夢來處理。其中必有內情。當想到是父親在催促洗骨時，周長乾老人更加操心，日日越發憔悴。

由於弟弟反對洗骨，恐怕終究無法實現心願，老人默默地承受著痛苦的煎熬。頂多把這種痛苦當作是處罰，作為對父親的歉意，於是老人的心靈更加痛苦。

兒子們看不過去了。就在父親不曉得的情況下，三位兄弟決定了態度。某日，當周長乾老人在院子前面抱著孫子，精神恍惚時，從公司回來的長子笑著走進來，說是終於取得叔叔的諒解，決定幫祖父洗骨。

「父親！您應該高興了。就決定在下個月的二號。」

聽到這個消息，周長乾老人潸然淚下。與其說是高興，無寧是父親的事充塞整個心胸，眼眶不覺發熱起來。等心情平靜下來後，不能理解這麼頑固的弟弟怎麼會輕易就改變態度了呢？或許弟弟到了晚年心機一轉了。周長乾老人對弟弟感到前所未有的憐惜，無時無刻等待弟弟的來臨。因為必須和他商量洗骨後的新風水問題。四、五天過去了，始終不見弟弟的踪影。老人在吃晚飯時提出來這個問題。次子連忙說，因為叔叔現在很忙，連當天都無法上山。老人總算鬆了一口氣。之後連續幾天，抱著孫子出現在部落的小賣店，就變成老人每天的工作。

當天從早上就開始陰天。天空清一色都是抹上灰色，夾著雨的風令人發冷。雞一鳴，周長乾老人就一馬當先起床。走進尚是昏暗的正廳，點上石油燈，重新檢查要裝父親骨頭的金斗甌。燒的技巧高明，胭脂色極為美麗，用手去敲，發出金屬般的響聲。老人非常滿意。接著，檢查銀紙、線香、紙錢、蠟燭等必需品是否短缺。做完這些工作後，老人把兒子們叫起來。除了無法請假的三子外，一行人有長子、次子、三位魁梧的佃農與風水師。周長乾老人一吃完早飯就立刻更衣。不過，因為會下雨，長子反對，家人也異口同聲挽留他，說是山路不適合老人。老人不得已只好放棄前往的念頭，要他們轉告父親，等拾金（洗骨）完畢後帶弟弟去探望，並送他們一行人到田圃。

雖然沒有下雨，露水還很重。一行人比預定的時間早點到達風水。依照地理師的指示，要在巳時（按：巳時，午前九點到十一點，與下一段「手錶的時針終於指向十一點」有所誤差。此處應為「午時」之誤。）揮下第一鋤，在時間到了之前，他們環視了放置十五年之久的風水。那個風水已經不是普通的墓了。墓碑倒塌，雜草掩蓋住墓庭，土饅頭也變成是平坦的。一行人要從雜草中找出墓來，煞費苦心。等闢開雜草，扶起墓碑，終於看到「顯考純富周公之墓」的文字。佃農們七嘴八舌，現在掘開，是否還會有遺骨呢？恐怕已經變成泥土了吧。風水師說應該還會有一點點，只是不完整而已。聽到這段話的長子與次子，越發怨恨叔叔。說什麼富貴貧賤全由這個墓左右的蠢話，他們覺得叔叔迄今的態度自私到極點，實在無法忍受祖父的遺骨變成泥土。邊看著手錶邊擔心時刻的到來。挖祖父的墳令人有恐怖的感覺。如果祖父的遺骨化為塵土，恐怕老父會越發悲傷。不過，兄弟兩人相信風水師所說的話，不完整也沒有關係。總之，很高興毅然決定要洗骨。如果要等到任性的叔叔妥協才能工作，恐怕祖父的遺骨早已變成泥土，滋養了隔壁的果樹了。冷風拂面，眺望著風水時，兄弟兩人非常後悔，為什麼不更早點決定今天的工作呢？

當然，今天的洗骨是他們兄弟間自行決定的。因此，還不知道與叔叔間會惹出什麼問題來。追究起責任的話，他們已有所覺悟，只要能為老父分勞就心滿意足了。手錶的時針終於指向十一點，現在進行最後的祭墓。這樣就可以萬事都解決了。想到事後知道真相的叔叔如何發怒，只覺得滑稽而已。甚至認為在叔叔不知道時進行洗骨的工作，多麼令人痛快啊。次子騙老父說叔叔當天直接去風水地，因為是秘密，叔叔應該不會來。不知道是不是由於接近中午，微弱的陽光衝破烏雲，射出光芒。銀紙嬝嬝的煙，被風吹到山崗下。不久後，佃農們把唾液吐在手掌上，握緊鐵鋤的手柄。

也不知道周長坤打從哪裡知道今天的秘密，大概佃農中有他的間諜通知他的。就在大家圍著風水要揮下第一鋤時，山崗下傳來「哇—哇—」沒有意義的叫聲，有個人影往這邊衝過來。仔細一瞧，周長坤氣喘吁吁，長眉毛都是汗水，黏在額頭上，眼神彷彿瘋狗，射出狂暴的眼光，瞪著兩位侄子。大家呆立一會兒，覺得眾寡不敵。他如小貓般的敏捷，硬擠進他們當中，然後整個人趴在風水的土饅頭上。

「能挖的話，挖看看啊。殺了我挖看看啊。」

嘴角吐出白沫，大聲叫喚。「畜生！畜生！誰讓你們為所欲為的？別以為我不知道。」

兄弟兩人臉色蒼白了一會兒。等情緒逐漸平穩，覺得叔叔的模樣很可笑，忍不住想笑出來。事實上，也不能說是周長坤緊抓住土饅頭。他張開雙手，微微顫抖地用力緊抓住一把草根。在別人的眼中看來，他彷彿是被眾人撲倒在地而作掙扎。而且以像蛇那般固執的眼睛一一瞪著眾人。嘴角流出來的泡沫黏滿臉頰，兩腳像枯樹般的躺下。等眼睛習慣這個動作後，竟然可憐到無法正視。急性子的次子想破口大罵與以暴力推開叔叔，長子連忙制止。一行人聚集在一起下山。那是叔叔的身影嗎？長子數次搖頭想揮落幻影。叔叔像青蛙的身影，輕易就從眼簾消失，切實感受到在他們是孩提時心中覺得叔叔很崇高的身影已經崩壞了。經過山澗爬到對面的斜坡途中，回頭一望，在點點白色的墓間，叔叔盤腿坐著，動也不動。

想當然耳，周長坤似乎到傍晚前都沒有離開父親的風水，直到夜深才在祖厝露面。周長乾老人尚未就寢，正當把兒子們叫來斥責一番時，由於小狗激烈的狂吠聲，三子離席想一探究竟。剎那間，響起小狗的悲鳴聲，似乎聽到逃走的腳步聲，小石塊與磚塊打破窗戶跳進來。小孩害怕地哭了出來，父子互相看著對方。次子與三子再也忍不住了，打開門走出去。一把臉伸出門外，次子突然大叫，摀住被毆打的臉。手拿鞭子的周長坤怒目走進來。勃然大怒的三子與叔叔扭在一起。

「幹、幹什麼！不孝子。」

周長乾老人大聲斥責三子。三子手一放下，周長坤立刻給他一鞭，然後逼近兄長。開始說些「殺了我吧」「小偷」之類令人刺耳的話。正因為自己這邊理虧，周長乾老人默不吭聲。周長坤越發生氣大叫。

「別裝傻了。父子都是鬼畜生。竟敢做這種事，給我好好記住。」

兒子們慌慌張張想制止，周長坤揮開他們，鞭子朝向兄長的頭頂落下去。額頭吃了一鞭，老人坐不住仰倒向床上。三個兒子撲向叔叔，抓住他的手腳，把他推到客廳，然後從外面上鎖。一整個晚上，客廳裡，周長坤粗暴的叫喚聲及損毀東西的聲音，使家人們無法成眠。隔天早上，打開房門一看，客廳內的家具全被打得粉碎。

把這場騷動當作一個教訓，周長乾老人發誓以後絕對不再想起洗骨的事。台灣話有句話說「把心一橫」，老人就是把直放的心橫擺。不久後，謠傳周長坤買下父親風水附近的山地。因為在周長坤的立場看來，有必要找個可靠的佃農，每天監視父親的風水。不過，周長乾老人已下定決心不再提及洗骨的事，不再與弟弟產生糾紛。所以聽到這個消息，心靈沒有動搖，反而欣喜，既然堅持不洗骨，這樣的安排頂不錯。老妻也安慰丈夫，亡父的墓就交給弟弟全權負責，總算對亡父盡了義務，應該可以放心了。一時間，兒子們對於父親再度被叔叔施暴的事非常忿怒，揚言要提出告訴。由於雙親的制止，依然採取與叔叔不相往來的態度。這件事之後，周長坤把一切的家財都移到兒子在沿海城鎮的醫院。祖厝所持分的部分，故意讓佃農居住，似乎打算藉此惹兄長不悅。那位佃農是受周長坤支配的男人，吝嗇到極點，經常與女人們發生糾紛。不過，由於周長坤不像以往每月回家一次，家人們不知有多高興。因為周長坤可怕的眼神，使家人們難以應付。不管怎麼說，他畢竟是周長乾老人唯一的親弟弟，好久沒有見面，老人也會因擔心弟弟的事而夜裡無法成眠。這時，骨肉的寂寞之情，強烈地侵襲老人，不禁感嘆年老後與弟弟的交惡。

「真是勞碌命的人啊！你看長坤！這麼殘忍地對待你，卻能無動於衷。你為什麼這麼傻呢？還為長坤的事擔心。」

「不管怎麼說，他都是我唯一的弟弟啊。」

「長坤可不認為你是兄長呢。傻瓜！快點睡啊。」

深夜，老夫妻兩人竊竊私語，夜逐漸深沉。

周長坤的次子獲得春醫學博士的學位，在市裡開了家醫院。同時，長孫通過醫學專門學校考試。周長坤一家的榮達，可說是在此時達到最巔峰。因為，之後一場完全出乎意料的風暴襲擊這一家。首先，當夏天來臨時，醫學生的長孫在內地病倒了。是肋膜炎。為了應付考試而過度用功與運動不足的緣故所致。隔一個月，次子的妻子博士夫人暴卒。根據博士丈夫的診斷，是死於心臟麻痺。街頭巷尾謠傳，夫人是因為在城市裡的博士丈夫耽溺女色，一氣之下自殺的。

沒想到會損失兩名家人的周長坤，狼狽樣是無庸贅言的。再怎麼頑強的他也因此打擊而衰老，黑頭髮變白，臉上也失去了光彩。周長坤最初想到的，是因為父親的墓經過侄兒們的手而遭破壞的緣故。瞬間，對兄長一家激烈的忿怒超過悲傷，身子氣得顫抖。葬禮一結束，他一次帶三位地理師回來實地調查。經過慎重調查的結果，父親的風水沒有異狀，作祟二房的是母親的風水。周長坤聽了後嚇了一跳。腦海裡浮現母親生前直呼他不孝的情景。他不由得產生反抗心，決定要移走母親的墓。原本母親的風水地是他親自挑選的，現在卻作祟他，除了是一種諷刺外，本來也暴露了地理師的胡說八道。不過，他相信地理師所說由於地氣的運行而由吉變凶的道理，又猜疑或許兄長照例使用手段來害他，如果不早點移轉風水，他可是夜夜無法成眠。屈指一算，母親埋葬之後已經過了五年。要洗骨移轉風水，還言之過早。他明白兄長一定會反對，所以秘密進行，一切都在醫院的沿岸城鎮準備。

因此，當天早上，周長乾老人才知道要為母親洗骨的事，頗合乎道理的。老人慌慌張張在兩位孫子的攙扶下，急奔到亡母的風水。他當然不是氣弟弟的秘密行動，而是擔心弟弟的無謀，僅隔五年就想掘母親的墓來洗骨。一般說來，要經過八年以上才洗骨，何況母親的風水是位於非常乾燥的高地，恐怕還沒有完全化為骨頭。把尚保有原形的母親之遺骸暴露在光天化日下，實在是大大的不孝。一想到這裡，周長乾老人不由得失神。老人本身也不知道如何走到山上的。總之，兩腳懸空，讓孫子硬攙扶到母親的風水。

風水的土已經被掘起，棺木暴露在陽光下。現在剛好是即將打開棺木蓋的前一刻。棺材的漆還是鮮紅色，絲毫沒有褪色。目睹這種情形，周長乾老人簌簌落淚，急奔過去。工人們讓出一條路，周長坤卻堵在他的前面。

「退開！退開！」

想把他推走。等對方的手碰到他的肩膀時，老人才發覺是弟弟。老人的嘴直哆嗦，以顫抖的聲音大叫。

「不、不孝子！看你做了什麼好事。」

周長坤冷笑。

「彼此！彼此！我有什麼不對。你不是也默不吭聲就挖父親的風水嗎？我默不吭聲挖母親的風水，有什麼不對。」

「你看！」

周長乾老人手指著母親的棺木。「你沒有看見漆的顏色嗎？你瞎眼了嗎？」

「嗯。很漂亮的紅色。這表示棺材是上等貨的證據。」周長坤故意裝蒜。

「混、混帳！」老人終於生氣了。「這不是兒戲！那個顏色是沒有完全化成骨頭的證據。」

「哼！不打開蓋子看怎麼知道。」

「啊——」

周長乾老人仰天嘆息，屈膝跪在母親的墓前。內心不禁吶喊，老天已經拋棄我了，一切都是命運啊。老人閉目保持原來的姿勢。由於孫子們已經放開老人，離風水稍微有一段距離站著。閉著的雙眼淚流不止，老人已經死心了。儘管如此，聽到工具作業的聲音，老人宛如被剖心般的痛苦。當天，白色的浮雲層層流過天空，初夏的微風溫柔地畫圈吹過山麓，身體彷彿騰雲駕霧般，心靈恰似在山間飛翔般地輕鬆。一閉上眼，耳際響起芭蕉與風的私語聲，鳥的鳴啾聲，以及狗從遠處山嶺到附近谷底的遠吠聲。周長乾老人的眼前浮現母親的身影，接著浮現父親的身影。老人低頭，又重新流下熱淚。不過，父親與母親不正溫和地笑著嗎？老人覺得母親似乎向他伸手。是的！距離自己走向父母身旁的日子近了。老人突然想起兒子們，雖然不能說個個已出人頭地，但至少也能過著獨立的生活。那麼，自己可以安心地走向父母身旁了，老人想早點去。不知不覺中，張開嘴想呼喚父母。不過，剎那間，父母的幻象消逝，老人睜開雙眼。因為突然間一陣強烈的惡臭撲鼻。

那是一股難以言喻、沒有想到這個世上會有的惡臭。瞬間，映入老人眼簾中的人影，是撇過臉、掩鼻、忙著吐口水、亂成一團的一群人。老人的眼光尋找棺木。棺木的蓋子斜斜掀開。周長坤探頭一看，皺起鼻頭，連忙斥責工人們，用力揮舞雙手，一幅錯亂的景象。

周長乾老人急奔過去，用力大叫。

「快點香！灑茶水！把蓋子蓋上。」

工人們依照老人的吩咐點香。微細的白煙被吹到山崗下。等惡臭多少淡去後，周長坤彷彿再度有了力量，急奔到母親的棺木旁。就連風水師看了棺木內容，也狼狽不堪，叮嚀要重新蓋好蓋子。可是周長坤不答應。

「為什麼不能進行呢？不能把肉刮掉嗎？」

「事實上，這種狀態不適合。」風水師痛苦不堪，再度抱住頭。

周長坤咋舌，以怨恨的眼神瞪著母親的風水，卻一籌莫展。看到這種情形，周長乾老人滿臉通紅，大叫趕快重新埋起來。工人們很高興地開始把土填回去。再也不忍目睹的老人，催促孫子離去。眼淚方乾的老人一直瞪著前方走路。因覺得匪夷所思而情緒激動，心情極為悲憤慷慨。看到腳下的田野煙霧迷離。用眼光搜尋，以製糖公司的煙囪為目標，看到附近自己的家在竹叢蔭下的白色牆壁。周長乾老人的老眼無法長時間一直遠望。在白色朦朧的視野中，由留有八字鬚、辮髮的祖父發號施令，多數的家族重禮節，尊敬祖先，昔日幸福的家庭生活彷彿浮現眼前。在幼小的心靈中，猶記得做錯事的父親跪在祖父的面前，任憑情緒激動的祖父打罵。想到洗骨的事，年輕時曾經與父親一起在場為祖父洗骨。家人們對洗骨非常關心，旭日東昇前就來到風水地。女人、小孩等，在情況允許的範圍內，家人總動員聚集於風水地。在挖掘風水時，跪在墓庭行尊祖禮。周長坤應該也在場。可是，現在他到底在做什麼？思及今日的事，老人不禁咬牙。敬祖尊宗的想法到底到哪裡去了？道德、禮教的頹廢過於容易了，弟弟應該不會不知道這種事。畢竟是因為私慾的緣故。為了眼前的私利慾望，竟然敢犧牲祖先，想到時人的可悲，周長乾老人又被催出新的淚水，步履沉重地讓孫子們牽著下山。

作者

呂赫若（一九一四～？），本名呂石堆，生於臺中縣豐原鎮潭子，呂赫若為筆名。一九三四年自臺中師範學校畢業，一九三九年赴日，入下八川圭祐聲樂研究所學習聲樂，並曾參加東寶劇團的演出。一九四二年返臺，成為張文環主編的《臺灣文學》雜誌同仁，並擔任《興南新聞》記者。次年進入電影公司「興業統治會社」工作，與王井泉、張文環、林博秋、簡國賢、呂泉生等人籌組「厚生演劇研究會」，之後在臺北市永樂座公演張文環的作品〈閹雞〉。光復後擔任《人民導報》記者及音樂教師等職，並與蘇新、陳文彬等左翼知識份子交往密切，以開設「大安印刷廠」為掩護，從事地下工作。一九五〇年至一九五一年間，參加「鹿窟武裝基地事件」，死於臺北石碇鄉附近。

呂赫若的寫作生涯起於臺中師範畢業後，一九三五年發表處女作〈牛車〉，刊載於東京《文學評論》雜誌，創作才華隨即受到注目。呂赫若的作品富有社會主義思想傾向及社會批判色彩，即使在戰爭緊張、皇民化運動盛行時期，仍然以委婉巧妙的方式維護臺灣人的尊嚴。他的作品較完整地收在林至潔女士翻譯的《呂赫若小說全集》（聯合文學，一九九五）一書中。

作品賞析

〈風水〉一文選自《呂赫若小說全集》。一九四二年呂赫若自日本返臺，面對太平洋戰爭爆發後臺灣嚴峻的政治氣氛及皇民化運動下艱困的文學環境，呂赫若將小說的關懷重心從〈牛車〉時期鮮明的階級意識轉移到對臺灣傳統社會中的封建觀念、風俗民情的描寫和反省，寫下了〈風水〉、〈財子壽〉、〈合家平安〉、〈廟庭〉、〈月夜〉等佳作。

〈風水〉以「洗骨」這個習俗為核心，對比周長乾、周長坤這一對兄弟的性格差異，並描寫農村原本善良的敬祖觀念被現代社會的功利和私慾所破壞。

「洗骨」是農村的一種喪葬習俗，在親人過世八年以上、肉體腐爛之後，把埋葬的遺體挖出來，將遺骨清洗乾淨，再裝到金斗甌裡永久埋葬，這樣就能妥善地保存先人的遺骨。奉行這個風俗的是純孝而善良的周長乾。周長乾是農村中代表善良風俗的角色。他為人寬和、敦厚，事母至孝，對兄弟爭奪財產的舉動相當忍讓，對於兒子的教育則非常開明，讓兒子自由發展，因此在村中很有人望。他奉行「洗骨」的習俗，希望能傳承昔日農村中敬祖尊宗的道德傳統。他的弟弟周長坤則不然，周長坤為人凶惡吝嗇，善於鑽營，功利而自私，並且強迫兩個兒子進入醫學學校，因為當醫生是所謂的「發達之途」。正因為周長乾的敦厚和周長坤的功利，反使得周長坤的財富迅速累積，而周長乾家的經濟年年出現赤字。

也正由於周長坤的私慾，他對於「洗骨」的態度也與兄長截然不同，「洗骨」與否全看是否對自己有利。小說就由周家父、母兩次的洗骨為主要衝突，來突顯兩兄弟的差異。周長坤反對替父親洗骨的原因，在於他相信風水師之言，認為父親原來的墓地有助於二房的興旺，若是洗骨，就會影響自己的榮達。於是當周長乾的兒子瞞著叔叔替祖父洗骨時，聽到消息的周長坤竟不顧一切地趴在墳上阻止佃農開墳，並到周長乾家大鬧一場，使得周長乾最後不得不放棄替父親洗骨的念頭。然而等到周長坤接連遭逢兩名親人的辭世，經過調查，發現竟是母親的墓作祟。雖然母親的墓是周長坤在母親病重時就精心挑選的，有利於二房的發達，但周長坤仍然相信地氣的運行使風水由吉轉凶，因此即使母親過世才五年，屍骨尚未完全腐爛，周長坤仍堅持挖墳洗骨，甚至為了達到目的，提議將屍肉刮除，最後在風水師的拒絕之下才不得不放棄洗骨。

呂赫若透過兩次洗骨的衝突、兩兄弟對兩次洗骨贊成和反對的不同主張，來呈現臺灣從農村社會走向現代化的過程中，農村原意善良的風俗被現代社會的功利和私慾所破壞。原本洗骨風俗的用意在敬祖尊宗、慎終追遠，最後只成為周長坤圖利私慾的工具。善於鑽營、善於在社會轉變的過程中「適應社會」，因而能快速累積財富的周長坤，反而表現得比傳統農村的人們更迷信，更在意風水的吉凶。呂赫若以他冷靜而敏銳的社會觀察，呈現出臺灣社會轉變中一個獨特的面向。

延伸閱讀

一、張文環〈閹雞〉，張恆豪主編《台灣作家全集——張文環集》，臺北：前衛，一九九一年。

二、呂赫若〈財子壽〉，見氏著《呂赫若小說全集》，臺北：聯合文學，一九九五年。

三、呂赫若〈合家平安〉，見氏著《呂赫若小說全集》，臺北：聯合文學，一九九五年。

參考資料

一、陳映真等著《呂赫若作品研究》，臺北：聯合文學，一九九七年。

二、施淑〈最後的牛車——論呂赫若的小說〉，見氏著《兩岸文學論集》，臺北：新地，一九九七年。

三、呂正惠〈殉道者——呂赫若小說的「歷史哲學」及其歷史道路〉，見氏著《殖民地的傷痕——台灣文學問題》，臺北：人間，二〇〇二年。

問題討論

一、你知道傳統社會中有哪些善良的風俗習慣嗎？試就所知舉例說明。

二、在社會現代化的過程中，有哪些生活習慣和思維方式被改變？請舉例說明。

——蘇敏逸

黑衣

王文興

是一個臺北秋天的夜晚，寧靜的天空顯示着狂暴的颱風季節已成過去了，今後的月份將是像流水一般的平宜。我去參加一個朋友的宴席；這個朋友是一位文化界裏的人士；這個宴席是為他的小兒子滿月而開設的。我這個朋友早先便有三個千金，但都不曾做這滿月，只這次因為是一個公子，兩夫婦份外的歡喜，所以特別為之慶祝。我到得不算早，但也不算遲，因為正值客人都已來齊，但廚子還沒有預備妥當，賓主們正在客廳裏交談等待的時候。

主人的客廳佈置得很雅緻，是一間日式的格局，門檻上彫着鏤空的山水，室內復擺置鵝黃的沙發，廳外廊沿的一排玻璃門一字滑開，客廳便空對着廊外的花園。手執茶杯的客人們，或坐的，或站的，隨適地談着話，不時且能聽見花園裏唧唧的蟲鳴，並看到飛渡着的流螢。

這一夜的客人十分多，總有卅來個。但其中我認識的卻是少數，因為大半的還是主人的一些親戚。我也點了一根紙煙，和我熟識的朋友站在一塊，閑散的聊一些日間瑣事。穿白衣，端着杯盤的侍者在我們四週走動；還有那些輕輕轉換位置的男女客人；男客們不時發出如春雷樣的笑浪；女客們搧動着像無數的小蝶在翻舞着的骨扇。

這時，我注意到有一個身着黑布中國長衫的男子站在客人中間。他一會兒在這一個角落和一羣客人談話，一會又到另一處和另一羣客人談話。他的黑布長衫使我發生興味的對他多注兩眼，因為這一種裝束在臺北是絕對不算普遍的，就像留一部蓬鬆大鬍的不算普遍一樣。但自然臺北都還有這樣愛穿長衫和愛留大鬍的異人，只是為數甚少而已。這個套黑衫的是一個青年，而且歲數不出卅以外，相貌甚英俊，高高的鼻樑根上架一付粗邊黑框的眼鏡；瞧他的舉止似乎甚善應酬，和場中的客人幾乎個個打上招呼。

我不認識這個標奇的人物是誰，但這時聽到了一個客人同他的寒暄；那客人老遠向他招手：

「嗨，晉先生，好久不見，這一陣到哪兒去了？」

「到中興大學去走了一趟。林公，你近來好？」黑衣人上前跟他握手。

「好，好，」被喚做林公的道，「哎，對了，我昨天又拜讀到大作了，是在政治月刊上那篇論存在主義的文章，實在精闢得很，字數好像也很多，有三萬多字啵？」

「豈敢，豈敢，林公多指教，多多指教。」

我這就想起了這個人是誰。他是這一年來在大學界新纔竄紅的新人。某大哲學系畢業，離校還不到三年，現在已經爬到該校講師的位置。他引人側目的不是他的才學──其實那才學只有幾本紙面袖珍書──而是他驚人的登龍手腕。他應用和系主任良好的關係，只當了一年的助教，便躍昇做講師。最近他又活動到一個教育機構留美獎學金的機會，不經過考試，過一年便出國了。這件事報紙上都為他大事刊載，並附上他一幀三吋大的照片，據說都是他請做記者的朋友幫忙刊出的。他的文章散投各處，多得像傳單，但都是抄錄外國雜誌上的作品，據為己有。而現在我們這個最急於發現天才的社會已經公認他是中國的存在主義專家，心理小說專家，現代藝術評論家，艾里亞特專家……。我早充聞過他的名字和種種，但這次還是第一次照面。

此刻見他又轉到另一羣客人那裏，不知聽見句甚麼笑話，正仰天大笑，然後將手搭在一個客人的肩上，那客人至少比他大十歲。

這時酒席已經佈置好了，主人過來請我們到席上去坐。席擺在向北的兩間房間裏，中間相隔着的紙門卸了下來。席面一共有三枱，上面均舖着雪白的桌布，布上陳列着併攏的象牙長筷，餐巾並一份份像春捲樣的捲在玻璃杯裏。席上並都供着一盆菊花，席後還橫亘着一面花鳥屏風。

客人紛紛的落了座，我也在靠窗口的一席坐落下來。這時主人和這黑衣人推讓讓的行近這一桌，主人指一桌道：

「那邊有空位，晉先生，那邊坐。」

「這裏也有空位，晉先生，」我那席上的一位太太忙叫喚過去。

「好，好，這裏好，我就這兒坐，因為這兒的太太小姐多，」黑衣人指着我們這一桌，開懷的朗聲笑着。

黑衣人便進到我們這一席來。

我這纔注意到這一席果然如他所說，陰盛陽衰，計有四位太太、三位老太太、一位小姐。那位小姐聽見他的話後仍然神態自若，像沒有聽見一般。

黑衣人纔坐不久，便替這一桌帶來了許多說笑。別人問起他出國的日期，他暢然道：「還早，還早，但至遲不超過明年七月。」他說話時兩條眉毛時作靈活的低高跳動，臉上的表情因而甚活躍。他的嘴唇的一角有一顆黑痣。他的牙齒非常的齊整潔白。他又把一條胳膊搭在身邊一位男客的肩上。

女侍上來斟酒來了，黑衣人舉目掃掠了她一眼。繼而黑衣人點上一根煙，向座中他不認識的客人逐個發問：「這位先生貴姓？」連那位小姐亦不例外，同樣的問她：「小姐你貴姓？」

此時各座的客人都回過頭來，女主人抱着那剛剛睡醒的小男主人跨進來了。女主人的背後還跟着她的三個小女兒，都裝扮得像小小的天使一樣；三個手牽着手，帶着幾分膽怯地跟着。女主人到每一桌的前邊，讓客人欣賞她懷中的小男主人。但是，這席宴雖是為小男主人而設的，引動人注目的卻是小男主人的一個五歲姐姐。那個小女孩子，手上抱着一隻白毛的浣熊，真是一個極好看的孩子。她的一雙微露畏色的瑪瑙大眼，兩條烏溜溜的小黑辮子，着的一件白地輕紗的小舞衣，真像只有在耶穌教的畫片上纔看得到。賓客們都不禁對她作着長長的，驚歎的注視。

這個小天使和着她的姊姊們跟媽媽來到我們這一席了。大家忙不迭的向着女主人說恭喜的話，並稱讚着小嬰孩的好看。繼而客人們都去逗趣着這個小姐姐，她畏羞地放開姊姊們的手，躲到母親的背後去了。一位姓吳的太太，跟她很是熟絡，俯身將她抱了起來。「秋秋就跟吳阿姨坐一起了，這裏還空得很哩，」那吳太太對女主人說，女主人便笑着將秋秋留在我們這一桌。

秋秋坐在那吳太太跟黑衣人的中間。黑衣人早就逗引着秋秋，要引起秋秋的注意，此時猶不迭的喊着她。大約愛得別人歡迎的人，也有這樣一種虛榮心：也要得小孩子的歡迎。黑衣人挾了一箸子拼盤上的雞片擱在秋秋的碗裏。

但秋秋，卻同一般好看的孩子那樣，帶着一點好看的冷漠，不大去理會別人的親熱。黑衣人的頻頻逗引，她都不注意，她似乎只和吳太太一個人好感情，牽着吳太太的衣服，依賴着她。我注意到黑衣人有一點失望，他沉默一會，端起了面前的酒杯，呷一口酒。然後我看見虛榮心在他的臉上活動了，繼失望以後的，為好勝心理所搧惑的虛榮心。他便用筷子敲着碗沿道：「喂，秋秋，你聽！好不好聽？」

但是秋秋依然未予理會，只垂着她的長長的眼睫，望着那猶抱着的小浣熊。吳太太餵着秋秋吃菜，然後便教秋秋去認座上的這些大客人。吳太太一個個的叫給她聽，讓她也跟着學。

「這個是秦伯伯，秋秋叫秦伯伯。」

「秦伯伯，」秋秋便細細的喚。

「這個是顧阿姨。」

「庫阿姨。」

「顧阿姨。」

「顧阿姨。」

「這個是伍婆婆。」

「伍婆婆。」

「這個是伍公公。」

「伍公公。」

「這個是晉叔叔。」

叫到這裏，秋秋卻不叫了。她睜着一隻大眼睛，陌生生地望着這個一直就坐在她身邊的人。之後她的眼睛內露出畏懼的神色，她垂下了頭，一張鮮嫩的小嘴也微微牽了下來。

「這個是誰？」黑衣人指着自己的鼻子問。

「這個是晉叔叔，」吳太太又告訴她。

「這個是晉叔叔，」黑衣人自己也說。

但秋秋依舊不叫，而且反而離開他遠一些，躲到吳太太的懷裏，並在吳太太的耳邊咬着耳朵說了一句話。

「她說甚麼？」黑衣人問。

「哦，」吳太太不禁莞爾，「原來是……她……她說她不喜歡你穿的這一身黑衣服。」

客人們聽後都笑了。

「她還不懂得注重中國文化，」黑衣人卻不帶笑容的道，繼而又自解地，「她以前跟我很熟很熟的。我時常買東西給她吃，她也常常的叫我，要我抱她，但今天不知怎麼全忘記掉了。」停了一晌，他又說：「其實小孩子忘記很快，記得的也快。你們大家看，不出三分鐘，她又會跟我很熟了。不信的話看這裏。」

「哪，秋秋，你看這是甚麼？這送給你好不好？」黑衣人脫下了腕上掛的勞力司手錶。

秋秋瞪着一雙滿含敵意的眼睛對住他。

「想不想要？你過來晉叔叔這裏，這手錶就是你的。說真的啊，不騙你的！」秋秋沒有過去。

「還有這個，」他解開了黑衫紐絆，從襯衣裏抽出一管墨水筆，「這也送給你！」

「我才不要！」秋秋鼓着小嘴，氣忿忿地說，「我的爸爸也有，比你的還多！」

客人們都不禁讚賞秋秋的笑起來了。

「那你就一樣都得不到，」黑衣人說，手穿上金錶，插回了鋼筆。

「我才不要！我的小熊比你的還好！」秋秋還在氣忿忿地和他吵嘴。

客人們又都哄堂大笑，吳太太更是笑得腰也彎了，伏在秋秋的身上，緊緊的抱住她。黑衣人也吱開牙齒強笑一會。

「輸了，輸了，講不過她。年紀小小，嘴巴可硬，」黑衣人說。繼而他端起了面前的酒杯，又呷了長長一口酒。

「你走開，我不要你坐在我旁邊！」秋秋忽然歇斯底理的叫起來。

「秋秋！」吳太太說。

「走開！吳阿姨，你叫他走開嚰，我討厭他的黑衣服，」秋秋說，臉孔扭曲着，將要哭出來了。

「噓，秋秋，」吳太太說，但是眼睛望向黑衣人。

黑衣人不言語。

「晉先生，我看你和我換一個位子罷，」一位客人提議。

「不用換，」黑衣人說，「過一會她就會慣的。」

「走開！你走開！你走開！」秋秋說。

黑衣人低下頭去吃一隻香油蝦。轉過臉來對她呶一呶嘴道：

「小孩子要懂得規矩，知道嚒？不要討大人的嫌。」

「那就我們跟你們換一下罷，」那吳太太對那位客人和旁邊的另一位客人說。

秋秋便和吳太太換到另一邊來。秋秋也便不再吵鬧了，那一場大小懸殊的爭執終算平息了下來。

大盤大盤的菜端上來了，有大朵得像梳子一般的魚翅，有肥得像皮球兒似的鴿子，那天晚上的菜誠美味得我畢生難忘，許多的客人們也都嘖嘖稱讚，並交相詢問是哪一間菜館燒的。

但是黑衣人卻喫得很少，他的面前只留下一小撮的骨屑。但他默默的，倒吞下了不少的酒。只見他喝得太陽穴上的筋絡都暴出來了。我驀然又發覺，從我坐的地方望他的側面，他的臉極瘦，不知是酒後面色不好的關係還是甚麼。

這時女侍又上菜來了，一盆熱烘烘的珍珠丸！女侍撤下舊盤子時不當心擦了一下他的頭髮，他手摸頭髮，抬頭厲聲道：「你給我當心點！」

他似也不欣賞這盆珍珠丸，轉去挑了根牙籤，揚扒着牙齒。

秋秋正在一眼兩眼的偷望着他。大概因為隔有了一段距離，她覺得鬆弛一些，所以發生出要去研究他底興趣來。她每喝一口小碗裏的湯，便偷望他一眼。

他們的眼光相遇在一道。黑衣人便把嘴角微挑，含笑着，含着譏諷意味地笑着。這個笑容忽在中途時漸漸終止。他若有所思的樣子。然後，出乎我意外的，他忽將眼珠暴起，鼻孔噏大，嘴唇咧開，做出一個猙獰恐怖的怪臉。

秋秋駭住了。他忙換上一付普通的笑容，四顧的和客人談着話，佯裝無罪之態。秋秋向吳太太挪近一些，垂下了頭，不再敢望他。

黑衣人說了一陣話後，他的眼睛又回到秋秋身上來了。那是一雙藏匿窺伺神色的眼睛。害怕着的秋秋，這時反而又偷偷瞅了他一眼，也許就因為害怕，想一看那鬼臉究竟還在不在。黑衣人立即再送她第二張鬼臉：眼珠暴起，鼻孔噏開，鼻樑且縐攢，嘴唇仍披咧，狀比第一張更見悚慄。

秋秋的小臉登時轉白，鮮紅的小嘴唇也立即失去血色。她睜着一雙恐怖得顯見烏黑的大眼瞪視他，眼瞼一霎都不霎。黑衣人看見了他的成績，臉上不禁湧起層興奮的紅暈，他繼之除下他的眼鏡，聳起他那穿黑衣的瘦肩，做出第三張鬼臉。這一次他的鬼臉除暴睜眼珠，噏鼻咧嘴之外，眼眶的四周復留下兩環眼鏡打的白圈，且他又將舌頭拉出三寸多長。

秋秋就突然爆聲大哭起來；這驚動了各座的每一個客人。

大家都轉過頭來，問着是發生了甚麼事。

黑衣人已即時換回他的笑臉，且縱聲大笑着，對大哭中的秋秋說：

「罪該萬死，罪該萬死，我不知道你開不得玩笑的。」

有一位也看見他的勾當的客人，便再也難持他的緘默了，說道：

「晉先生，你不能這樣子嚇她。她年紀還小，那裏見過你那樣兇的鬼臉，嚇了她會晚上做惡夢的。」

「何止做惡夢，嚇深了還會生病哩！」另一位看到的客人亦交相指責。

「不要怕，不要怕，秋秋，」吳太太摟着秋秋，安慰道。「可她還哭得緊哩

—哎啊，這孩子的手心冰冷的。」

秋秋只一味驚聲的哭着，中間還雜着恐怖的尖叫，許是往復的又看到剛纔鬼臉的回憶了；她像是完全聽不見別人的叫喚般，也像看不見周圍的一切般，只抬起頭，望向空間，直定定的烏暗着眼睛，時窒息無音，時放聲尖叫地，混身顫抖着地哭着。

難怪得她嚇弄成這樣，那一張鬼臉，漫說秋秋，便是我們大人見了，也要寒慄到心底三分。那是我所見過的最醜惡的一張鬼臉，我實沒想到人類的面孔可以扭曲到那般可怖的地步。而我也沒想到從醜惡又可以那樣敏捷，那樣全盤變更地又還回笑容可掬的地步，正像那黑衣人這時滿面笑容的狀態。

秋秋的媽媽趕了過來了，驚惶的問道：

「甚麼事呵，秋秋？甚麼事？」後一句是問我們。

我們沒有人好說出是怎回事。

「她怕我，」黑衣人倒自己說了，嘻嘻的笑着，「我看她今天晚上不大開心的樣子，就想叫她開心一點，誰想到她反哭起來。」

「沒有甚麼，」吳太太也說，「晉先生歡喜小孩，最喜歡同小孩鬧着玩。但是秋秋—不歡喜晉先生的黑衣服。所以沒多久就被弄哭了。

「晉先生，我看你還是換到隔壁一桌去罷。她看着你還是會怕的。你不換過去，她的哭就停不住了，」一個客人說。

黑衣人的笑容又從臉上消失，但隨即他又笑起來，說道：

「好罷，我走，我走—到底還是我走！」冷不防，他這樣幽默了自己一句。

他便吓吓地笑着站起身。

他走到隔座去，向一位客人商量換位子。商量妥後，他走回來，揀起了他的酒杯、碟子、瓢羹、筷子等等，用餐巾包做一堆，拿在手裏。這時，他望着猶在大哭未停中的秋秋，忽然戲劇化地彎下身，做了個九十餘度的大鞠躬。鞠畢躬便昂然轉身向那一桌去了。

這一幕戲便這樣的一個鞠躬閉幕；彷彿在告訴客人下面沒有戲可看了。客人們也就像戲畢後回家的觀眾那樣，回到距離散席還遠着，尚有好幾盆大菜還未上來的酒席上去。不久又聽見都是愉快的杯盤碟碗的聲音了。

但秋秋的驚哭始終未全停止。她的媽媽將她抱回到她那一桌去，我們只見她在那裏還是噤着噎着，許多位的太太在那裏逗她慰她，末了她才止住了咽。

那一晚的筵席愉快地喫到九時餘方散。席散後，客人並未即辭，都轉到客廳去吃茶聊天。我又看到黑衣人又那樣談笑生風的活躍在客廳裏，一會在這角落，一會在那角落。我獨沒有看見到秋秋。秋秋已經讓佣人抱到屋後去睡覺，因為她實在太累乏了。

——一九六四年二月十七日於　艾莪華城

作者

王文興（一九三九～），生於福建福州，一九四六年舉家遷臺。臺北師大附中、臺大外文系畢業。大學時期與臺大外文系同班同學白先勇、歐陽子、陳若曦等人創辦《現代文學》雜誌，致力於西方現代主義作家作品的譯介，並開始創作短篇小說，成為《現代文學》雜誌主要的小說寫手。一九六三年赴美，就讀於愛荷華大學英文系小說創作班，獲藝術碩士學位。一九六五年回國後，任教於臺大外文系迄今。王文興對於小說的用字遣詞特別琢磨，因此他並不是一個量產的小說家，他的名作《家變》寫作時間長達七年，《背海的人》上、下兩冊更歷時二十五年之久。王文興勇於創造前衛的、實驗性的行文方式和奇特的語言節奏，造就他獨特的文學風格，使他成為臺灣現代主義小說最具代表性的作家之一。小說作品計有《十五篇小說》（洪範，一九七九）、《家變》（洪範，一九七八）、《背海的人（上）（下）》（洪範，一九八一、一九九九）等。其他散文及評論著作有《書和影》（聯合文學，一九八八）、《小說墨餘》（洪範，二〇〇二）、

《星雨樓隨想》（洪範，二〇〇三）等。

作品賞析

〈黑衣〉選自王文興的短篇小說集《十五篇小說》。〈黑衣〉收在這本小說集的倒數第二篇，具有一種承接和過渡的意味。在〈黑衣〉之前，這本小說集前大半部的許多篇章都著重於描寫、探討青少年在青春期階段所遭遇到的、難以言說的苦悶、幻滅和挫傷經驗，包括〈玩具手槍〉、〈最快樂的事〉、〈大地之歌〉、〈寒流〉、〈欠缺〉等等都是。而〈欠缺〉是這一系列小說的最後一篇，這一篇成長小說，說明了美好的理想、夢想、幻想和憧憬的幻滅，對於人間醜惡和黑暗的認識，正是成長的開始。而〈欠缺〉之後，王文興寫下了〈黑衣〉，用一張恐怖又善變的惡魔臉孔，象徵人性中的醜惡面。而〈黑衣〉之後的〈龍天樓〉，則是透過幾個退伍軍官將領的回憶，藉由國、共內戰的背景集中描寫人性中最深沉、扭曲而陰暗的負面性，包括人性中的恐懼、背叛、嗜血、仇恨、絕望和瘋狂等等。因此，若按十五篇小說的順序來看，〈欠缺〉可以說是宣告青少年歲月的終結，而〈黑衣〉則是成人世界的開端。

〈黑衣〉這篇小說以一個歡快而喜氣的彌月宴會來呈現大人醜惡的面目，並透過一個小天使般純真可愛的五歲小女孩從疑懼、抗拒到驚恐啼哭的過程，來對照大人醜惡面目的恐怖。黑衣人在大人世界中是一個善於表現、很吃得開、迅速竄紅且鋒頭甚健的高級知識份子，是社會中公認的「存在主義專家，心理小說專家，現代藝術評論家，艾里亞特專家」。他一身黑布中國長衫，以及獲得留美獎學金、不久即將出國的學者身分，又說明他的「中西合璧」使他成為學界的名人。但在未受污染的小女孩眼中，從他的一身黑衣、他對小女孩充滿惡意的逗弄，到他可怕而猙獰的駭人鬼臉，都是令人厭惡和恐懼的。

小說最精采的部分在於黑衣人和小女孩秋秋之間的拉鋸戰，秋秋從本能的厭惡、抗拒到心生警戒、害怕、閃躲，終於不可控制地放聲大哭，非常細膩而準確地描寫了一個小女孩對於不同程度的恐懼感最直接的反應。而黑衣人對小女孩一而再、再而三的進攻，則生動地表現出人性中的卑劣。秋秋原本只是不喜歡黑色的衣服，一大塊黑色的衣服原本就容易引起孩子的恐懼感，而黑衣人竟因一個五歲孩子對他的得意裝扮感到排斥，就產生了「為好勝心理所搧惑的虛榮心」，硬是強迫秋秋親近他，更進一步因虛榮心無法滿足而惱羞成怒，轉變為可怕的報復心。他不但恐嚇秋秋「小孩子要懂得規距，知道嚒？不要討大人的嫌。」還遷怒到撤盤子的女侍，因為女侍不當心擦了一下他的頭髮，他便厲聲道：「你給我當心點！」之後，他更一再地背著其他客人，做出一次比一次恐怖的鬼臉驚嚇秋秋，終於使得因害怕而偷偷瞅了一眼黑衣人的秋秋放聲大哭。小說透過旁觀者兼敘述者的「我」來描述：「難怪得她嚇弄成這樣，那一張鬼臉，漫說秋秋，便是我們大人見了，也要寒慄到心底三分。那是我所見過的最醜惡的一張鬼臉，我實沒想到人類的面孔可以扭曲到那般可怖的地步。而我也沒想到從醜惡又可以那樣敏捷，那樣全盤變更地又還回笑容可掬的地步，正像那黑衣人這時滿面笑容的狀態。」在整篇小說中，黑衣人的一身黑衣，以及他猙獰扭曲、卻又可以迅速改變成笑臉的面容，成為人性中所含藏的「惡意」、「陰暗」和「醜陋」最鮮明，也最具有象徵意味的畫面。

延伸閱讀

一、王文興《家變》，臺北：洪範，一九七八年。

二、王文興〈龍天樓〉，見氏著《十五篇小說》，臺北：洪範，一九七九年。

參考資料

一、葉維廉〈水綠年齡之冥想——論王文興「龍天樓」以前的作品〉，見氏著《從現象到表現——葉維廉早期文集》，臺北：東大，一九九四年。

二、呂正惠〈現代主義在台灣——從文藝社會學的角度來考察〉，見氏著《戰後台灣文學經驗》，臺北：新地，一九九五年。

三、中外文學《王文興專號》，《中外文學》第三十卷六期，二〇〇一年十一月。

問題討論

一、以你的成長經驗為依據，就你所能體會和了解的部分去描述、討論人性的複雜性。

二、你認為〈黑衣〉這篇小說的哪一部分最讓你印象深刻，試舉例說明之。

——蘇敏逸

色陽

李昂

從來繫日乏長繩，水去雲回恨不勝。
欲就麻姑買滄海，一杯春露冷如冰。

——李商隱

色陽是一個已相當有年紀的女人，但在鹿城的歲月裡，色陽這種女人有時候卻較其他人更禁得起老。

早年在班子裡，色陽被周遭逼得猛向前跨步，還沒等過完十來歲粗澀的初春期，就得有二九年華的風采。但怎麼趕也就趕那幾年，一當二十來歲看著已像有年紀的婦人，聲名不響後，年老亦或年輕都不重要了。於是，緩口氣，彷佛賭氣著要補足以往走得太快的那一段青春，有好些時候，色陽就再不顯老，新添的日子，都只填入過往的年歲中，與現時不再相干。

姊妹們羨艷色陽跟對了王本，因而才能穩抓住青春貌美，但色陽終是一朵採下冰凍過的花，而且是盛開後才採下來，無論如何還是禁不起見天日。所以在王本花費完整個家當，色陽並未曾離開後，許許多多的黃昏裡，色陽就得坐在日茂祖屋前的竹椅上，縫綴些破舊的衣褲，改改舊衣，到這個時候色陽於是才又開始顯老。

新添的歲月加在坐於日茂祖屋前的色陽身上，一天深似一天，更多的年月過去後，色陽不僅要縫補破舊的衣服，逢年過節，還得做些應市景的小東西，像端午節的香囊，七月大拜拜用的草人，抑或元宵的花燈。

色陽並沒有很巧的手工，早些年在鄉間，絲線都罕見，更何況挑針繡花，倒是入了班子後，生活在某些地方突然與過去截不相同奢華的充裕起來，偶爾客人較少，閒空著，也和姊妹用作衣服剩的軟綢，五彩絲線，學學結紮香囊玩，勉強倒紮出個樣子，當時卻無論如何不曾想到往後有一天會要靠這個過日子。

所以臨近五月的黃昏，色陽坐在日茂祖屋前，膝上放的不再是殘破、色澤沈黯的舊衣，而是顏色鮮麗的各彩絲線，或小小閃著沁涼清光的緞面布塊，在黃昏太陽的映照下，絲綢特有的輝亮光澤，雖只是少許的輝耀，也團團的圍滿色陽一身。色陽就用這些繡花殘剩的絲線，一段段接連起來，在已折成的紙模上，細細的纏繞出多色彩的星星，八角或圓形表徵吉祥富貴的錢幣，以及粽子。色陽也用裁衣服剩的小布塊，縫成小小金黃色的老虎、公雞、錢袋、如意桃。每做好一個，色陽就順手將它掛在身旁一株枯死的榕樹盆景枝枒上。小小的香囊在近五月的微風裡，輕輕的搖晃，伴隨一陣陣香料的芳香，還似隨時會搖落幾響斷續的鈴噹聲。往後，不知將有多少童年美好的回憶，會經由這些手紮的香囊，在五月的夕陽下被輕輕搖出。

然而色陽卻少有對過去的懷想，多年累積下來的日子，已在她原本不被教導用來想像的思緒中再加上一層重壓，使她極自然的逐漸消除許多回憶。所以當色陽一線線纏繞、一針針縫製那將可以給許多小孩長大後無數懷念的小飾物時，她的心中幾乎沒有任何思緒，她不曾因作相同樣式的香囊而引發過去生活的回想，過去的，不管曾怎樣辛酸或不無歡樂，都不再被提及，至於未來，已習慣不去想像。

就這樣有許多年，色陽坐在黃昏日茂祖屋前，專注的做香囊，隨著季節改變，她也紮草人、糊花燈，在緩長的這段時間裡，色陽不再有任何其他想望的埋身於她的工作中。而鹿城的人們，在追踪了許多年，認可色陽沒有離棄王本的好處後，仍不免有人要以不屑的口吻，說像色陽這種有那麼一段過去的女人，舒適日子裡混慣了，怎麼變好也只會挑些輕巧的事做，依然不願勞動。

雖在閒話中，色陽仍能繼續她的工作，但隨著時間，色陽不得不歷經生養她小鎮的變遷，變化雖來得遲緩，卻一去不回。

最初是原先紮不夠賣的草人，一年年竟逐漸滯銷起來，委託寄售草人的冥紙舖老闆，告訴色陽，人們已漸少相信七月大拜拜燒草人避邪的舊習俗，色陽始初並不在意，她堅確以為只要像她年歲的老一輩人沒死盡，一定還會有人買草人。七月拜拜不燒草人，孤魂野鬼盤聚在家中的冤邪之氣不得消除，拜了又有什麼用？但畢竟，草人的銷售一年不如一年，終於，冥紙舖的老闆不再來收購草人了。

往後每年，色陽仍不忘逢七月要來些稻草，每束剪齊成二尺來長，從中對折，再在大約全長五分之一，以白線紮出頭的模樣，以下分成三股，兩旁小股編結成手，中間大股則留一段作身體，其餘分紮成兩條腿。作成一個個草人，拜完後同金帛一起焚化。雖然不再燒草人的四鄰也平安無事的過日子，不見災禍降臨，色陽仍繼續她的習慣，所不同的或只是每年紮的草人越來越顯精緻，而色陽也一年年更堅確的相信，燒草人避邪都還只能維持目前的情況，如果再不燒草人，日子將一定更不平靖。

新的外來的觀念，經由大眾知識的傳播，逐漸在像鹿城這類地方普及起來，甚且取代了舊有的習俗，畢竟需要很長一段時間。從各種大小拜拜都要焚燒草人到色陽減少賣草人的收入，這期間的變化是緩慢進行的。所以當色陽賣不出最後一個草人，她同時也在那許多年歲中點滴學會新的適應。但接著一項變遷，卻嚴重而快速的影響到色陽的生活。

那是在有一年五月，突兀得全然毫無徵兆的在臨近端午節前兩三天，市面上大批出現化學海綿作成的香囊。仍然有各種樣式，跳舞的娃娃、如意桃、粽子、老虎、公雞，但每一個都是機器裁出來一樣完全的大小、式樣，甚至氣味，有些還在縫合處殘留著黏劑的髒黃色。這些工廠裡出來的一式產物，以它低廉的售價，馬上贏得幾近乎所有的顧客。

在節慶的這天黃昏，色陽捧回來大把賣不出去的香囊，依然坐在日茂祖屋前的竹椅上。五月傍晚的和風，很有意致的吹拂起色陽額前垂落的白髮，也帶出陣陣雜亂地堆放在竹籃裡香囊的香料味。

王本照例天黑後才抵家門，色陽抬起因長時間未動而僵硬痠澀的脖子，問：

「去哪裡？」

「出去一下。」

王本依慣常不在意的回答。

色陽知道他去了那裡，在一起二十幾年，她一向知道每天下午他會到那裡。但在這時刻，二十幾年點滴堆存起來有關這行為的一切，突地以和過去全然不同的意義，明確的清晰了起來。大顆的淚水自色陽眼中滴落。

她接受他這個習慣，如同絕大多數鹿城的婦女，信服流傳已久——嫁女兒像灑菜花種——的條例，完全在機運中碰一個是否可以如一片沃土，抑或只是乾旱土地的丈夫，再毫無選擇的學會適應。她接受他，他這個習慣，不是同意，卻也並非不認可，只近乎無知覺的認命，並憑藉她過去閱人的經歷，她懂得絕口不提及。但這一切需得建立在尚能溫飽的三餐上，一當最後基本的生活都要受威脅時，她開始知覺到當中的不合理。

然而色陽終不是一個凌厲的女人，她也從沒有機會是。早年在鄉間，排行於眾多的兄弟姊妹羣裡，到班子裡，並不響亮的聲名，都使她沒有機會成為一個放縱任性的女人，所以在那個端午節的黃昏裡，色陽並不曾和王本爭執，只自艾自怨流下大把辛酸的眼淚。

生活明顯的開始困難起來，虧蝕了作香囊花費的成本，再少掉賣後的盈餘，雖然王本盡可能找更多零工，一時仍難恢復過來。往後幾個月，色陽必得典當起東西，以維繫日常必需的生活。

色陽於是考慮到工廠工作。由鄰居在紗廠上工女孩口中，色陽詫異的得知，小小鹿城裡，居然存有那許多各式小型工廠。紗廠、紡織廠、鐵工廠、電子工廠及作各種零星物件，抑或零食的小廠。但它們卻只吸取未成年童工以及女工，鮮有意願僱用上年紀的。色陽好不容易在一家鐵工廠找到一份裝鐵鎚柄的工作，沒幾天，受不住機器巨大的嘈雜，只有辭退了。

往後色陽四處找尋各種小手藝，有時用尼龍線編籃子，或縫合毛線衣，但都不是長期的工作，而且從事的人太多，並不太常有機會。生活只有隨王本時好時壞的散工沉浮，色陽不禁很懷想以往作香囊收入固定安穩的時日，但也深知那日子將永不會再回來。

唯一的安慰只寄望於八月十五的花燈。色陽很費周章借到一小筆錢，買來必需的材料，和王本利用閒暇趕工。為了節省用電，於是每個黃昏裡，色陽又坐在日茂祖屋前的竹椅上，就著落日餘暉，糊貼各種形象的花燈。

色陽可大略的預知到，糊花燈恐怕也將要持續不長久，但再搶一兩年該沒有問題，可是就在那年秋天，市面上掛出大批塑膠的花燈。一式的船、飛機，一個模子印出的圓燈，統一塑膠特有的凝紅顏色，完全一致的花紋、色彩、大小。它以其較紙燈不易撕破和焚毀，雖然價格並不十分的低廉，仍奪取了大部分的顧客。

那年中秋色陽只賣了幾只關刀燈、飛機和一頭鳥，買的是鹿城幾個知名首富的太太，她們嫌棄塑膠花燈粗陋，沒有紙燈的情趣。

中秋夜裡，王本依然像往常天黑後才回家，早昇的月已出現在遠方的夜空，各處俱是無盡的輝華。色陽在一片眼淚哭泣聲中，由遲歸開始為由，蓄意和王本有一番劇烈的爭吵。

她怨嘆自從和他在一起，從沒好日子過，這些年來，作牛馬拖磨，可是，連個孩子也沒有，無指無望。如今他又這般待她，連節日都不早回家，只顧自己消遣，留她和那許多花燈無法處理，往後的生活更不知要指望誰。王本始終不發一語，只蹲在屋角一堆堆未點燃的各色花燈前，瘦小的身子在不明的燈光下，彷彿傍依著紙糊假山邊一頭裝飾的小走獸。

直到色陽數落到已顯倦怠，也罵盡許多難堪字眼，只餘下偶爾抽搐的哭聲，王本才站起身來，抓起一件衣服朝外走。已漸平息的色陽，驚恐王本外出，更為他如此不在意她的舉動再激怒，憤然挺起腰身，一手指向王本鼻尖，恨聲說：

「你去和你那些野狗一起，去和野狗作伴，永遠不要回來，永遠不要想再踏入家門。」

說完後一霎時彼此都不能清楚到底發生些什麼，只有相對愣站著。然後，當王本曉悟到話中的語意，突然快速舉起手，用盡全力，打向色陽前伸的手臂，大步奪門而出。

各處俱是中秋夜特有的那種耀華而清澈的光芒，如水鑽透亮，卻過度亮麗得反顯淒寂，澄澄的一片花白，罩著四處，沉凝得透不過一口氣。

街上盡是觀月的行人與提燈的孩童，越離市區，也越少人群。當來到海邊，王本面對的就只是一天耀白月光及一片蒼茫淤塞的黑褐泥地，相互綿延在盡頭的地平線交接處，成一道中間顏色的灰黑。遠遠的，海水拍擊的隆隆聲尚清晰可聞。

王本在已廢棄殘破了的堤岸上蜷縮著腿坐下，沉沉的望向前方。海潮聲規則的湧上退下，毫不間斷，毫無止息，而多少的前塵舊夢，都只如同出現在這當中，來了又去，去了又來。

有四十幾年，幾乎每個黃昏，他總會到這裡，縮著腿坐在土堤上。四十幾年前，甚至未漲潮，海水都能到達離土堤三四尺遠，那時候，他坐在堤上，將懷中的包子一個個朝在下面的野狗群裡丟，看著牠們驚恐於逐漸湧上潮漲時的波濤，卻又仍相互撕奪爭食。

這如許多年，他重複著十來歲偶在海邊興發所作的舉動，從來很少間斷。最初，朋友們譏諷這行為，可是他毫不在意，也不覺得、甚至不知道要解釋，只日復一日延續成一種生活中的習慣，於是慢慢的，談論的人減少了，最後甚至不再有人提及。

在全然不曾思想及這作為任何意義的情形下，他任它持連了自己都不很清楚的一段時間，然後，當這個中秋夜，坐在土堤上，不遠處海浪反覆的翻湧著，他第一次清楚已有那許多年歲過去。

他是坐在堤岸上，坐了四十幾年，眼看著泥沙淤塞了港口，以往靠船業的繁華成為過去，他也坐在堤岸上，等了四十幾年，等著相當的一份家產花費精光。他可說是在海邊堤岸上歷經了他的一生青春，歷經了各種繁榮事故和變遷，而或還可以說，他也在堤上坐忘躲避了整整四十幾年。而這一切緣由著他從來沒有機會被教導去分析思考，只是輕易的如同退下的浪潮般讓日子過去。

如果不是色陽，他或將永遠不會想到他已在海邊的土堤上坐去了大半生。他仍會繼續在每個黃昏，來到海邊，繼續居高看野狗爭食，直到有一天老死。可是，色陽是提及了它。

他終於明白何以色陽會如此嫌惡它，也知覺從第一次坐在這海邊，他已遠遠的離棄了許多東西，離棄了許多自他年輕到甚至此時都需要作的事，他於是想起色陽一貫的溫純，相處這許多年來她獨力在變動中維持這個家的好，淚水潸潸從他眼角垂落。

在哭泣中他坐了不知有多少時間，只是漸升的明月越顯輝耀，四處俱是一片異樣沈凝的亮白，當他起身準備離去時，熟悉的土堤與海灘，突然以往常不曾有過一種新的姿勢閃現過他的腦際，一時，恍惚中，他感覺他並不曾在這堤上坐了四十幾年，事實上，也許什麼事都不曾真正發生，沒有什麼曾經有所改變，也不是已有四十幾年過去，他只不過在堤上坐了一瞬間，從他年輕時第一次到這裡，到此刻他要走開，真的，一切都只發生在一瞬間。

王本輕輕的笑了起來。

他於是知道下個黃昏，他將不會再到這海灘。

也許這就是古來傳說中滄海桑田的神話，並不神奇，也沒有什麼特殊，只是一個人，不求解釋的作了一件也許不可解的事，任其相同的持連了四十幾年，在這當中，他歷經世事，也在他眼下，滄海由於泥沙淤塞，逐漸要轉成如傳說中的桑田，而某個時刻，他突然意識到這持長的時間事實上也許只是一瞬，於此瞬間，他的確看到了滄海轉成桑田，於是，形成此人所有的一切都已不再重要，也不值得提及。

誰又能說，這不是一個滄海桑田的神話？

出海捕魚的漁人們第二天清晨發現王本的屍體蜷縮在堤岸下，沒有人知道確實的死因。

一夜未睡的色陽得知消息後，好似已事先料到，出乎意料木然的沉靜，在日茂祖屋前的竹椅上，定定的坐了一整天。

她只不過是說出一句隱忍了二十餘年的話，也許還只是一句不甚重要的話，但甚至在這樣小小的鹿城裡，這樣的一對夫妻間，都承受不起，事實上，什麼是因？什麼又是果？而整個世界化形在鹿城生活上的變遷，又曾怎樣加諸於她身上來導致這樣的結果？然而這一切或都不重要，重要的是她知道是她自己無可避免的說到它，既已無從挽回，她也只有承受它。

所以色陽只定定的在日茂祖屋前坐了一整天，黃昏後，色陽點燃起屋內所有的花燈，一片搖曳的紅燭輕柔紅光輝映在她臉上，看來彷彿十分幸福。

「我要紅白相間的這個。」

五月清甜的和風，翻帶起站於臨南門市場馬路邊女孩短短的髮梢及裙襬。瘦長個子戴眼鏡的男孩，一手摟住她略嫌削薄的肩，空出的左手從長竹桿架上取下一個紅白相間絲線紮成的六角形粽子香囊。

女孩接過來，湊向鼻尖深聞一下，微笑的摟住男孩的腰，一路走，一路絮絮的說：「小時候我家後面不遠住一個女人，很會作香囊，每逢端午節，她總會送我一大把。她很和氣，有一張圓圓的臉，皮膚好白，我還記得她常穿旗袍，有滾邊的那種。可是我媽卻不喜歡我到她家玩。」

女孩興致的一口氣說下去，但說到末句，不免有些黯然，男孩因而溫和的問：

「為什麼呢？」

「因為，」女孩稍楞住了，然後，突然想到什麼似的急忙的說：「因為，我現在知道了，因為她是一個藝旦。」

「藝旦？」

「就是也賣唱的那種妓女。」

當妓女兩字順口說出後，李素自己也深深怔住了，不覺站定。

以往在鹿城，她從來不曾刻意想到色陽是一個妓女，偶聽人談及，也從不明白妓女這兩字對色陽的意義。色陽是作文中偶會提及有關五月節美好的回憶，妓女則完全只是另一個名詞，她們兩者絕不相關。可是，在臨近五月節的這天，在回答了問話，李素一下知覺到她們間相關連的意義。慌亂與詫異中，李素抬起頭來，看到的是擁雜紛亂滿是車輛與行人的台北市街。

作者

李昂（一九五二～），本名施淑端，彰化縣鹿港人。文化大學哲學系畢業，美國奧勒岡州立大學戲劇碩士。李昂在少女時代即受到文學教授施淑及作家施叔青等兩位姊姊的影響和鼓勵，初二開始嘗試創作小說。在彰化女中高中部讀書期間，以〈花季〉崛起於文壇。這個階段的作品受到存在主義及心理分析等思潮的影響，著重於描寫個人內心困境的糾結和掙扎。大學時期以後，李昂作品的關懷重心由個人內心向外延展到社會現實層面。曾兩度獲得中國時報報導文學首獎，一九八三年以〈殺夫〉獲得聯合報中篇小說首獎。從早期的〈花季〉等作品、到臺北讀書之後的「人間世」系列，到八〇年代的〈殺夫〉、《迷園》，再到九〇年代的「戴貞操帶的魔鬼」系列小說，李昂始終擁有敏銳的直覺，並敢於描寫敏感的、禁忌的題材，成為一個具有當代意識，且備受討論的作家。她的小說主要有：《花季》（洪範，一九八五）、《她們的眼淚》（洪範，一九八四）、《愛情試驗》（洪範，一九八八）、《一封未寄的情書》（洪範，一九八六）、《甜美生活》（洪範，一九九一）、《殺夫》（聯經，一九八三）、《暗夜》（李昂出版，一九九四）、《迷園》（李昂出版，一九九一）、《北港香爐人人插》（麥田，一九九七）、《自傳の小說》（皇冠，二〇〇〇）及《看得見的鬼》（聯合文學，二〇〇四）等。

作品賞析

〈色陽〉一文選自李昂的小說集《殺夫》一書。李昂自高中寫作〈花季〉之後崛起於文壇，發表了一系列書寫個人生命困境，內容較為抽象晦澀，富有哲學意涵的小說。大學之後，李昂開始寫作「人間世」和「鹿城故事」兩個系列的小說。「人間世」表現李昂敏銳大膽，勇於探討性愛、情慾等禁忌議題的作風，這種風格一直延續到她九〇年代以後的作品；而「鹿城故事」系列小說所呈現出來的質樸和平實，則是李昂小說中的異數。〈色陽〉就是「鹿城故事」中的一篇。

「鹿城故事」系列小說以一個年輕的、在臺北讀大學的女孩李素作為貫串此系列小說的人物，以李素的視角來觀察家鄉鹿城中許許多多小人物的故事，並藉由這些人物的故事企圖拼湊並呈現鹿城這個城鎮的人情、氛圍和社會變遷。

〈色陽〉這篇小說的主線呈現了鹿城在六、七〇年代臺灣急速現代化的過程中所產生的變化。「色陽」這位女主角原是藝旦班中的一員，後來嫁給了王本。在王本的家當花完之後，色陽依靠端午節時做香囊、七月大拜拜時替冥紙舖紮避邪用的草人、八月中秋做花燈來貼補家用。然而隨著時光的流逝，色陽發現她和她的手工製品都逐漸被現代化、工業化的時代所拋棄、淘汰。化學海綿製成、大小規格一致的廉價香囊取代了色陽用各種彩絲線和緞面布塊縫成的手工香囊，現代人不再相信大拜拜燒草人避邪的舊習俗也使得草人的銷售逐年滑落，而充斥在市面上不易撕破和燒毀的塑膠燈籠也奪走了色陽紙糊燈籠的顧客。鹿城裡各式各樣的小型工廠，更多數拒絕僱用色陽這種上了年紀的女工。

小說隱藏的另一條支線，是色陽與丈夫王本二十多年一成不變的夫妻生活。如同色陽每日坐在日茂祖屋前的竹椅上補綴著各種手工製品，王本則在每個黃昏坐在海堤上，把包子丟給爭食的野狗。不同的是，色陽是以她的辛勤織作與時代潮流競逐，期盼傳統的風俗習慣能在鹿城多停留一些時光；王本則是日復一日地在海堤上麻木無覺地看盡了繁華落幕，泥沙淤塞了港口。色陽與時代追逐了一輩子，而王本則在海堤上逃避了四十年。直到色陽終於在中秋佳節、紙糊燈籠嚴重滯銷的夜晚，與王本大吵了一架，王本才驚覺他已毫無知覺地歷經了滄海桑田。

不論是色陽還是王本，在時代變遷的巨流中都成為極其渺小無力的人物，擁有一切平凡老百姓生活中的種種無奈和悲哀。在小說的結尾時，貫串所有「鹿城故事」的人物李素登場，她在南門市場馬路邊的香囊攤上回想起年幼時色陽在五月節時所做的香囊。李素所面對的是「擁雜紛亂滿是車輛與行人的台北市街」，那是與舊日寧靜的鹿城截然不同的世界，由此拉開了整篇小說的時空感，這種時空感，正是李昂在小說前所引李商隱〈謁山〉一詩中，所表現時光流逝的蒼涼無奈之感。

延伸閱讀

一、施叔青〈那些不毛的日子〉，見氏著《那些不毛的日子》，臺北：洪範，一九八八年。

二、黃春明〈溺死一隻老貓〉，見氏著《莎喲娜啦，再見》，臺北：皇冠，二〇〇〇年。
三、宋澤萊〈大頭崁仔的布袋戲〉，見氏著《打牛湳村》，臺北：草根，二〇〇〇年。

參考資料

一、施淑〈文字迷宮——評李昂《花季》〉，見氏著《兩岸文學論集》，臺北：新地，一九九七年。
二、邱貴芬〈女性的「鄉土想像」：台灣當代鄉土女性小說初探〉，見氏著《仲介台灣・女人——後殖民女性觀點的台灣閱讀》，臺北：元尊，一九九七年。
三、施懿琳、楊翠合撰《彰化縣文學發展史（下）》，彰化：彰化縣立文化中心，一九九七年。

問題討論

一、你知道有哪些傳統技藝在時代的變遷中逐漸消逝嗎？試舉例說明之。
二、〈色陽〉這篇小說表現了滄海桑田的時空感，試從小說的內容中詳述之。

——蘇敏逸

侏儒族

拓拔斯・塔瑪匹瑪

星期六，中午十二點鐘響，人們急忙衝出平日壓迫著他們的工作房，或匆匆放下絆著他們的書本、工作，大家搶先在一天半的假日裏，盡力尋求人生的喜樂。今天的天空呈現一片單調無味的淺藍色，倒是那顆炙熱的太陽，使得行人活潑快樂的穿梭在烏黑黑的街道上。

這裡是佔有七十萬人口的商業重鎮，十二點過後，交通開始變得擁擠。

外祖父與我乘著轎車沿畫有黃白色線條的街道行駛，外公轉頭望連連不斷的安全分割線，他的呼吸漸漸增快，很不安的望著我，我向他點點頭，表示我有信心應付城市令人不安的種種，要他放心。

「我們是不是要停在黃線的終點？到底什麼時候才到！」

一位冒失鬼騎一輛醜怪樣的機車差點撞上我們，幸好我迅速的剎住車，避免了一件令人困擾的事件，我深深吸了一口氣，放鬆跳躍不已的心臟，斜眼看看正拍打胸脯的外祖父，裝做沒事的樣子。再過大約一公里的路程就到達了戲院，我放慢車速，繼續前進。

戲院前五百公尺起，車道兩旁擺著各式各樣的廣告牌，張貼介紹此次馬戲團表演的宣傳單，電線上以細鐵絲連成網狀平面，到處掛著色彩繽紛的彩帶及彩球，這一定是出了名的馬戲團，戲院周圍的空間似乎已不足夠擺下他們的光榮事蹟，街道的地上也沒有遺漏，車子經過戲院前，吹散了地上的宣傳紙張，看來就像是歡呼觀眾的到來。

戲院售票口前排了兩行隊伍，排在後面的人墊高脚尖並伸長脖子望著售票口，他們祈望不要亮出客滿的紅燈，心裏盤算著座位該有自己的份。有幾個人在購票隊伍旁和人羣當中，帶著調查局特派人員的眼神，觀察人們的眼睛，期待失望的人們落入他們的陷阱，人們只要在眼裏暗示著要他們口袋裏的黃牛票，他們的服務立刻就到，甚至保證坐在可看清體毛的座位。

我牽著外祖父的手逕自走到入口處，把朋友送的兩張招待券拿給小姐，有位年輕小姐走來招呼我們，引領我們入場就席。

這是來自洛杉磯的馬戲團，特別在臺灣表演二週，而在這城市裏表演三天，每天早上，下午各一場，今天已邁入最後一天的表演，由擁擠的人羣中可證明大家的傳言沒有一點誇張，大家稱讚他們的表演精采無比，各項的絕活是在這城市裏不曾見過的。

我們的招待券也許不是招待最貴重的來賓，我們坐在三十排之外，舞台闊大，視野不因距離遠而受到很大的影響，我們坐不到五分鐘，會場靜得鴉雀無聲，大家渴望節目立刻出現在眼前。

一聲音調昂亮的敲鈸聲劃空而出，嚇得觀眾拍手應和著響起的節奏，布幕隨著音樂緩慢升起。

亮眼的舞台擠滿了演員與各種表演道具，他們彎腰行日本式的鞠躬禮歡迎觀眾。在靠近左側大喇叭音響旁，有幾隻猴子及猩猩，也禮貌地揮揮手，牠們穿上顯眼的衣裳，眼睛遲鈍的人一定以為他們是多毛的小孩。我把視線移向舞台中央的位置，注意他們的面貌與表情，看看美國女人的長相，布幕迅速地被拉下來。

第二個節目終於就要出現了，觀眾安靜地看著緩緩上升的布幕。

在台上的階梯上，終於出現了一位身高約二公尺長的黑人。跑到舞台中央來，親切地向觀眾敬個禮，他不用笑聲來證實他的內心歡樂，鬍鬚中間出現一條寬長的白色線條，我就知道他對觀眾的歡呼與掌聲感到滿意，他不斷地做各種手勢而不出聲，外祖父懷疑他是不是個不幸的啞巴？我正要解說他是個不需用口來強辯的魔術師，那魔術師變出許多白色的和平鴿子，解答了外祖父的疑惑，他點點頭，他終於瞭解了。

魔術變不出任何把戲之後，魔術師再三謝幕就下台。

熱烈的掌聲又請出幾位長腿女郎及架在空中的鋼索，這個令人心驚膽跳的節目，幸好她們各各身穿引人遐想的緊身衣，否則觀眾會因她們驚險的動作而把心臟嚇停。

十五分鐘的空中鋼索表演結束，他們也得到更多的口哨聲與掌聲。

布幕再次升起，觀眾摒住氣息，望著漸漸明朗的舞台。

前面幾排突然冒出笑聲來，由笑聲中可斷定那一定是十分滑稽的表演，笑聲像波浪慢慢地傳到後排來，而聲響愈來愈強。

原來兩隻猩猩騎著單輪腳踏車，高舉比牠們的腿更長的雙手臂，身體左右擺動，在台上快速地轉來轉去。

不久，猩猩又一個一個騎同樣的腳踏車出場，牠們頭上戴著不同顏色的尖頭帽，身穿同樣款式的制服，牠們的身高約有一個轎車輪胎一般高，牠們擺出誇張的動作以取得掌聲。

「啊喲！殺日烏術①」。外祖父的臉色泛白，突然大聲驚叫著。

我被他沙啞的叫聲楞住了，頓時感到莫名其妙。

觀眾的目光移向我們身上，我正要問外祖父為何突然咆哮，他站起來離開座位，奔向舞台。

外祖父的舉動造成人羣的騷動，有些人站起來看著外祖父，我聽到有人說把外祖父拖出去，我趕緊跑向前抓住外祖父。

「盧斯基②，你看戴黃帽那個人，他是殺日烏術！真正的山地人，我要跟他說話！」外祖父手指向騎唯一雙輪脚踏車的猩猩，激動的說道。

我因近視看不清牠到底有什麼不同，把眼鏡向上推近眼睛，注意看戴黃帽的那隻猩猩，約高出一隻猩猩一張臉，牠的脚與手幾乎一樣短且光亮，嘴唇和女人一般薄，牠沒有露出椅座的尾巴，原來牠只是一個普通的美國侏儒，不要大驚小怪，希望他走回座位安靜的觀賞。我發現觀眾們的眼睛很不友善地看著我們。

我的勸說不被他激動的心所接納，他堅持登上舞台與侏儒講話。外祖父努力掙脫我的臂膀，對著侏儒以布農話喊叫。

表演的人以為有人要發起暴動，布幕迅速被拉下，管理場務的人員由四方跑來抓住我外祖父，向我威嚇，並用手巾掩住外祖父的嘴巴，態度比我想像得更可怕，命令式地叫我們不要破壞秩序。

我怕管理人員對我們採取惡劣的行為，更害怕觀眾的鬧鬨聲愈來愈壯大，於是用力把外祖父拖走，加上管理人員的幫忙，我趕緊把外祖父載走離開令人難堪的現場。

我們坐在車上沉默了一陣子，車過了市界的中正橋，我的心裏終於鬆了一口氣。

「外公！你到底怎麼了？你破壞了今天的假期，知道嗎？」

「盧斯基，當然我不想那麼做，但你不曉得，剛剛戴黃帽那個人才是真正的山地人，想不到他們還活在地上。」

「你說什麼？」我投以懷疑的眼光看著他的容貌表情，懷疑他是否神經有問題。回想從接他來看戲之前，沒有任何不對勁的表現，他現在的行動舉止也像一般老人屬緩慢型，我敢確定他不是精神異常者，其中必定有什麼祕密。

「國大斯・比恩③，你慢慢解說剛才在戲院裏發生的事，我邊聽邊開車。」

*

好早以前布農曾居住在一處土地肥沃，水草豐盛的大平原，那培育著布農生命的家園叫「拉目竿④」，部落附近是禽獸出沒的園地，正適合以狩獵為生的布農定居。

拉目竿經過多年的平靜日子，布農的人口數量急遽的上升，但拉目竿不因布農的人數增加而擴展，禽獸、野菜一天一天地減少，為了布農的生命，布農長老決定放棄拉目竿，而跟蹤著野獸的腳跡，向沒有外族威脅的森林慢慢推進。

不知過了幾代，誰也沒想到布農的足跡已踏到深山裏，就在水源充足的台地重建布農的新部落。

有一天，布農勇士們肩上挑著弓箭，帶獵狗去尋找獵物，經過一處雜木林，林間長著高低不等的各種草木，許多以前不曾看過的紫藤把樹與樹緊緊抱在一起，成為爬在樹上的禽獸的交通橋樑，樹葉茂密使得樹底下不見天日，只能靠他們雪亮的眼睛，才能走過雜木亂林。他們爬越了一座山峯。

他們轉入一個看似山豬路的小徑。

他們越走越覺得不太對勁，地面平坦光滑，幾乎沒有野草長在路中央，他們重新仔細地勘察，路上石子少且沒有濃密的草叢來做掩蔽，最讓他們覺得不可思議的是路上出現模模糊糊的小孩的腳印，獵狗也不解地吼叫著。

走了沒多久，有人發現一處寬廣明亮的斜坡地，周圍堆著大石堆，縱橫交錯的石頭把斜坡地分割成幾個方塊：方塊裏長同種類的植物，生出同樣的花朵和果實，但每一個方塊裏的樹與草就互不相同，且沒有任何雜草，草木工整地排列著，似乎是出自於人的安排。

大家跑進方塊裏近看，嚇跑了一羣在地上覓食的麻雀，原來他們站在一片小米田裏，其它方塊裏長出不知名的小豆。勇士們對眼前的事物感到疑惑，他們想著，應該再沒有人能夠比得上布農，沒有人能在這般惡劣的環境裏生活，長久維繫著部落的命脈，只有布農做得到。

布農天生具有好奇的個性，他們就在小米田附近做除草式地搜索，他們迫切地想知道這土地上到底誰比布農更勇敢堅強。

有個人興奮地呼叫大家快來看，他在山峯附近找到了幾間雞舍般大的小屋，算來大約有三、四十間，屋前有一步寬的庭院。

有些人在旁嘲笑大家受騙了，那些只是雞舍罷了。

但大家都懷疑這荒涼的山峯上怎麼有雞舍呢？他們相信只有布農的智慧才會建造雞舍飼養山雞，大家最後被即將揭曉的祕密所誘，大家同意冒險進屋子探查。

他們分散開來到每間屋子。彎著腰低著頭走進去。看見以小石子擺設安置的桌椅，木製的床靠在牆，床墊用猴子皮，幾乎與布農的床沒有兩樣，長度只夠橫擺一隻布農的腿，有些木製的碗、湯匙仍留在桌上，地上有幾粒煮熟的小米粒，牆上掛著各種禽獸的尾巴與羽毛，整屋瀰漫著人的味道，住在「雞舍」的似乎就是人。

大家不敢繼續逗留觀看，恐怕住在小屋的人也和自己一樣善於偷襲別族的人，或是趁勇士不在而襲擊布農家人，於是趕緊調頭跑回部落。

留在部落的女人們趁男人不在，帶小孩們到一處小溪洗澡、洗衣服，女人們勤奮地洗麻布編織成的衣服，孩子們就到附近叢林裏玩耍。

躲到樹上或粗樹幹後的侏儒嚇著了，原本以為在林間蠢動的是山豬，他們即將吃到落入陷阱的獵物。但眼前看到是與自己一般高的人走過來，以為是屬於同族的人，他們友善地向前與布農小孩打招呼，但布農小孩搖著頭聽不懂侏儒的每句話，侏儒也不知道布農小孩談些什麼？

不知是不是因他們的視線在同一個高度，像兄弟般身體相差不多，沒多久，他們毫無戒心地混在一起，他們互相以身體手勢交談，愉快地一起玩遊戲。

布農的女人們洗完澡，也洗完一家人的衣服，於是四處尋找小孩們，準備回家，等待男人們背食物回來。

突然有個人影在金狗毛蕨樹後出現，她們向他喊叫，要他連絡其它小孩趕快回來，但那人一句話也不回答，讓她們更氣的是他沒有一點反應。女人們憤怒地走近他身邊來。

那人一看到布農的女人，身材有他二倍大，他嚇得連跑帶滾地去叫正與布農小孩玩耍的家人。

布農的小孩跑向心裏焦急的媽媽身邊，向他們介紹那些侏儒，並慫恿她們去邀請侏儒到家裏坐坐。

看到小孩與侏儒們天真地站一起，侏儒和小孩一般天真無邪，女人們漸漸排除心中不必要的疑心，於是安心地帶著小孩與侏儒回部落。

在布農空曠的院子，侏儒與布農小孩玩得十分暢快，自從部落遷移至深山裏來，母親們不曾見過兒女這麼快樂，而且侏儒的樣子真好笑又好玩，他們的男人擁有一根布農手指長的鬍子，像山羊毛黃白色參雜在一起，臉型寬長如布農的腳掌，鼻子只有一個布農的指甲大，他們的手臂看來更好笑，也許比一隻山豬尾巴還短，肥肥的下肢看不清小腿與大腿的界限，他們蹲下來讓布農小孩騎在背上時，才發現他們穿著露出膝蓋的短褲。他們的手腳短得讓人覺得如毛毛蟲般行動遲鈍，但他們與小孩玩獵人捉猴子的遊戲時，動作異常靈活，到處躲躲藏藏，有時真像猴子頑皮地在樹枝上搖來盪去，有時像兔子一般，在草叢裏迅速地鑽來鑽去。如果沒有看到侏儒的女人背小孩，大家一定誤會他們都是侏儒的小孩呢！

有幾個侏儒的老人與女人走進布農的屋子裏，教導布農的女人如何食用山上豐盛的野菜，利用甜酒的殘渣培養出又肥又嫩並保證乾淨的蛆，那種果子可以大膽食用，那些不得採食，侏儒胸有成竹的教導布農，他們深信自己的經驗與智慧在山中是佼佼者，別人即使有能力來到山上，一定無法長久停留與生存。

侏儒似乎不只是具有小柚子般大的頭腦，他們的智慧不知由何處流露出來，實在令人費解，布農女人們又學會了一年十個月圓的日子裏，該種植些什麼，該做些什麼事，知道那處的山谷夾著流不止的山澗，可以開闢成洗衣場，那處有喝不完的泉水，侏儒也許因長久受到山的保護，不懂得保留一點給自己，他們毫不吝嗇地把各處冒出溫水的洗澡池一一說出來。

天色漸漸黯淡，雲層由金亮轉變成濃濃的粉紅色，草木也慢慢萎縮下來，禽獸相互鳴叫著，以它們特有的音律招呼走散的同伴。頭殼與智慧不成比例的侏儒仍不斷傳述他們的經驗。

勇士們回到部落，發現一羣小孩在庭院快樂地玩遊戲，心中感到不解，逕自走進屋子裏，又發現有幾個小孩在爐竈邊，面對著布農女人比手劃脚，他們好奇地抓住女人來詢問，才知道那些小孩樣的人可能是剛才發現小木屋的主人，他們正教導女人們燒煮食物。

侏儒小得可愛，讓勇士們感到小孩般的柔弱與純潔，侏儒口裏發出親切的聲音，臉上流露出自足自信的情感，讓人覺得舒服不礙眼。

他們又認識了布農的男人，有幾個侏儒就以手勢透露野獸出沒的地方，勇士們斜著眼看侏儒懦弱般的身材，沒有想到他們也有勇士般的力量與智慧去跟禽獸搏鬥。

布農為了尊重侏儒是森林的原住民，所以互相約定不侵犯比他們的腿更短的侏儒，並留下他們整夜喝酒歡樂。

侏儒住在尖峭的山峯，山峯長滿矮短的箭竹林，沒有高不可攀的大樹，他們像小鳥喜愛停留在樹梢上，在那裏可以自由自在與天地共存，更直接地享受到太陽、月亮的照顧，還有吃不完的竹筍。布農與侏儒部落相隔二座山谷，等於布農走半個白天的距離，布農居住的山谷糧食充裕，加上從侏儒處學得一些尋覓糧食的絕技，布農勇士們可無憂無慮地養活整個部落的人。

久而久之，布農與侏儒成為很要好的朋友，但因語言不通和體型甚大的差別，他們一直不能成為兄弟。

侏儒與布農相識以來，約定互不侵犯而且有時客氣地互相來往。子子孫孫日漸增多，不知布農過了幾次嬰兒節⑤，布農的山谷不能再滿足部落的需求，大家非常焦急，於是經過長老一致贊同，前往更遠的土地尋找糧食。

山峯是侏儒出沒的地段，蘊藏有吃不完的食物，漸漸有人因為受不了飢餓的煎熬，因此偷偷地往侏儒的田園刼取小米。有時故意到侏儒部落拜訪，假裝醉醺醺地走出部落，如看到矮如一隻山貓的小侏儒，就把他們活活地踏死，布農給自己找到一個理由，說是日益漸多的侏儒耗盡森林的糧食，他們不忍心讓森林消失。

卻傷心地對著侏儒懺悔，說小侏儒不該躲在草叢裏，布農醉酒不小心把他們踩死，叫小侏儒特別小心，以後布農進入侏儒部落之前，必先喊叫三聲。

經布農幾次的拜訪及有意的騷擾，侏儒們察覺到布農有搶掠土地的野心，對布農漸漸產生厭煩及失望，而且仇恨一天比一天更濃，侏儒心中就像有弦的弓箭，即將發怒起來。

布農依恃著比侏儒高大、蠻壯的外表，勇士們及長老一致表決闖入侏儒的部落，向侏儒討取糧食。

這一天他們攜帶射野豬的弓箭，正走在攻打侏儒的途中，他們越過了一座山峯及山谷。再走過山谷，然後繼續爬坡就到侏儒的部落。

有個人可能碰到築有鳥巢的樹枝，把小鳥們從睡眠中驚醒，好幾隻小鳥飛向左手的方向去。由它們美妙的叫聲與它們白色的眼眉毛，看出他們是帶有詛咒的「卡斯・卡斯」⑥。

大家突然臉色發青，有些人主張即時調頭回部落。千萬不要試探布農的詛咒，前面就是埋藏著咒詛之地，可能有外族的陷阱。

但有些人不甘心，已經走過了一座山峯及兩座山谷，更不願放棄日益壯大的勇氣，他們不願回部落去請示「卡斯．卡斯」，於是請長者另尋解除咒詛的方法。長者很不情願地教大家另一辦法，他不敢保證此方法是否完全解除咒詛，於是叫大家原地向左手邊轉三圈，蹲下來，然後起來再繼續前進。

走到侏儒部落附近，他們沒有受到任何攔阻，心想詛咒已解除了，於是大家更大膽地走近部落。

他們遠遠看到小屋的窗門敞開著，不見侏儒的影子，庭院整齊地擺著各類具器，好像侏儒的一天尚未開始，部落顯得特別寧靜。

他們走近部落的第一間屋子，大聲喊叫，沒有回聲。他們於是更大膽的衝進屋子裏。

每間屋子都是空空的，布農發覺情形不大對勁，害怕是個陷阱，於是集合勇士們，準備逃離已受詛咒的地方。

勇士們正要轉身離開，突然從芒菅草叢後面出現布農脚底般長的木箭，狠狠地射過來，接著又從四面八方像落雨般地射來，布農被閃電式的突擊搞得不知所措，雖小木箭不構成生命的威脅，已使得勇士們心慌脚亂，而且有些人傷勢慘重，有些彪悍的勇士奮勇追逐侏儒，然而侏儒熟悉地形，藉著樹藤盪來盪去，而且他們小得任何空隙可做為避難處，布農知道今天絕對無法取勝，最後決定先回部落療傷。商討如何討回面子。

受傷的勇士在部落養傷，沒受到傷害的勇士準備著弓箭。他們的野心沒有因這次的挫折而銳減，反而計劃某日偷襲侏儒。

第五個晚上，勇士們選擇當天凌晨拂曉時刻攻擊侏儒，布農知道白天或晚上襲擊必定吃虧，侏儒可利用黑漆漆的草叢而自己暴露於太陽或月光下。因此趁月亮正離開山峯，太陽尚未升東的黑暗時刻去攻打侏儒。一路上他們放輕脚步，不願嚇醒仍睡熟的禽獸，以免製造聲響，當然更不願意遇上全身是凶兆的「卡斯・卡斯」。

來到部落附近，勇士們把獵狗放開，然後蹲在草叢裏，擦掉沿路來黏在身上的露水，大家緊張地等候著獵狗的警戒鳴叫聲。

過了不久，獵狗搖擺著尾巴走回來，只有一隻獵狗不知那裏去？

此時，天色漸白，大家可看清侏儒的房門已被獵狗撞開，相信侏儒已不在部落裏。

忽然一陣急喘的狗吠聲劃空而去，在山谷裏迴響形成哀怨的吼聲，布農勇士失去智慧似地，盲目地衝向狗叫的位置。

那隻狗看見了一群侏儒的足印，從零亂的痕跡可確定他們昨天已逃走了，大家相信腿短的人走不快，於是決定順著足印快步追趕。

東邊的山峯上正露出半身的太陽，大家依然戰戰兢兢地拿著弓箭跟在獵狗後面。他們穿過森林，翻過二座山峯及大片的草原，除了脚印，沒有任何發現。

勇士的影子漸漸縮小，光線變得強烈起來，他們來到一個斷崖，布農看到崖上是一片深藍的大海，金黃色的天空照映在水上，讓他們看不清大海的邊界以衡量它的面積。

獵狗在一處黃土上大吼大叫，不再繼續前進。

勇士們跑去觀看，一路上踏壞了滿地的玉山懸鈎子，但他們不再被它甜又軟的果實所誘，勇士們衝向那片空地。發現是一片不毛之地，踏起來硬得像木板一樣，而且有細軟像木屑般的黃土。獵狗就在二十個人屁股大的硬土打轉，再也找不到侏儒的足跡。

有些人懷疑侏儒是否會像土撥鼠鑽入地底下，因此合力在地上挖洞。

他們嚇一大跳，原來黃土是一棵巨大的樹幹，大家議論紛紛，經過大家的開會討論，最後大家都相信侏儒已發怒了，近幾天合力將巨木砍斷，巨木橫倒在海上，於是他們乘著樹幹漂流他處，離開已令他們不信任且傲慢的布農，至於漂向何處？勇士們的智慧猜不到，獵狗靈敏的鼻子聞不出結果，但世代的布農仍想念著那些真正有本領住在山峯上的人。

*

從後視鏡裏我可感覺到外祖父依然激動著，我們已離開城市五十公里，我忽然對外祖父有一份歉疚感，他在戲院所作的一切沒有錯，我想著如何彌補自己的過錯。

外祖父低著頭對我說道：「原來他們還活著，剛才我只想跟他說幾句話，並且請求原諒祖先的過錯，現在我們布農已生活得很舒適，如果他們願意回來，我們布農一定歡迎接納他們。」

我相信外祖父講的古老事蹟，但舞台上的侏儒是美國人，而且是因為內分泌或遺傳的缺陷，他原是正常人，不是外祖父指的侏儒。但他那副真誠的表情，欲懺悔卻找不到投訴的對象，就像牢裏被冤枉的犯人，找不到公正的法官一樣的神情，我感到有點慚愧，不應該阻止他，就讓他親身知道那些侏儒不是住在山峯上的山地人。既使是，他們已聽不懂任何一句布農話，而且他們絕對寧願活在美國的山峯上，而沒有人願意回來，於是我又把車轉回戲院。

來到會場，戲院裏只留下拆著道具的工人，馬戲團的表演已結束了。

我牽著外祖父，對著他點點頭，表示他講的沒錯，讓他更加相信真正的山地人仍然活在地上。他們會永遠活在這個世界。

我們奔馳在回家的路上，侏儒族的沒落讓我感到遺憾到底那段傳說是否真實？善於傳說寓言的布農到底要表達些什麼？侏儒的生命史會不會又出現在另一個種族的命運呢？住在高山的布農日漸矮小，最終會不會只到別人的肚臍眼呢？……。

【註】

①殺日烏術：布農語，指布農傳說中身體矮小的人種，與現今國語之「侏儒」同義。

②盧斯基：布農語，男性的名字。

③國大斯・比恩：布農語，家族稱謂是以輩份為主，如果是自己祖父母的兄弟姐妹，男性的一律先叫他祖父，而後叫他的名字，女性則先稱祖母再叫其名，視同自己的祖父母。「國大斯」是祖父母的稱呼，比恩是名字。

④拉目竿：音譯，地名，據傳說是現今南投市那塊地方。
⑤嬰兒節：布農有慶祝嬰兒的節日，當天向天祈福給嬰兒。每年有此儀式，但不限定何日。
⑥「卡斯•卡斯」：音譯，指布農古時敬畏之小鳥，能預測人的吉凶禍福，遇人如飛向左方或只在右方鳴叫，則表示那人不可再前進，否則會遭遇不幸。此鳥喜歡棲息於矮叢林間及路旁，歌聲嘹亮甜美。

作者

拓拔斯．塔瑪匹瑪（一九六〇～），南投縣信義鄉布農族人，漢名為田雅各。高雄醫學院畢業之後，便將所學奉獻於原住民同胞，致力於原住民醫療工作，曾先後服務於臺東縣蘭嶼鄉、高雄縣三民鄉、桃源鄉的衛生所，現為臺東縣長濱鄉衛生所主治醫生。田雅各從就讀醫學院時期即開始創作小說，作品呈現原住民純樸的風俗人情和獨特的文化傳統，並思考現代生活方式和現代思維習慣對原住民文化所造成的撞擊、破壞和改變。曾以〈最後的獵人〉獲吳濁流文學獎，而他記錄蘭嶼行醫經驗的散文集《蘭嶼行醫記》一書則獲賴和醫療文學獎。著有短篇小說集《最後的獵人》（晨星，一九八七）、《情人與妓女》（晨星，一九九二）與散文集《蘭嶼行醫記》（晨星，一九九八）等書。

作品賞析

〈侏儒族〉這篇小說選自拓拔斯．塔瑪匹瑪的短篇小說集《最後的獵人》一書。這篇充滿遠古傳說神祕色彩的小說，嚴肅地思考族群之間互重互愛的和諧關係與自私自大所產生的族群衝撞等問題。

小說從「我」載著外祖父到戲院欣賞馬戲團的表演開始。當外祖父看到在臺上表演的美國侏儒時，喚起了布農族長輩對於侏儒族的愧疚之心，激動地大叫起來，因此被戲院管理員強迫以手巾掩住嘴巴。「我」為了避免事端擴大，於是將外祖父帶離戲院，並開始傾聽外祖父訴說布農族祖先與侏儒族之間的傳說故事。

透過外祖父的敘述，「我」知道有關侏儒族的傳說。布農族祖先在拓展自己的生存領地時，接觸到住在高山上的侏儒族，並曾經和侏儒族共同度過一段和諧而互愛的時光。侏儒族生活在山峰上，自由自在地與大自然共存，雖然個子矮小，但卻擁有不亞於布農族的生活智慧。他們對待新來的鄰居毫無吝嗇之心，教導布農女人利用山上豐富的資源，教導布農勇士尋覓糧食的絕技。但是隨著布農族的世代繁衍，人口漸多，生存資源逐漸匱乏，於是就開始趁機占侏儒族的便宜，最後更不聽預測吉凶的小鳥「卡斯，卡斯」的警告，入侵侏儒族。經歷一次挫敗之後，布農族再次整裝出征，一直追到山崖盡頭，眼前只見一望無際的深藍大海，而不見任何侏儒族的蹤跡，侏儒族從此在布農族的世界中消失了。

由於這個傳說，當外祖父看到美國侏儒時，會誤認為是消失的侏儒族，而希望能親自向他們表達歉疚之心。小說的結尾，「我」對於侏儒族的傳說產生了一連串的省思：「侏儒族的沒落讓我感到遺憾到底那段傳說是否真實？善於傳說寓言的布農到底要表達些什麼？侏儒的生命史會不會又出現在另一個種族的命運呢？住在高山的布農日漸矮小，最終會不會只到別人的肚臍眼呢？」這一連串的詰問既是「我」對於布農族的反省，也是「我」對於所有的族群問題所提出來的思考。作者巧妙地利用「布農族的傲慢而導致侏儒族的滅絕」這樣的故事，以久遠的、帶有神祕色彩的傳說，委婉地暗喻現實社會中原住民族及其文化所遭受的，同樣是傲慢而暴力的侵略和傷害。小說開頭時外祖父對於城市的交通非常緊張害怕，以及外祖父真情流露地想向臺上的侏儒族說句話，卻被認為是擾亂秩序，而被施予嚴厲的命令加以喝斥等等，都可以看出現代社會規範的堅固強硬，對原住民族造成種種的不安。因此小說中的「我」會發出「侏儒的生命史會不會又出現在另一個種族的命運呢？」的疑問。

也正由於〈侏儒族〉寫的是布農族的傳說故事，使得小說減少了現實生活中族群衝撞時的殘酷和無奈，而增添了空靈邈遠的意境。特別是對於侏儒族的描寫，就如同山中的精靈一般，在原始自然中自由自在地享受天地日月的恩澤和眷顧；又如侏儒族消失在山之崖海之濱的描寫，在神祕的美感中帶著淡淡的悲傷。拓拔斯的文字清新而質樸，不假雕飾，但卻真誠而自然。

延伸閱讀

一、拓拔斯・塔瑪匹瑪〈最後的獵人〉，見氏著《最後的獵人》，臺中：晨星，一九八七。

二、孫大川主編《臺灣原住民族漢語文學選集（小說卷）》，臺北：印刻，二〇〇三年。

參考資料

一、許俊雅〈山林的悲歌——布農族田雅各的小說〈最後的獵人〉〉，《國文學報》第二十三期，一九九四年六月。

二、洪銘水〈臺灣原住民作家的山海情〉，東海大學中文系編《臺灣自然生態文學論文集》，臺北：文津，二〇〇二年。

問題討論

一、「質樸自然」是大多數原住民文學的風格，試以〈侏儒族〉為例加以說明。

二、你最喜歡〈侏儒族〉中哪個片段的描寫，試舉出並說明原因。

——蘇敏逸

午後電話

郝譽翔

我向你呼喊再呼喊越過這痛苦的久逝的大氣
但是啊 de Sade 在左 van Masoch 在右我受試探在當中

——斯人〈啊 馬丁〉

已經不是第一次接到這無聲無息的電話。通常是在午後，電話鈴聲響起，我習慣性地拿起話筒，而線路那一頭卻回應以古井般深沉的靜默，原本以為是話機故障的緣故，但這一次，那人抑止不住的呼吸聲音卻清晰可聞了。我試著再詢問一聲，那一聲喂怯怯顫抖著旅行過漫長的空氣，於是我和那人俱在電話的兩頭屏住氣息，彷彿是伸長了頸子專心期待一隻全壘打球飛越偌大球場的上空，我們一動也不動。

午後的天空正藍著Magritte❶畫中的藍，在名為「啟蒙時代」的畫作中一隻沒有表情的眼睛與靜止氣球懸掛在半空，Magritte曾經寫下：every object is mysterious萬物皆神秘。我執著話筒，望向窗外的天空，神秘的巨大眼睛正窺著屋內的電視、冰箱、散落一地的書報雜誌、打著呼嚕什麼事也不懂的貓咪，以及沿窗櫺邊緣瘋狂爬行的青藤、蜘蛛與螞蟻，午後的微風正頻頻翻越過我的窗台（我聽到風景忽隨玻璃碎落一地）。我不知怎麼突然想和那人來個耐力競賽，看看是誰會先把電話掛上，但是這個念頭才支持不到十秒，我就忍不住放下了手中的話筒。

因為我害怕，我的背脊向內緊縮起來。但我到底在害怕什麼？恐懼什麼？逃避什麼呢？

（那隻神秘的眼睛仍然在窺視一切如相機的快門。）

其實這種經驗也不是第一次了。高中時代家中就曾經遭過無聲電話的騷擾，整整長達一年之久，其間母親更換過好幾次電話號碼，但都不得其果，不論黑夜或白日，無聲的電話仍然像隻嗅覺靈敏的野獸，溼濡鼻頭咻咻喘著氣，就這麼一路依循那條黑色的電線攀爬而來，又如影隨形般找到了我們。每隔幾十分鐘，電話便會高響起一陣示威的鈴聲，似乎是在昭示（或說嘲笑吧露出牠尖銳的犬齒）我們無論如何都已陷入到一個無可遁逃的窘境。這雖不過是一樁電話騷擾事件，根本不具任何殺傷力，而我們原先猜測可能來自某位怯於啟齒的仰慕者，也一笑置之，可是隨著時日增長，這無聲無息的電話竟展現出驚人的耐力與毅力，證明絕非只是一場閒人無聊的惡作劇，而是有意甚至有計畫地針對我們家人而來，並且必定與我們有著相當程度的熟稔，才能夠在每次電話號碼更新後還迅速知悉。但是，這究竟是誰呢？是誰對我們懷有如此耿耿難釋的情結，要長期選擇以這種方式來發洩？唯一可以肯定的是，這絕對不是出自愛，而是恨了。

我們家中成員不過只有母親、姊姊與我三人而已。原本在學校頗受歡迎、擁有眾多愛慕者的姊姊嫌疑最深，而剛入高中的我則暗自回想身邊出現過的面孔，只是那一張張躲在大盤帽底下冒出紫紅色青春痘的臉，架上大近視眼鏡之後，五官已稀少模糊得可憐（誰是誰，我悄悄地問，在發酵青春體味的公車盒子中，誰是誰，我身後那不知名的男孩正隨車行搖晃，以他繡有金黃色學號姓名的前胸，輕輕摩擦著我的肩我的背）。我們幾乎無時無刻不在進行猜謎的遊戲了，只是這場遊戲玩得太久，直到我們精疲力竭，對方卻還沉醉在撥號的樂趣中，尚未饜足，於是每當更新號碼卻仍被追索到時，我們彷彿淪為獸掌玩弄下的獵物，竟是在徒勞策畫一場又一場臨死前的奔逃了。

於是我們繼續浸淫在一己的想像王國。曾經半夜母親起身到客廳去接電話，我隨後跟出房門，看見她坐在茶几旁放下了聽筒，垂首歎一聲長氣。我走過去喚她。(到底是誰呢?)

母親喃喃念著。我們一同掉過頭去瞪向窗外的黑夜,那似乎什麼也不存在的單純之黑已安詳入睡,窗玻璃上反映出我們母女倆肖似的皺眉神情。在這一刻,我所思及的是被一襲卡其制服包裹住的男體,而母親心裡卻正閃現過一些我所不知道的人名吧,一些陳年的苦痛記憶。我們默默地對坐在暗中,此時她的頭髮已將近花白,但我那騷亂甜蜜的青春卻才剛剛宣告開始。

到底是誰呢?(那是很深很深的隧道火車停在隧道中水聲滴答,是誰戴上隱喻的面具在這一霎時跌入漆黑的隧道中歎息。)到底是誰呢?

然而許許多多的猜測終於得到解答。某個週末午後,我剛放學回來,還來不及脫掉白衣黑裙的制服,那無聲電話又來了。就在我預備掛上的時候,「他」居然忍不住開口了,竟是一個女子(哎我一輩子也不會忘掉那個聲音,那酷似某位經常在中視閩南語劇扮演媽媽桑的女演員的聲音)。

(楊秉軍死了。)她的聲音平板而薄。

(妳是誰?)我的手指一瞬間僵直起來。楊是母親的前夫,早在母親二十歲他們新婚未滿兩年的時候就死了。

（妳媽媽不要臉，跟人家去旅館。）

（我不相信。）

（我有照片為證，妳要不要看？）她發出挑釁的輕笑。

（妳到底是誰？）線路那頭又陷入一片沉默。於是我把話筒放回茶几，沒有掛上，一直到五個小時以後母親回來為止。母親一如往常先進臥室把衣服脫掉，換上家居的衣褲。我佯裝坐在床沿翻雜誌，一邊冷冷窺伺她，看她從菜市場買來的那件膚色胸罩軟趴趴蓋住一雙塌扁的乳房，她的內褲已發黃了褲頭脫了線還露出一段鬆緊帶，然而她的皮膚卻仍是光潔的，尤其在日光燈的照耀下泛出象牙白的色澤來，我想像或有一隻男人的手掌摸過她的腰而不在乎她乾枯貧乏的胸，當手指潛進她腹部底下的深邃叢林時，她可能也會選擇忘我的大聲呻吟出來吧。我繼續默默注視母親一如往常的炒菜，吃飯，洗碗，然後坐在沙發上看連續劇，她擺出一貫瞇起眼緊皺住眉的神情，手中攢支薄荷棒，輪流放到左右鼻孔大力吸啜，來回發出颼颼的音響，電視機正不斷播放出罐頭笑聲，但是母親深鎖的愁眉沒有發生絲毫變化，而我在旁繼續保持緘靜地審視著她。（「妳欺騙我，故意隱瞞不跟我說。」女兒憤怒地向母親喊。「那妳自己呢？我還在等妳開口呢。」小津安二郎電影《秋日和》中那總是微笑的美麗母親說。）

半夜電話一如平常響起，母親的聲音從客廳一團漆黑渾沌裡傳來，慢條斯理不慍不火的。（妳有什麼心事可以對我說。）我坐在書桌前，燈下攤開一本數學課本。（我知道妳很苦我們同樣都是女人妳就直接明白說無妨否則如此下去不是辦法。）幾何試題一：理性的方形善變的三角從此圓心到彼圓心距離有多少？我從抽屜拿出矩規，母親的聲音在窸窸窣窣鑽動夜的牆壁，以一種異於常態的溫柔與耐性，從此圓心畫出一條長線到達彼圓心，一直到這通漫長的電話結束之後，母親走到我的桌旁，臉上竟浮出難得的歡愉神情。（那女人什麼都告訴我了還向我道歉妳真不容易呀。）於是母親沾沾自喜述說那女子原來遭父親遺棄，卻認定是命運與她相同的母親在從中作梗，所以怨恨全傾瀉到我們身上，然而今夜一番懇談，她在電話中痛哭失聲，反倒尊稱起母親為姊姊，而母親則儼然化身為慈悲的神父聆聽她長篇告解，並在胸前畫下十字為父親贖罪（是因擁有赦免別人罪惡的權力，故獲得空前的復仇快感吧），母親遂開心地笑了。

此後，對這件事一無所知的父親仍舊偶爾探望我們，坐在沙發上仔細削他帶來的五爪蘋果，當利刃遊走過後血紅色的果皮一圈圈脫落下來，露出裡面赤裸的白肉（吃了這蘋果以後亞當和夏娃才知道什麼叫做羞恥），母親笑著咬著蘋果展現出前所未有的媚態。然而等父親一走，我們又回復到原先的寧靜生活，母親邊吸著她的嗎啡薄荷棒，邊皺眉看八點檔連續劇，我和姊姊各據一張書桌做功課，再也沒有討論過那曾經困擾我們長達一年之久的無聲電話，彷彿那些事從來都沒有發生過。可是我依然經常想起那女子，她怎能就此作罷呢？她究竟是誰？母親說曾經有一次我們去拜訪父親，那女子暫避到隔鄰的騎樓底下，直到我們離開時才點頭打了個照面，但那女子的身影我已經記不得了，只彷彿留下一團將要燃盡的餘火的影子。而據那女子說，當時她在騎樓底下等候，又嫉又恨，但那是一個叫人心浮氣躁的高溫夏夜，路邊賣刨冰青草茶的小販忙著找零錢，並沒有人發現彼處幽幽站立的一個傷痛的女子（阿姨，或許我還曾如此開口叫過她，而她曾對我微笑……），生命又在茫然無知中草草地翻過了一頁。

因此當多年過後，我在丈夫秘藏的親暱書信中發現一組電話號碼，我嘗試撥去卻無人接應，那鈴聲在一個我所不知道的隱密空間中盤旋，迴盪，撞擊著，然後過了數月竟又幽幽地反彈回來，像是回答此番沒有結果的詢問似的，我那與無聲電話相搏的日子竟又開始了。午後，我經常應鈴聲的呼喚，瞞著丈夫與對方進行一場靜默的交談，而夜晚時分丈夫睡在我枕邊仍像是個無憂無識的嬰孩，呼吸規律沉緩，但我卻每每抑止不住揭開他皮膚的衝動，解剖那流動的血肉裡面到底隱藏了些什麼？然而這倉庫積壓的秘密是如此巨大，恐怕將如火山爆發，我不禁懷疑自己真的想要知道嗎？

現在我已習於電話闃無聲息的狀態了（一如我和丈夫共眠的無數長夜），我們透過一條線路在大氣中絕望向無名的對方呼喊，但是千萬不要開口吧，因為我害怕（害怕有一天對方也會像多年前那女子，戳破一顆鼓脹的氣球）。我也曾嘗試旅行遠走，但發現對事物存在的認知並不會因此多增加一些，陌生的路牌，街道名，商店飄出食物的氣味，人們以這種或是那種方式在這裡或是那裡苟活著，舊的事物拆了又建起新的，一如我們肉體的塊壘輪番凋萎代謝。可是遺忘總比記憶還長，感謝主，祂恩賜我們耳聾與目盲，我們遂因此學會了輕易的贖罪、愛與原諒。

作者

郝譽翔（一九六九～），山東平度人，生於高雄，臺大中文所博士，現為東華大學中國語文學系副教授。曾獲聯合文學小說新人獎、時報文學獎、中央日報文學獎、臺北文學獎、華航旅行文學獎、全國大專學生文學獎等多項重要的文學獎項，兼具橫溢的創作才華與嚴謹的學術研究能力，是九〇年代崛起，並活躍於文壇的重要小說家之一。著有小說集《洗》（聯合文學，一九九八）、《逆旅》（聯合文學，二〇〇〇）、《初戀安妮》（聯合文學，二〇〇三）、《那年夏天，最寧靜的海》（聯合文學，二〇〇五），散文集《衣櫃裡的秘密旅行》（天培，二〇〇〇），論著《民間目連戲中庶民文化之探討——以宗教、道德與小戲為核心》（文史哲，一九九八）、《情慾世紀末：當代台灣女性小說論》（聯合文學，二〇〇二）等，並與梅家玲教授合編《台灣現代文學教程：小說讀本》（二魚，二〇〇二）。

註釋

❶ Magritte：馬格利特（一八九八～一九六七），比利時著名的超現實主義畫家，他的畫法常以現實主義逼真而清晰的手法去描繪平凡熟悉的物件，但卻透過物體不按常規的組合和擺放方式，來達到超現實主義畫派新奇、怪誕而富有幻想力的藝術效果。

作品賞析

〈午後電話〉這篇小說選自《逆旅》一書。《逆旅》是郝譽翔追溯父親歷史的過程，藉由對父親歷史的溯源來開展雙親短暫的婚姻生活、山東遙遠的家族史，並將視野擴及山東流亡學生輾轉流離的逃難過程及歷史迷霧中的澎湖冤案等歷史事件，在個人歷史、家族史和近代史盤根錯節的網絡中，企圖找尋、釐清，並重新認識個人生命存在的位置。然而，在追溯所謂「真實」的「歷史」之時，作者使用「虛構」的「文學」形式來加以包裝，於是似真又假的內容既給予讀者閱讀歷史的震撼性，又同時具有閱讀文學時的豐富之感。

《逆旅》整部小說可看作是一個長篇，但這個長篇是由多個結構獨立完整的短篇所構成。其中的〈島與島〉曾獲一九九八年的華航旅行文學獎入圍獎，〈餓〉曾獲一九九九年的臺北文學獎評審獎，而本篇〈午後電話〉則曾獲一九九八年時報文學獎首獎的殊榮。

《逆旅》中的許多篇章表現出作者在追溯歷史時的企圖和氣魄，〈午後電話〉與這些篇章不同，它是透過女性書寫的細膩和陰柔來呈現現代人人際關係之間的隔閡和孤寂。小說開始時，「我」又接到午後無聲的騷擾電話，於是「我」開始回憶起高中時代「我們家」在長達一年多的時間中，總是收到無聲電話的騷擾，即使家中曾經更換過好幾次電話號碼，但是騷擾者總可以在很短的時間又找到她們，像鬼魅一般地如影隨形，使得全家人陷入無可遁逃的窘境，永遠在猜測「他究竟是誰呢？」直到有一天，電話那頭的人終於向「我」開口了，但她說出來的，卻是讓「我」大吃一驚的事情：「妳媽媽不要臉，跟人家去旅館。」「我」因此開始冷靜地審視母親，想像看似平凡家庭主婦的母親所擁有的、令女兒感到陌生的另一面。然而根據母親的說法，那個無聲的騷擾者卻是一個遭父親遺棄的女人，將怨恨藉由無聲電話傾瀉在「我們家」。但是騷擾者究竟是誰？即使在對方開口說話之後，對「我」來說仍然是一個令人費解的謎。多年之後，「我」在丈夫匿藏的書信中發現一組神祕的電話號碼，「我」也變成一個撥電話的人，幾個月之後，「我」又再次接到周而復始的無聲電話。

作者利用「無聲電話」的意象來傳達現代人的疏離和孤寂無疑是非常精準的。無聲電話那如「古井般深沉的靜默」象徵著現代人的人際關係既是拉鋸的、僵持的、緊張的，又是荒蕪的、孤寂的、如沉入深深的黑暗之中。即使親如母親、丈夫，在其看似平凡正常普通的外表下，都可能含藏著完全不為「我」所了解的巨大祕密，有著「我」不曾了解的陌生的一面。而「我」既想知道真相，卻又害怕知道真相。如同小說中所敘述的，「午後，我經常應鈴聲的呼喚，瞞著丈夫與對方進行一場靜默的交談，而夜晚時分丈夫睡在我枕邊仍像是個無憂無識的嬰孩，呼吸規律沉緩，但我卻每每抑止不住揭開他皮膚的衝動，解剖那流動的血肉裡面到底隱藏了些什麼？然而這倉庫積壓的秘密是如此巨大，恐怕將如火山爆發，我不禁懷疑自己真的想要知道嗎？」那是極大的矛盾與不安。然而對於騷擾者來說，「撥電話」的行為意謂著企圖尋找發洩的管道，然而當對方接起電話時，不論是故意不說話，或者是不敢說話，又或者是不知該說什麼，都代表他只能用周而復始地撥電話來宣洩，那又是極大的壓抑和苦悶。

「無聲電話」所製造成的小說張力到小說的結尾獲得適度的解放，「我」由於人生的閱歷，逐漸習慣闃無聲息的電話，那並非意謂著現代人荒蕪孤寂的心靈困境獲得了解決，而意謂著成長使人學會了對人事的寬容與體諒。

延伸閱讀

一、郝譽翔〈情人們〉，見氏著《逆旅》，臺北：聯合文學，二〇〇〇年。
二、平路〈微雨魂魄〉，見氏著《凝脂溫泉》，臺北：聯合文學，二〇〇〇年。
三、朱天心〈鶴妻〉，見氏著《我記得⋯⋯》，臺北：聯合文學，二〇〇一年。

參考資料

一、張瑞芬〈彷彿在君父的城邦——郝譽翔《逆旅》、駱以軍《月球姓氏》、朱天心《漫遊者》三書評介〉，《明道文藝》第二百九十九期，二〇〇一年二月。
二、張素貞〈傷悼流年、流亡、流浪——郝譽翔的《逆旅》〉，見氏著《現代小說啟事》，臺北：九歌，二〇〇一年。

問題討論

一、讀了〈午後電話〉之後，就你所能體會的段落去描述現代人的心靈狀態。

二、你最喜歡這篇小說的哪個部分？試舉出並說明原因。

——蘇敏逸

國家圖書館出版品預行編目資料

臺灣文學讀本 / 田啟文 等編著.— 二版.—臺北
市：五南圖書出版股份有限公司,2006 [民 95]
面； 公分. --（臺灣文學系列）
I S B N: 978-957-11-4530-3（平裝）

839.32 95019616

1XR2 臺灣文學系列

臺灣文學讀本

編　　著 — 田啟文（26.2）、曾進豐、歐純純、蘇敏逸
發 行 人 — 楊榮川
總 經 理 — 楊士清
總 編 輯 — 楊秀麗
副總編輯 — 黃惠娟
責任編輯 — 范郡庭
出 版 者 — 五南圖書出版股份有限公司
地　　址：106 台北市大安區和平東路二段 339 號 4 樓
電　　話：(02)2705-5066　傳　　真：(02)2706-6100
網　　址：https://www.wunan.com.tw
電子郵件：wunan@wunan.com.tw
劃撥帳號：01068953
戶　　名：五南圖書出版股份有限公司

法律顧問　林勝安律師事務所　林勝安律師

出版日期　2005 年 2 月初版一刷
　　　　　2006 年 10 月二版一刷
　　　　　2021 年 5 月二版七刷
定　　價　新臺幣 350 元